कथा–क्रम

मंदिर : ७
निमंत्रण : १५
रामलीला : ३४
मंत्र : ४१
कामना तरु : ५५
सती : ६५
हिंसा परमो धर्म : ७६
बहिष्कार : ८५
चोरी : ९८
लांछन : १०५
कजाकी : १२९
आँसुओं की होली : १४१
अग्नि–समाधि : १४८
सुजान भगत : १५८
पिसनहारी का कुआँ : १६९

हिन्द पॉकेट बुक्स

मंत्र

तथा अन्य कहानियाँ

प्रेमचंद हिन्दी और उर्दू के महानतम भारतीय लेखकों में से एक थे। उपन्यास के क्षेत्र में उनके योगदान को देखकर बंगाल के विख्यात उपन्यासकार शरत्चंद्र चट्टोपाध्याय ने उन्हें उपन्यास सम्राट कहकर संबोधित किया था। प्रेमचंद ने हिन्दी कहानी और उपन्यास की एक ऐसी परंपरा का विकास किया, जिसने पूरी सदी के साहित्य का मार्गदर्शन किया। प्रेमचंद एक क्रांतिकारी रचनाकार थे, उन्होंने न केवल देशभक्ति बल्कि समाज में व्याप्त अनेक कुरीतियों को देखा और उनको कहानी के माध्यम से पहली बार लोगों के समक्ष रखा। उन्होंने उस समय के समाज की जो भी समस्याएँ थीं उन सभी को चित्रित करने की शुरुआत कर दी थी। उसमें दलित भी आते हैं, नारी भी आती हैं। ये सभी विषय आगे चलकर हिन्दी साहित्य के बड़े विमर्श बने।

मंत्र

तथा अन्य कहानियाँ

प्रेमचंद

हिन्द पॉकेट बुक्स
पेंगुइन रैंडम हाउस इम्प्रिंट

हिन्द पॉकेट बुक्स

यूएसए | कैनेडा | यूके | आयरलैंड | ऑस्ट्रेलिया
न्यू ज़ीलैंड | भारत | साउथ अफ्रीका | चीन | सिंगापुर

हिन्द पॉकेट बुक्स, पेंगुइन रैंडम हाउस ग्रुप ऑफ़ कम्पनीज़ का हिस्सा है,
जिसका पता global.penguinrandomhouse.com पर मिलेगा

पेंगुइन रैंडम हाउस इंडिया प्रा. लि.,
चौथी मंजिल, कैपिटल टावर -1, एम जी रोड,
गुड़गांव 122 002, हरियाणा, भारत

पेंगुइन
रैंडम हाउस
इंडिया

प्रथम संस्करण हिन्द पॉकेट बुक्स द्वारा 2002 में प्रकाशित
यह संस्करण हिन्द पॉकेट बुक्स में पेंगुइन रैंडम हाउस द्वारा 2022 में प्रकाशित

10 9 8 7 6 5 4 3 2

इस पुस्तक में व्यक्त विचार लेखक के अपने हैं, जिनका यथासंभव तथ्यात्मक सत्यापन किया गया है, और इस संबंध में प्रकाशक एवं सहयोगी प्रकाशक किसी भी रूप में उत्तरदायी नहीं हैं।

ISBN 9789353497446

मुद्रकः रेप्रो इंडिया लिमिटेड

www.penguin.co.in

FSC www.fsc.org
MIX
Paper from responsible sources
FSC® C047271

This is a legitimate digitally printed version of the book and therefore might not have certain extra finishing on the cover.

मंदिर

मातृ-प्रेम, तुझे धन्य है! संसार में और जो कुछ है, मिथ्या है, निस्सार है। मातृ-प्रेम ही सत्य है, अक्षय है, अनश्वर है। तीन दिन से सुखिया के मुँह में न अन्न का एक दाना गया था, न पानी की एक बूंद। सामने पुआल पर माता का नन्हा-सा लाल पड़ा कराह रहा था। आज तीन दिन से उसने आँखें न खोली थीं। कभी उसे गोद में उठा लेती, कभी पुआल पर सुला देती। हँसते-हँसते बालक को अचानक क्या हो गया, यह कोई नहीं बताता। ऐसी दशा में माता भूख प्यास कहाँ? एक बार पानी का एक घूँट मुँह में लिया था; पर कंठ के नीचे न ले जा सकी। इस दुखिया की विपत्ति का वार-पार न था। साल भर के भीतर दो बालक गंगा जी की गोद में सौंप चुकी थी। पतिदेव पहिले ही सिधार चुके थे। अब उस अभागिनी के जीवन का आधार, अवलम्ब, जो कुछ था, यही बालक था। हाय! क्या ईश्वर उसे भी उसकी गोद से छीन लेना चाहते हैं? यह कल्पना करते ही माता की आँखों से झरझर आँसू बहने लगते थे। इस बालक को वह क्षण भर के लिए भी अकेला न छोड़ती थी। जियावन मात के साथ घास छीलता और गर्व से कहता-अम्माँ, हमें भी बड़ी-सी खुरपी बनवा दो, हम बहुत-सी घास छीलेंगे, तुम-द्वारे माची पर बैठी रहना। अम्माँ, मैं घास बेच लाऊँगा।। माँ पूछती-हमारे लिए क्या-क्या लाओगे, बेटा? जियावन लाल-लांल साड़ियों का वादा करता। अपने लिए बहुत सा गुड़ लाना चाहता था। वे ही भोली-भोली बातें इस समय याद आ-आकर माँता के हृदय को शूल के के सामन बेंध रही थीं। जो बालक को देखता, यही कहता कि किसी की डीठ है; पर किसकी डीठ है ? इस विधवा का भी संसार में कोई वैरी है? अगर उसका नाम मालूम हो जाता, तो सुखिया जाकर उसके चरणों पर गिर पड़ती और बालक को उसकी गोद में रख देती। क्या उसका हृदय दया से न पिघल जाता? पर नाम कोई नहीं बताता। हाय! किससे पूछे, क्या करे ?

२

तीन पहर रात बीत चुकी थी। सुखिया का चिंता व्यथित चंचल-मन कोठे-कोठे दौड़ रहा था। किस देवी की शरण जाय, किस देवता, की मनौती करे, इसी सोच में पड़े-पड़े उसे एक झपकी आ गयी। क्या देखती है कि

उसका स्वामी आकर बालक के सिरहाने खड़ा हो जाता है। और बालक के सिर पर हाथ फेर कर कहता है–रो मत, सुखिया! तेरा बालक अच्छा हो जाएगा। कल ठाकुर जी की पूजा कर दे, वह तेरे सहायक होंगे। यह कहकर वह चला गया। सुखिया की आँख खुल गयी। अवश्य ही उसके पतिदेव आये थे। इसमें सुखिया को जरा भी संदेह न हुआ। उन्हें अब भी मेरी सुधि है यह सोच कर उसका हृदय आशा से परिप्लावित हो उठा। पति के प्रति श्रद्धा और प्रेम से उसकी आँखें सजग हो गयीं। उसने बालक को गोद में उठा लिया और आकाश की ओर ताकती हुई बोली–भगवान! मेरा बालक अच्छा हो जाय, तो मैं तुम्हारी पूजा करूँगी। अनाथ विधवा पर दया करो।

उसी समय जियावन की आँखें खुल गयीं। उसने पानी माँगा। माता ने दौड़ कर कटोरे में पानी लिया और बच्चे को पिला दिया।

जियावन ने पानी पी कर कहा–अम्माँ रात है कि दिन ?

सुखिया–अभी तो रात है, बेटा, तुम्हारा जी कैसा है ?

जियावन–अच्छा है अम्मा! अब मैं अच्छा हो गया।

सुखिया–तुम्हारे मुँह में घी–शक्कर। बेटा, भगवान् करे तुम जल्द अच्छे हो जाओ! कुछ खाने को जी चाहता है?

जियावन–हाँ अम्मा, थोड़ा सा गुड़ दे दो।

सुखिया–गुड़ मत खाओ भैया, अवगुन करेगा। कहो तो खिचड़ी बना दूँ।

जियावन–नहीं मेरी अम्माँ, जरा–सा गुड़ दे दो, तेरे पैरों पड़ूँ।

माता इस आग्रह को न टाल सकी। उसने थोड़ा सा गुड़ निकाल कर जियावन के हाथ में रख दिया और हाँडी का ढक्कन लगाने जा रही थी कि किसी ने बाहर से आवाज दी। हाँडी वहीं छोड़कर वह किवाड़ खोलने चली गयी। जियावन ने गुड़ की दो पिंडियां निकाल लीं और जल्दी–जल्दी चट कर गया।

३

दिन भर जियावन की तबीयत अच्छी रही। उसने थोड़ी–सी खिचड़ी खायी, दो–एक बार धीरे–धीरे द्वार पर भी आया और हमजोलियों के साथ खेल न सकने पर भी उन्हें खेलते देखकर उसका जी बहल गया। सुखिया ने समझा, बच्चा अच्छा हो गया। दो–एक दिन में जब पैसे हाथ में आ जायेंगे, तो वह एक दिन ठाकुर जी की पूजा करने चली जायगी। जाड़े के दिन झाड़ू–बुहारू, नहाने–धोने और खाने–पीने में कट गये; मगर जब संध्या समय फिर ज़ियावन का जी भारी हो गया, तब सुखिया घबरा उठी। तुरन्त मन में शंका उत्पन्न हुई कि पूजा में विलम्ब

करने से ही बालक फिर मुरझा गया है। अभी थोड़ा-सा दिन बाकी था। बच्चे को लेटा कर वह पूजा का सामान तैयार करने लगी। फूल तो जमींदार के बगीचे में मिल गए। तुलसीदल द्वार पर था। पर ठाकुर जी के भोग के लिए कुछ मिष्ठान्न तो चाहिए, नहीं तो गाँव वालों को बाँटेगी क्या! चढ़ाने के लिए कम-से-कम एक आना तो चाहिए। सारा गाँव छान आयी, कहीं पैसे उधार न मिले। अब वह हताश हो गयी। हाय रे अदिन! कोई चार आने पैसे भी नहीं देता। आखिर उसने अपने हाथों के चाँदी के कड़े उतारे और दौड़ी हुई बनिये की दूकान पर गयी, कड़े गिरों रखे, बतासे लिये ओर दोड़ी हुई घर आयी। पूजा का सामान तैयार हो गया, तो उसने बालक को गोद में उठाया और दूसरे हाथ में पूजा की थाली लिये मंदिर की ओर चली।

मन्दिर में आरती का घंटा बज रहा था। दस-पाँच भक्तजन खड़े स्तुति कर रहे थे। इतने में सुखिया जाकर मंदिर के सामने खड़ी हो गयी।

पुजारी ने पूछा-क्या करने आयी है ?

सुखिया चबूतरे पर आकर बोली-ठाकुर जी की मनौती की थी महाराज, पूजा करने आयी हूँ।

पुजारी जी दिन भर जमींदार के असामियों की पूजा किया करते थे और शाम-सबेरे ठाकुर जी की। रात मंदिर ही में सोते थे, मंदिर ही में आपका भोजन भी बनता था, जिससे ठाकुरद्वारे की सारी अस्तरकारी काली पड़ गयी थी। स्वभाव के बड़े दयालु थे। निष्ठावान ऐसे कि चाहे कितनी ही ठंड पड़े, कितनी ही ठंडी हवा चले, बिना स्नान किये मुँह में पानी तक न डालते थे। मगर इस पर भी उनके हाथों और पैरों में मैल की मोटी तह जमी हुई थी, तो इसमें उनका कोई दोष न था! बोले-तो क्या भीतर चली आयेगी। हो तो चुकी पूजा। यहाँ आकर भरभष्ट करेगी।

एक भक्तजन ने कहा-ठाकुरजी को पवित्र करने आयी है।

सुखिया ने बड़ी दीनता से कहा-ठाकुर जी के चरन छूने आयी हूँ, सरकार! पूजा की सब सामग्री लायी हूँ।

पुजारी-कैसी बेसमझी की बात करती है रे, कुछ पगली तो नहीं हो गयी हे! भला तू ठाकुर जी को कैसे छुएगी?

सुखिया को अब तक कभी ठाकुरद्वारे में आने का अवसर न मिला था। आश्चर्य से बोली-सरकार, वह तो संसार के मालिक हैं। उनके दरसन से तो पापी भी तर जाता है, मेरे छूने से उन्हें कैसे छूत लग जायेगी?

पुजारी-अरे, तू चमारिन है कि नहीं रे ?

सुखिया-तो क्या भगवान् ने चमारों को नहीं सिरजा है ? चमारों का भगवान्

कोई और है? इस बच्चे की मनौती है, सरकार!

इस पर वही भक्त महोदय, जो अब स्तुति समाप्त कर चुके थे, डपटकर बोले–मार के भगा दो चुड़ैल को। भरभष्ट करने आयी है, फेंक दो थाली–वाली। संसार में तो आप ही आग लगी हुई है, चमार भी ठाकुर जी की पूजा करने लगेंगे, तो पिरथी रहेगी कि रसातल को चली जायेगी?

दूसरे भक्त महाशय बोले–अब बेचारे ठाकुर जी को भी चमारों के हाथ का भोजन करना पड़ेगा। अब परलय होने में कुछ कसर नहीं है।

ठंड पड़ रही थी। सुखिया खड़ी काँप रही थी और यहाँ धर्म के ठेकेदार लोग समय की गति पर आलोचनाएँ कर रहे थे। बच्चा मारे ठंड के उसकी छाती में घुसा जाता था; किन्तु सुखिया वहाँ से हटने का नाम न लेती थी। ऐसा मालूम होता था कि उसके दोनों पाँव भूमि में गड़ गये हैं। रह–रहकर उसके हृदय में ऐसा उद्गार उठता था कि जाकर ठाकुर जी के चरणों में गिर पड़े। ठाकुर जी क्या इन्हीं के हैं, हम गरीबों का उनसे कोई नाता नहीं है, ये लोग होते हैं कौन रोकनेवाले ? पर यह भय होता था कि इन लोगों ने कहीं सचमुच थाली–वाली फेंक दी तो क्या करूँगी? दिल में ऐंठ कर रह जाती थी। सहसा उसे एक बात सूझी। वह वहाँ से कुछ दूर जाकर एक वृक्ष के नीचे अँधेरे में छिप कर इन भक्तजनों के जाने की राह देखने लगी।

४

आरती और स्तुति के पश्चात् बड़ी देर तक श्रीमद्भागवत का पाठ करते रहे। उधर पुजारी जी ने चूल्हा जलाया और खाना पकाने लगे। चूल्हे के सामने बैठे हुए 'हूं–हूं' करते जाते थे और बीच–बीच में टिप्पणियां भी करते जाते थे। दस बजे रात तक कथा वार्ता होती रही और सुख्या वृक्ष के नीचे ध्यानावस्था में खड़ी रही।

सारे भक्त लोगों ने एक–एक करके घर की राह ली। पुजारी जी अकेले रह गए। अब सुखिया आकर मंदिर के बरामदे के सामने खड़ी हो गई; जहाँ पुजारी जी आसन जमाए बटलोई का क्षुधावर्द्धक मधुर संगीत सुनने में मग्न थे। पुजारी जी ने आहट पाकर गरदन उठाई, तो सुखिया को खड़ी देखा। चिढ़ कर बोले–क्यों रे, तू अभी तक खड़ी है!

सुखिया ने थाली जमीन पर रख दी और एक हाथ फैलाकर भिक्षा प्रार्थना करती हुई बोली–महाराज जी, मैं अभागिन हूँ। यही बालक मेरे जीवन का अलम है, मुझ

पर दया करो। तीन दिन से इसने सिर नहीं उठाया। तुम्हें बड़ा जस होगा, महाराज जी!

यह कहते-कहते सुखिया रोने लगी। पुजारी जी दयालु तो थे, पर चमारिन को ठाकुर जी के समीप जाने देने का अश्रुतपूर्व घोर पातक वह कैसे कर सकते थे? न जाने ठाकुर जी इसका क्या दंड दें। आखिर उनके भी बाल-बच्चे थे। कहीं ठाकुर जी कुपित होकर गाँव का सर्वनाश कर दें, तो? बोले-घर जाकर भगवान् का नाम ले, तेरा बालक अच्छा हो जायगा। मैं यह तुलसीदल देता हूँ, बच्चे को खिला दे, चरणामृत उसकी आँखों में लगा दे। भगवान् चाहेंगे तो सब अच्छा ही होगा।

सुखिया-ठाकुर जी के चरणों पर गिरते न दोगे महाराज जी ? बड़ी दुखिया हूँ, उधार काढ़ कर पूजा की सामग्री जुटायी है। मैंने कल सपना देखा था। महाराज जी कि ठाकुर जी की पूजा कर, तेरा बालक अच्छा हो जायगा। तभी दौड़ी आई हूँ। मेरे पास एक रुपया है। वह मुझसे ले लो। पर मुझे एक छन भर ठाकुर जी के चरनों पर गिर लेने दो।

इस प्रलोभन ने पंडित जी को एक क्षण के लिए विचलित कर दिया; किन्तु मूर्खता के कारण ईश्वर का भय उनके मन में कुछ-कुछ बाकी था। संभाल कर बोले-अरी पगली, ठाकुर जी भक्तों के मन का भाव देखते हैं कि चरन पर गिरना देखते हैं। सुना नहीं है-'मन चंगा तो कठौती में गंगा।' मन में भक्ति न हो, तो लाख कोई भगवान् के चरणों पर गिरे, कुछ न होगा। मेरे पास एक जंतर है। दाम तो उसका बहुत है, पर तुझे एक ही रुपये में दे दूँगा। उसे बच्चे के गले में बाँध देना। बस, कल बच्चा खेलने लगेगा।

सुखिया-ठाकुर जी की पूजा न करने दोगे?

पुजारी-तेरे लिए इतनी पूजा बहुत है। जो बात कभी नहीं हुई, वह आज मैं कर दूँ और गाँव पर कोई आफत-विपत आ पड़े तो क्या हो, इसे भी तो सोचो! तू यह जंतर ले जा, भगवान् चाहेंगे तो रात ही भर में बच्चे का क्लेश कट जायगा। किसी की दीठ पड़ गयी है। है भी तो चोंचाल। मालूम होता है, छत्तरी बंस है।

सुखिया-जब से इसे ज्वर है, मेरे प्रान नहों में समाये हुए हैं।

पुजारी-बड़ा होनहार बालक है। भगवान् जिला दें तो तेरे सारे संकट हर लेगा। यहाँ तो बहुत खेलने आया करता था। इधर दो-तीन दिन से नहीं देखा था।

सुखिया-तो जंतर को कैसे बाँधूंगी, महाराज?

पुजारी-मैं कपड़े में बाँध कर देता हूँ। बस, गले में पहना देना। अब तू इस बेला नवीन बस्तर कहाँ खोजने जायगी।

सुखिया ने दो रुपये पर कड़े गिरों रखे थे। एक पहले ही भँज चुका था। दूसरा

पुजारी जी को भेंट किया और जंतर लेकर मन को समझाती हुई घर लौट आयी।

५

सुखिया ने घर पहुँच कर बालक को गले में जंतर बाँध दिया। पर ज्यों–ज्यों रात गुजरती थी, उसका ज्वर भी बढ़ता जाता था। यहाँ तक कि तीन बजते–बजते उसके हाथ–पाँव शीतल होने लगे! तब वह घबड़ा उठी और सोचने लगी–हाय! मैं। व्यर्थ ही संकोच में पड़ी रही और बिना ठाकुर जी के दर्शन किए चली आयी। अगर मैं अंदर चली जाती, और भगवान् के चरणों पर गिर पड़ती, तो कोई मेरा क्या कर लेता? यही न होता कि लोग मुझे धक्के देकर निकाल देते, शायद मारते भी, पर मेरा मनोरथ तो पूरा हो जाता। यदि मैं ठाकुर जी के चरणें को अपने आँसूओं से भिगो देती और बच्चे को उनके चरणों में सुला देती, तो क्या उन्हें दया न आती ? वह तो दयामय भगवान हैं, दीनों की रक्षा करते हैं, क्या मुझ पर दया न करते? यह सोच कर सुखिया का मन अधीर हो उठा। नहीं, अब विलम्ब करने का समय न था। वह अवश्य जायगी और ठाकुर जी के चरणों पर गिर कर रोयेगी। उस अबला के आशंकित हृदय को अब इसके सिवा और कोई अवलम्ब, कोई आसरा न था। मंदिर के द्वार बंद होंगे, तो वह ताले तोड़ डालेगी। ठाकुर जी क्या किसी के हाथों बिक गये हैं कि कोई उन्हें बंद कर रखे।

रात के तीन बज गये थे। सुखिया ने बालक को कम्बल से ढाँप कर गोद में उठाया, एक हाथ में थाली उठाई और मंदिर की ओर चली। घर से बाहर निकलते ही शीतल वायु के झोंकों से उसका कलेजा काँपने लगा। शीत से पाँव शिथिल हुए जाते थे। उस पर चारों ओर अंधकार छाया हुआ था। रास्ता दो फरलाँग से कम न था। पगडंडी वृक्षों के नीचे–नीचे गयी थी। कुछ दूर दाहिनी ओर एक पोखरा था, कुछ दूर बाँस की कोठियाँ। पोखरे में एक धोबी मर गया था और बाँस की कोठियों मे चुड़ैलों का अड्डा था। बायीं ओर सन–सन हो रहा था, अंधकार साँय–साँय कर रहा था। सहसा गीदड़ों ने कर्कश स्वर से हुआँ–हुआँ करना शुरू किया। हाय! अगर कोई उसे एक लाख रुपया देता, तो भी इस समय वह यहाँ न आती, पर बालक की ममता सारी शंकाओं को दबाये हुए थी। 'हे भगवान्; अब तुम्हारा ही आसरा है!' यह जपती वह मंदिर की ओर चली जा रही थी।

मंदिर के द्वार पर पहुँचकर सुखिया ने जंजीर टटोलकर देखी। ताला पड़ा हुआ था। पुजारी जी बरामदे से मिली हुई कोछरी में किवाड़ बंद किये सो रहे थे। चारों ओर अँधेरा छाया हुआ था। सुखिया चबूतरे के नीचे सें एक ईंट उठा लायी। जोर–जोर

से ताले पर पटकने लगी। उसके हाथों में न जाने इतनी शक्ति कहाँ से आ गयी थी। दो ही तीन चोटों में ताला और ईंट दोनों टूट कर चौखट पर गिर पड़े। सुखिया ने द्वार खोल दिया और अंदर जाना ही चाहती थी कि पुजारी किवाड़ खोलकर हड़बड़ाये हुए बाहर निकल आये और 'चोर, चोर!' का गुल मचाते गाँव की ओर दौड़े। जाड़ों में प्रायः पहर रात रहे ही लोगों की नींद खुल जाती है। यह शोर सुनते ही–कई आदमी इधर–उधर से लालटेनें लिए हुए निकल पड़े और पूछने लगे–कहाँ है ? कहाँ है ? किधर गया ?

पुजारी–मंदिर का द्वार खुला पड़ा है। मैंने खट–खट की आवाज सुनी।

सहसा सुखिया बरामदे से निकल कर चबूतरे पर आयी और बोली–चोर नहीं है, मैं हूँ। ठाकुर जी की पूजा करने आयी थी। अभी तो अंदर गयी भी नहीं, मार हल्ला मचा दिया।

पुजारी ने कहा–अब अनर्थ हो गया! सुख्या मंदिर में जाकर ठाकुर जी को भ्रष्ट कर आई!

फिर क्या था, कई आदमी झल्लाये हुए लपके और सुखिया पर लातों और घूँसों की मार पड़ने लगी। सुखिया एक हाथ से बच्चे को पकड़े हुए थी। और दूसरे हाथ से उसकी रक्षा कर रही थी। एकाएक बलिष्ठ ठाकुर ने उसे इतनी जोर से धक्का दिया कि बालक उसके हाथ से छूट कर जमीन पर गिर पड़ा; मगर वह न रोया, न बोला, न साँस ली, सुखिया भी गिर पड़ी थी। सँभलकर बच्चे को उठाने लगी, तो उसके मुख से एक चीख निकल गयी। बच्चे का माथा छूकर देखा। सारी देह ठंडी हो गयी थी। एक लम्बी साँस खींच कर वह उठ खड़ी हुई। उसकी आँखों में आँसू न आये। उसका मुख क्रोध की ज्वाला से तमतमा उठा, आँखों में अंगारे बरसने लगे। दोनों मुट्ठियाँ बँध गयीं। दाँत पीसकर बोली–पापियो, मेरे बच्चे के प्राण लेकर दूर क्यों खड़े हो ? मुझे भी क्यों नहीं उसी के साथ मार डालते ? मेरे छू लेने से ठाकुर जी को छूत लग गयी? पारस को छूकर लोहा सोना हो जाता है, पारस लोहा नहीं हो सकता। मेरे छूने से ठाकुर जी अपवित्र हो जायेंगे! मुझे बनाया, तो छूत नहीं लगी? लो, अब कभी ठाकुर जी को छूने नहीं आऊँगी। ताले में बंद रखो, पहरा बैठा दो। हाय, तुम्हें दया छू भी नहीं गयी! तुम इतने कठोर हो! बाल–बच्चे वाले होकर भी तुम्हें एक अभागिन माता पर दया न आयी! तिस पर धरम के ठेकेदार बनते हो! तुम सब के सब हत्यारे हो, निपट हत्यारे हो। डरो मत, मैं थाना–पुलिस नहीं जाऊँगी। मेरा न्याय भगवान् करेंगे, अब उन्हीं के दरबार में फरियाद करूँगी।

किसी ने चूँ न की, कोई मिनमिनाया तक नहीं। पाषाण–मूर्तियों की भांति सब

के सब सिर झुकाये खड़े रहे।

इतनी देर में सारा गाँव जमा हो गया था। सुखिया ने एक बार फिर बालक के मुँह की ओर देखा। मुँह से निकला–हाय मेरे लाल! फिर वह मूर्च्छित होकर गिर पड़ी। प्राण निकल गये। बच्चे के लिए प्राण दे दिये।

माता, तू धन्य है। तुझ जैसी निष्ठा, तुझ जैसी श्रद्धा, तुझ जैसा विश्वास देवताओं को भी दुर्लभ है!

• •

निमंत्रण

पंडित मोटेराम शासत्री ने अंदर जाकर अपने विशाल उदर पर हाथ फेरते हुए यह पद पंचम स्वर में गाया–

अजगर करे न चाकरी, पंछी करे न काम,

दास मलूका कह गये, सब के दाता राम !

सोना ने प्रफुल्लित होकर पूछा–कोई मीठी ताजी खबर है क्या ?

शास्त्री जी ने पैंतरे बदल कर कहा–मार लिया आज। ऐसा ताक कर मारा कि चारों खाने चित्त। सारे घर का नेवता! सारे घर का। वह बढ़–बढ़ कर हाथ मारूँगा कि देखने वाले दंग रह जायेंगे। उदर महाराज अभी से अधीर हो रहे हैं।

सोना–कहीं पहले की भाँति अब की भी धोखा न हो। पक्का–पोढ़ा कर लिया है न ?

मोटेराम ने मूँछें ऐंठते हुए कहा–ऐसा असगुन मुँह से न निकालो। बड़े जप–तप के बाद यह शुभ दिन आया है। जो तैयारियाँ करनी हों, कर लो।

सोना–वह तो करूँगी ही। क्या इतना भी नहीं जानती ? जन्म भर घास थोड़े ही खोदती रही हूँ; मगर है घर भर का न ?

मोटेराम–अब और कैसे कहूँ; पूरे घर का है। इसका अर्थ समझ में न आया हो, तो मुझसे पूछो। विद्वानों की बात समझना सब का काम नहीं। अगर उनकी बात सभी समझ लें, तो इस समय बहुत ही सरल भाषा में बोल रहा हूँ; मगर तुम नहीं समझ सकीं। बताओ, विद्वता किसे कहते हैं ? महत्व ही का अर्थ बताओ। घर भर का निमंत्रण देना क्या दिल्लगी है ? हाँ, ऐसे विचार पर विद्वान लोग राजनीति से काम लेते हैं और उनका वही आशय निकालते हैं, जो अपने अनुकूल हो। मुरादापुर की रानी साहब सात ब्राह्मणों को इच्छापूर्ण भोजन कराना चाहती हैं। कौन–कौन महाशय मेरे साथ जायेंगे यह निर्णय करना मेरा काम है। अलगूराम शास्त्री, बेनाराम शास्त्री, छेदीराम शास्त्री, भवानीराम शास्त्री, फेकूराम शास्त्री, मोटेराम शास्त्री आदि जब इतने अपने घर ही में हैं, तब बाहर कौन ब्राह्मणों को खोजने जाए।

सोना–और सातवाँ कौन है ?

मोटेराम–बुद्धि दौड़ाओ।

सोना–एक पत्तल घर लेते आना।

मोटेराम–फिर वही बात कही, जिसमें बदनामी हो। छि: छि:! पत्तल घर लाऊँ। उस पत्तल में वह स्वाद कहाँ जो जजमान के घर पर बैठ कर भोजन करने में है। सुनो, सातवें महाशय हैं–पंडित सोनाराम शास्त्री।

सोना–चलो, दिल्लगी करते हो। भला, मैं कैसे जाऊंगी ?

मोटेराम–ऐसे सही कठिन अवसरों पर तो विद्या की आवश्यकता पड़ती है। विद्वान आदमी अवसर को अपना सेवक बना लेता है, मूर्ख अपने भाग्य को रोता हे। सोनादेवी और सोनाराम शास्त्री में क्या अन्तर है, जानती हो? केवल परिधान का। परिधान का अर्थ समझती हो ? परिधान 'पहनावा' को कहते हैं। इसी साड़ी को मेरी तरह बांध लो, ऊपर से चादर ओढ़ लो। पगड़ी मैं बाँध दूँगा। फिर कौन पहचान सकता है।

सोना ने हँसकर कहा–मुझे तो लाज लगेगी।

मोटेराम–तुम्हें करना ही क्या है ? बातें तो हम करेंगे।

सोना ने मन ही मन आनेवाले पदार्थों का आनन्द लेकर कहा–बड़ा मजा होगा!

मोटेराम–बस, अब विलम्ब न करो। तैयारी करो, चलो।

सोना–कितनी फंकी बना लूँ?

मोटेराम–यह मैं नहीं जानता। बस, यही आदर्श सामने रखो कि अधिक से अधिक लाभ हो।

सहसा सोनादेवी को एक बात याद आ गयी। बोली–अच्छा, इन बिछुओं को क्या करूँगी।

मोटेराम ने त्योरी चढ़ा कर कहा–इन्हें उठाकर रख देना, और क्या करोगी ?

सोना–हाँ जी, क्यों नहीं। उतार कर रख क्यों न दूंगी।

मोटेराम–तो क्या तुम्हारे बिछुए पहनने से मैं जी रहा हूँ? जीता हूँ पौष्टिक पदार्थों के सेवन से। तुम्हारे बिछुओं के पुण्य से नहीं जीता।

सोना–नहीं भाई, मैं बिछुए न उतारूँगी।

मोटेराम ने सोच कर कहा–अच्छा, पहने चलो, कोई हानि नहीं। गोवर्द्धनधारी यह बाधा भी हर लेंगे। बस, पाँव में बहुत–से कपड़े लपेट लेना। मैं कह दूँगा, इन पंडित जी को फीलपाँव हो गया। क्यों, कैसी सूझी ?

पंडिताइन ने पतिदेव को प्रशंसा–सूचक नेत्रों से देखकर कहा–जन्म भर पढ़ा नहीं है ?

२

संध्या–समय पंडित जी ने पाँचों पुत्रों को बुलाया और उपदेश देने लगे–पुत्रो, कोई काम करने के पहले खूब सोच–समझ लेना चाहिए कि कैसा क्या होगा। मान लो, रानी साहब ने तुम लोगों का पता–ठिकाना पूछना आरंभ किया, तो तुम लोग क्या उत्तर दोगे ? यह तो महान मूर्खता होगी कि तुम सब मेरा नाम लो। सोचो, कितने कलंक और लज्जा की बात होगी कि मुझ जैसा विद्वान केवल भोजन के लिए इतना बड़ा कुचक्र रचे। इसलिए तुम सब थोड़ी देर के लिए भूल जाओ कि मेरे पुत्र हो। कोई मेरा नाम न बतलाए। संसार में नामों को कमी नहीं, कोई अच्छा–सा नाम चुन कर बता देना। पिता का नाम बदल देने से कोई गाली नहीं लगती। यह कोई अपराध नहीं।

अलगू–आप ही बता दीजिए।

मोटेराम–अच्छी बात है, बहुत अच्छी बात है। हाँ, इतने महत्व का काम मुझे स्वयं करना चाहिए। अच्छा सुनो–अलगूराम के पिता का नाम है पंडित केशव पांडे, खूब याद कर लो। बेनीराम के पिता का नाम पंडित मगरू ओझा, खूब याद रखना। छेदीराम के पिता हैं पंडित दमडी तिवारी, भूलना नहीं। भवानी, तुम गंगू पांडे, बतलाना, खूब याद कर लो। अब रहे फेकूराम, तुम बेटा बतलाना सेतूराम पाठक। हो गये सब! हो गया सब का नामकरण! अच्छा अब मैं परीक्षा लूँगा। होशियार रहना। बोलो अलगू पिता का क्या नाम है ?

अलगू–पंडित केशव पाँडे।

बेनीराम, तुम बताओ।

'दमड़ी तिवारी।'

छेदीराल–यह तो मेरे पिता का नाम है।

बेनीराम–मैं तो भूल गया।

मोटेराम–भूल गये! पंडित के पुत्र हो कर तुम एक नाम भी नहीं याद कर सकते। बड़े दुःख की बात है। मुझे पाँचों नाम याद हैं, तुम्हें एक नाम भी याद नहीं? सुनो, तुम्हारे पिता का नाम है पंडित मँगरू ओझा।

पंडित जी लड़कों की परीक्षा ले रहे थे कि उनके परम मित्र पं० चिंतामणि ने द्वार पर आवाज दी। पंडित मोटेराम ऐसे घबराये कि सिर–पैर की सुधि न रही। लड़कों को भगाना ही चाहते थे कि पंडित चिंतामणि अन्दर चले आए। दोनों सज्जनों में बचपन से गाढ़ी मैत्री थी। दोनों बहुधा साथ–साथ भोजन करने जाया करते थे।

और यदि पंडित मोटेराम अव्वल रहते, तो पंडित चिंतामणि के द्वितीय पद में कोई बाधक न हो सकता था। पर आज मोटेराम जी अपने मित्र को साथ नहीं ले जाना चाहते थे। उनको साथ ले जाना, अपने घरवालों में से किसी एक को छोड़ देना था और इतना महान् आत्मत्याग करने के लिए वे तैयार न थे।

चिंतामणि ने यह समारोह देखा, प्रसन्न होकर बोले–क्यों भाई, अकेले ही अकेले! मालूम होता है, आज कहीं गहरा हाथ मारा है।

मोटेराम ने मुँह लटकाकर कहा–कैसी बातें करते हो, मित्र! ऐसा तो कभी नहीं हुआ कि मुझे कोई अवसर मिला हो और मैंने तुम्हें सूचना न दी हो। कदाचित् कुछ समय ही बदल गया, या किसी ग्रह का फेर है। कोई झूठ को भी नहीं बुलाता।

पंडित चिंतामणि ने अविश्वास के भाव से कहा–कोई न कोई बात तो मित्र अवश्य है, नहीं तो ये बालक क्यों जमा हैं?

मोटेराम–तुम्हारी इन्हीं बातों पर मुझे क्रोध आता है। लड़कों की परीक्षा ले रहा हूँ। ब्राह्मण के लड़के हैं, चार अक्षर पढ़े बिना इनको कौन पूछेगा?

चिंतामणि को अब भी विश्वास न आया। उन्होंने सोचा, लड़कों से ही इस बात का पता लग सकता है। फेकूराम सबसे छोटा था। उसी से पूछा–क्या पढ़ रहे हो बेटा! हमें भी सुनाओ। मोटेराम ने फेकूराम को बोलने का अवसर न दिया। डरे कि यह तो सारा भंडा फोड़ देगा। बोले–अभी यह क्या पढ़ेगा। दिन भर खेलता है। फेकूराम इतना बड़ा अपराध अपने नन्हे–से सिर पर क्यों लेता। बाल–सुलभ गर्व से बोला–हमको तो याद है, पंडित सेतूराम पाठक। हम याद भी कर लें, तिसपर भी कहते हैं, हरदम खेलता है!

यह कहते हुए रोना शुरू किया।

चिंतामणि ने बालक को गले लगा लिया और बोले–नहीं बेटा, तुमने अपना पाठ सुना दिया है। तुम खूब पढ़ते हो। यह सेतूराम पाठक कौन है, बेटा?

मोटेराम ने बिगड़कर कहा–तुम भी लड़कों की बातों में आते हो। सुन लिया होगा किसी का नाम (फेकू से) जा, बाहर खेल।

चिंतामणि अपने मित्र की घबराहट समझ गए कि कोई न कोई रहस्य अवश्य है। बहुत दिमाग लड़ाने पर भी सेतूराम पाठक का आशय उनकी समझ में न आया। अपने परम मित्र की इस कुटिलता पर मन में दुखित होकर बोले–अच्छा, आप पढ़ाइये और परीक्षा लीजिए। मैं जाता हूँ। तुम इतने स्वार्थी हो, इसका मुझे गुमान तक न था। आज तुम्हारी मित्रता की परीक्षा हो गयी।

पंडित चिंतामणि बाहर चल गये। मोटेराम जी के पास उन्हें मनाने के लिए समय न था। फिर परीक्षा लेने लगे।

सोना ने कहा–मना लो, मना लो। रूठे जाते हैं। फिर परीक्षा लेना।

मोटेराम–जब कोई काम पड़ेगा, मना लूँगा। निमंत्रण की सूचना पाते ही इनका सारा क्रोध शान्त हो जायगा! हाँ भवानी, तुम्हारे पिता का क्या नाम है, बोलो।

भवानी–गंगू पाँडे।

मोटेराम–और तुम्हारे पिता नाम, फेकू ?

फेकू–बता तो दिया, उस पर कहते हैं, पढ़ता नहीं।

मोटेराम–हमें भी बता दो।

फेकू–सेतूराम पाठक तो है।

मोटेराम–बहुत ठीक, हमारा लड़का बड़ा राजा है। आज तुम्हें अपने साथ बैठायेंगे और सबसे अच्छा माल तुम्हीं को खिलायेंगे।

सोना–हमें भी कोई नाम बता दो।

मोटेराम ने रसिकता से मुस्करा कर कहा–तुम्हारा नाम है पंडित मोहनस्वरूप सुकुल।

सोनादेवी ने लजा कर सिर झुका लिया।

३

सोनादेवी तो लड़कों को कपड़े पहनाने लगीं। उधर फेकू आनंद की उमंग में घर से बाहर निकला। पंडित चिंतामणि रूठ कर तो चले थे; पर कुतूहलवश अभी तक द्वार पर दबके खड़े थे। इन बातों की भनक इतनी देर में उनके कानों में पड़ी; उससे यह तो ज्ञात हो गया कि कहीं निमंत्रण है; पर कहाँ है, कौन–कौन से लोग निमंत्रित हैं, यह ज्ञात न हुआ था। इतने में फेकू बाहर निकला, तो उन्होंने उसे गोद में उठा लिया और बोले–कहाँ नेवता है, बेटा ?

अपनी जान में तो उन्होंने बहुत धीरे से पूछा था; पर न–जाने कैसे पंडित मोटेराम के कान में भनक पड़ गई। तुरन्त बाहर निकल आये। देखा, तो चिंतामणि जी फेकू को गोद में लिए कुछ पूछ रहे हैं। लपक कर लड़के का हाथ पकड़ लिया और चाहा कि उसे अपने मित्र की गोद से छीन लें; मगर चिंतामणि जी को अभी अपने प्रश्न का उत्तर न मिला था। अतएव वे लड़के का हाथ छुड़ा कर उसे लिये हुए अपने घर की ओर भागे। मोटेराम भी यह कहते हुए उनके पीछे दौड़े–उसे क्यों लिये जाते हो ? धूर्त कहीं का। दुष्ट! चिंतामणि, मैं कहे देता हूँ, इस का नतीजा अच्छा न होगा; फिर कभी किसी निमंत्रण में न ले जाऊँगा। भला चाहते हो, तो उसे उतार दो . . .। मगर चिंतामणि ने एक न सुनी। भागते ही चले गये। उनकी

देह अभी सँभल के बाहर न हुई थी। दौड़ सकते थे; मगर मोटेराम जी को एक-एक पग आगे बढ़ना दुस्तर हो रहा था। भैंसे की भाँति हाँफते थे और नाना प्रकार के विशेषणों का प्रयोग करते दुलकी चाल से चले जाते थे। और यद्यपि प्रतिक्षण अन्तर बढ़ता जाता था; और पीछा न छोड़ते थे। अच्छी घुड़दौड़ थी। नगर के दो महात्मा दौड़ते हुए ऐसे जान पड़ते थे, मानो दो गैंडे चिड़िया-घर से भाग आये हों। सैंकड़ों आदमी तमाशा देखने लगे। कितने ही बालक उनके पीछे तालियाँ बजाते हुए दौड़े। कदाचित् यह दौड़ पंडित चिंतामणि के घर पर ही समाप्त होती; पर पंडित मोटेराम धोती के ढीली हो जाने के कारण उलझ कर गिर पड़े। चिंतामणि ने पीछे फिर कर यह दृश्य देखा, तो रुक गए और फेकूराम से पूछा-क्यों बेटा, कहाँ नेवता है?

फेकू-बता दें, तो हमें मिठाई दोगे न ?

चिंतामणि-हाँ दूँगा, बताओ।

फेकू-रानी के यहाँ।

चिंतामणि-कहाँ की रानी।

फेकू-यह मैं नहीं जानता। कोई बड़ी रानी है।

नगर में कई बड़ी-बड़ी रानियाँ थी। पंडित जी ने सोचा, सभी रानियों के द्वार पर चक्कर लगाऊँगा। जहाँ भोज होगा, वहाँ कुछ भीड़-भाड़ होगी ही, पता चल जायगा। यह निश्चय करके वे लौट पड़े। सहानुभूति प्रकट करने में अब कोई बाधा न थीं। मोटेराम जी के पास आये, तो देखा कि वे पड़े कराह रहे हैं। उठने का नाम नहीं लेते। घबरा कर पूछा-गिर कैसे पड़े मित्र यहाँ कहीं गढ़ा भी तो नहीं है!

मोटेराम-तुमसे क्या मतलब! तुम लड़के को ले जाओ, जो कुछ पूछना चाहो, पूछो।

चिंतामणि-मैं यह कपट-व्यवहार नहीं करता। दिल्लगी की थी, तुम बुरा मान गये। ले उठ तो बैठ राम का नाम लेके। मैं सच कहता हूँ, मैंने कुछ नहीं पूछा।

मोटेराम-चल झूठा।

चिंतामणि-जनेऊ हाथ में लेकर कहता हूँ।

मोटेराम-तुम्हारी शपथ का विश्वास नहीं।

चिंतामणि-तुम मुझे इतना धूर्त समझते हो ?

मोटेराम-इससे कहीं अधिक तुम गंगा में डूब कर शपथ खाओ, तो भी मुझे विश्वास न आये।

चिंतामणि-दूसरा यह बात कहता, तो मूँछ उखाड़ लेता।

मोटेराम-तो फिर आ जाओ!

चिंतामणि–पहले पंडिताइन से पूछ आओ।

मोटेराम यह भस्मक व्यंग न सह सके। चट उठ बैठे और पंडित चिंतामणि का हाथ पकड़ लिया। दोनों मित्रों में मल्ल–युद्ध होने लगा। दोनों हनुमान की स्तुति कर रहे थे और इतने जोर से गरज–गरजकर, मानो सिंह दहाड़ रहे हों। बस ऐसा जान पड़ता था, मानो दो पीपे आपस में टकरा रहे हों।

मोटेराम–महाबली विक्रम बजरंगी।

चिंतामणि–भूत पिशाच निकट नहिं आवे।

मोटेराम–जय–जय–जय हनुमान गोसाईं।

चिंतामणि– प्रभु रखिए लाज हमारी।

मोटेराम–(बिगड़कर) यह हनुमान चालीसा में नहीं है।

चिंतामणि–यह हमने स्वयं रचा है। क्या तुम्हारी तरह की यह रटंत विद्या है! जितना कहो, उतना रच दें।

मोटेराम–अबे, हम रचने पर आ जायें तो एक दिन में एक लाख स्तुतियाँ रच डालें; किन्तु इतना अवकाश किसे है ?

दोनों महात्मा अलग खड़े होकर अपने रचना–कौशल की डींगें मार रहे थे। मल्ल–युद्ध शास्त्रार्थ का रूप धारण करने लगा, जो विद्वानों के लिए उचित है! इतने में किसी ने चिंतामणि के घर जा कर कह दिया कि पंडित मोटेराम और चिंतामणि जी में बड़ी लड़ाई हो रही है। चिंतामणि जी तीन महिलाओं के स्वामी थे। कुलीन ब्राह्मण थे, पूरे बीस बिस्वे। उस पर विद्वान भी उच्च कोटि के, दूर–दूर तक यजमानी थी। ऐसे पुरुषों को सब अधिकार हैं। कन्या के साथ–साथ जब प्रचुर दक्षिणा भी मिलती हो, तब कैसे इनकार किया जाय। इन तीनों महिलाओं का सारे मुहल्ले में आतंक छाया हुआ था। पंडित जी ने उनके नाम बहुत रसीले रखे थे। बड़ी स्त्री को 'अमिरती', मँझली को 'गुलाबजामुन' और छोटी को 'मोहनभोग' कहते थे। पर मुहल्ले वालों के लिए तीनों महिलाएं त्रयताप से कम न थीं। घर में नित्य आँसुओं की नदी बहती रहती–खून की नदी तो पंडित जी ने भी कभी नहीं बहायी, अधिक से अधिक शब्दों की ही नदी बहायी थी; पर मजाल न थी कि बाहर का आदमी किसी को कुछ कह जाय। संकट के समय तीनों एक हो जाती थीं। यह पंडित जी के नीति चातुर्य का सुफल था। ज्यों ही खबर मिली कि पंडित चिंतामणि पर संकट पड़ा हुआ है, तीनों त्रिदोष की भाँति कुपित होकर घर से निकलीं और उनमें जो अन्य दोनों–जैसी मोटी नहीं थी, सबसे पहले समरभूमि में जा पहुँची। पंडित मोटेराम जी ने उसे आते देखा तो समझ गए कि अब कुशल नहीं। अपना हाथ छुड़ाकर बगटट भागे, पीछे फिर कर भी न देखा। चिंतामणि जी ने बहुत ललकारा, पर मोटेराम

के कदम न रुके।

चिंतामणि–अजी भागे क्यों ? ठहरो, कुछ मजा तो चखते जाओ!

मोटेराम–मैं हार गया भाई, हार गया।

चिंतामणि–अभी कुछ दक्षिणा तो लेते जाओ।

मोटेराम ने भागते हुए कहा–दया करो भाई, दया करो।

४

आठ बजते–बजते पंडित मोटेराम ने स्नान और पूजा करके कहा–अब विलम्ब नहीं करना चाहिए, फंकी तैयार है न ?

सोना–फंकी लिए तो कब से बैठी हूँ, तुम्हें तो जैसे किसी बात की सुधि नहीं रहती। रात को कौन देखता है कि कितनी देर तक पूजा करते हो।

मोटेराम–मैं तुमसे एक नहीं, हजार बार कह चुका कि मेरे कामों में मत बोला करो। तुम नहीं समझ सकतीं कि मैंने इतना विलम्ब क्यों किया। तुम्हें ईश्वर ने इतनी बुद्धि ही नहीं दी। जल्दी जाने से अपमान होता है। यजमान समझता है लोभी है, भुक्खड़ है। इसलिए चतुर लोग विलम्ब किया करते हैं। जिसमें यजमान समझे कि पंडित को इसकी सुधि ही नहीं है, भूल गए होंगे। बुलाने को आदमी भेजें। इस प्रकार जाने में जो मान–महत्व है वह भूखों की तरह जाने में क्या कभी हो सकता है? मैं बुलावे की प्रतीक्षा कर रहा हूँ। कोई न कोई आता ही होगा। लाओ थोड़ी फंकी। बालकों को खिला दी है न?

सोना–उन्हें तो मैंने साँझ ही को खिला दी थी।

मोटेराम–कोई सोया तो नहीं?

सोना–आज कौन सोयेगा? सब भूख–भूख चिल्ला रहे थे, तो मैंने एक पैसे का चबैना मँगवा दिया। सब के सब बैठे खा रहे हैं। सुनते नहीं हो, मार–पीट हो रही है।

मोटेराम ने दाँत पीसकर कहा–हाँ, भूल तो हुई। पर सब–के–सब इतना कोलाहल मचाये हुए थे कि सुना नहीं जाता था।

मोटेराम–रोते ही थे न, रोने देती। रोने से उनका पेट न भरता, बल्कि और भूख खुल जाती।

सहसा एक आदमी ने बाहर से आवाज दी–पंडित जी, महारानी बुला रही हैं। और लोगों को लेकर जल्दी चलो।

पंडित जी ने पत्नी की ओर गर्व से देख कर कहा–देखा, इसे निमंत्रण कहते

हैं। अब तैयारी करनी चाहिए।

बाहर आ कर पंडित जी ने उस आदमी से कहा–तुम एक क्षण और न आते, तो मैं कथा सुनाने चला गया होता। मुझे बिल्कुल याद न थी। चलो, हम बहुत शीघ्र आते हैं।

५

नौ बजते–बजते पंडित मोटेराम बाल–गोपाल सहित रानी साहब के द्वार पर जा पहुँचे। रानी बड़ी विशालकाय एवं तेजस्विनी महिला थीं। इस समय वे कारचोबीटार तकिया लगाए तख्त पर बैठी हुई थीं। दो आदमी हाथ बांधे पीछे खड़े थे। बिजली का पंखा चल रहा था। पंडित जी को देखते ही रानी ने तख्त से उठ कर चरण–स्पर्श किया और इस बालक–मंडल को देख कर मुस्कराती हुई बोलीं–इन बच्चों को आप कहाँ से पकड़ लाए ?

मोटेराम–करता क्या ? सारा नगर छान मारा; किसी पंडित ने आना स्वीकार नहीं किया ? कोई किसी के यहाँ निमंत्रित है, कोई किसी के यहाँ। तब तो मैं बहुत चकराया। अंत में मैंने उनसे कहा, अच्छा आप नहीं चलते तो हरि इच्छा; लेकिन ऐसा कीजिए कि मुझे लज्जित न होना पड़े। तब जबरदस्ती प्रत्येक के घर में जो बालक मिला, उसे पकड़ लाना पड़ा। क्यों फेकूराम, तुम्हारे पिता जी का कया नाम है ?

फेकूराम ने गर्व से कहा–पंडित सेतूराम पाठक।

रानी–बालक तो बड़ा होनहार है।

और बालकों को भी उत्कंठा हो रही थी कि हमारी परीक्षा ली जाय; लेकिन जब पंडित जी ने उनसे कोई प्रश्न न किया और उधर रानी ने फेकूराम की प्रशंसा कर दी तब तो वे अधीर हो उठे। भवानी बोला–मेरे पिता का नाम है गंगू पाँडे।

छेदी बोला–मेरे पिता का नाम है दमड़ी तिवारी!

बेनीराम ने कहा–मेरे पिता का नाम है पंडित मँगरू ओझा।

अलगूराम समझदार था। चुपचाप खड़ा रहा। रानी ने उससे पूछा–तुम्हारे पिता का क्या नाम है, जी ?

अलगूराम को इस वक्त पिता का निर्दिष्ट नाम याद न आया। न यही सूझा कि कोई ओर नाम ले ले। हतबुद्धि–सा खड़ा रहा। पंडित मोटेराम ने जब उसकी ओर दाँत पीसकर देखा, तब रहा–सहा हवास भी गायब हो गया।

फेकूराम ने कहा–हम बता दें। भैया भूल गए।

रानी ने आश्चर्य से पूछा–क्या अपने पिता का नाम भूल गया ? यह तो विचित्र बात देखी।

मोटेराम ने अलगू के पास जाकर कहा–क से है। अलगू राम बोल उठा–केशव पाँडे।

रानी–तो अब तक क्यों चुप था ?

मोटेराम–कुछ ऊँचा सुनता है, सरकार।

रानी–मैंने सामान तो बहुत–सा मँगवाया है। सब खराब होगा। लड़के क्या खायेंगे।

मोटेराम–सरकार, इन्हें बालक न समझें। इनमें जो सबसे छोटा है, यह दो पत्तल खाकर उठेगा।

६

जब सामने पत्तल पड़ गयीं और भंडारी चाँदी की थाली में एक से एक उत्तम पदार्थ ला–ला कर परसने लगा, तब पंडित मोटेराम जी की आँखें खुल गयीं। उन्हें आये–दिन निमंत्रण मिलते रहते थे, पर ऐसे अनुपम पदार्थ कभी सामने न आये थे। घी की ऐसी सोंधी सुगन्ध उन्हें कभी न मिली थी। प्रत्येक वस्तु से केवड़े और गुलाब की लपटें उड़ रही थीं। घी टपक रहा था। पंडित जी ने सोचा–ऐसे पदार्थों से कभी पेट भर सकता है! मनों खा जाऊं, फिर भी और खाने को जी चाहे। देवतागण इनसे उत्तम और कौन से पदार्थ खाते होंगे ? इनसे उत्तम पदार्थों की तो कल्पना भी नहीं हो सकती।

पंडित जी को इस वक्त अपने परममित्र पंडित चिंतामणि की याद आयी। अगर वे होते, तो रंग जम जाता। उनके बिना रंग फीका रहेगा। यहाँ दूसरा कौन है जिससे लाग–डाँट करूँ? लड़के दो–दो पत्तलों में चें बोल जायेंगे। सोना कुछ साथ देगी, मगर कब तक! चिंतामणि के बिना रंग न गठेगा। वे मुझे ललकारेंगे, मैं उन्हें ललकारूँगा। उस उमंग में पत्तलों की कौन गिनती। हमारी देखा–देखी लड़के भी डट जायेंगे। ओह, भूल हो गयी। यह ख्याल मुझे पहले न आया। रानी साहब से कहूँ, बुरा तो न मानेंगी। उँह! जो कुछ हो, एक बार जोर तो लगाना ही चाहिए। तुरंत खड़े होकर रानी साहब से बोले–सरकार ! आज्ञा हो तो कुछ कहूं।

रानी–कहिए, महाराज, क्या किसी वस्तु की कमी है?

मोटेराम–नहीं सरकार, किसी बात की नहीं; ऐसे उत्तम पदार्थ तो मैंने कभी देखे भी न थे। सारे नगर में आपकी कीर्ति फैल जायगी। मेरे परममित्र पंडित चिंतामणि जी हैं, आज्ञा हो तो उन्हें भी बुला लूं। बड़े विद्वान् कर्मनिष्ठ ब्राह्मण हैं। उनके जोड़

का इस नगर में दूसरा नहीं है। मैं उन्हें निमंत्रण देना भूल गया। अभी सुधि आयी।

रानी–आपकी इच्छा हो तो बुला लीजिए, मगर आने–जाने में देर होगी और भोजन परोस दिया गया है।

मोटेराम–मैं अभी आता हूँ सरकार, दौड़ता हुआ जाऊँगा।

रानी–मेरी मोटर ले लीजिए।

जब पंडित जी चलने को तैयार हुए तो सोना ने कहा–तुम्हें आज क्या हो गया है जी! उसे क्यों बुला रहे हो?

मोटेराम–कोई साथ देने वाला भी तो चाहिए?

सोना–मैं क्या तुमसे दब जाती ?

पंडित जी ने मुस्कराकर कहा–तुम जानती नहीं, घर की बात और है, दंगल की बात और। पुराना खिलाड़ी मैदान में जाकर जितना नाम करेगा, उतना नया पट्ठा नहीं कर सकता। वहाँ बल का काम नहीं, साहस का काम है। बस, यहाँ भी वही हाल समझो। झंडे गाड़ दूँगा, समझ लेना।

सोना–कहीं लड़के सो जायँ तो ?

मोटेराम–और भूख खुल जायगी। जगा तो मैं लूंगा।

सोना–देख लेना, आज वह तुम्हें पछाड़ेगा। उसके पेट में तो शनीचर है।

मोटेराम–बुद्धि की सर्वत्र प्रधानता रहती है। न समझो कि भोजन करने की कोई विद्या ही नहीं। इसका भी एक शास्त्र है, जिसे मथुरा के शनिचरानंद महाराज ने रचा है। चतुर आदमी थोड़ीं–सी जगह में गृहस्थी का सब सामान रख देता है। अनाड़ी बहुत–सी जगह में यही सोचता रहता है कि कौन वस्तु कहाँ रखूँ। गँवार आदमी पहले से ही हबक–हबक कर खाने लगता है और चट एक लोटा पानी पीकर अफर जाता है। चतुर आदमी बड़ी सावधानी से खाता है, उसको कौर नीचे उतारने के लिए पानी की आवश्यकता नहीं पड़ती। देर तक भोजन करते रहने से वह सुपाच्य भी हो जाता है। चिंतामणि मेरे सामने क्या ठहरेगा।

७

चिंतामणि जी अपने आँगन में उदास बैठे हुए थे। जिस प्राणी को वह अपना परमहितैषी समझते थे, जिसके लिए वे अपने प्राण तक देने को तैयार रहते थे, उसी ने आज उनके साथ बेवफाई की। बेवफाई ही नहीं की, उन्हें उठा कर दे मारा। पंडित मोटेराम के घर से तो कुछ जाता न था। अगर वे चिंतामणि जी को साथ लेते जाते, तो क्या रानी साहब उन्हें दुत्कार देतीं ? स्वार्थ के आगे कौन किसको

पूछता है? उन अमूल्य पदार्थों की कल्पना करके चिंतामणि के मुँह से लार टपकी पड़ती थी। अब सामने पत्तल आ गयी होगी! अब थालों में अमिरतियाँ लिए भंडारी जी आये होंगे! ओ हो। कितनी सुन्दर, कोमल, रसीली अमिरतियाँ होंगी! अब बेसन के लड्डू आये होंगे। ओ हो, कितने सुडौल, मेवों से भरे हुए, घी से तरातर लड्डू होंगे, मुँह में रखते ही रखते घुल जाते होंगे, जीभी भी न डुलानी पड़ती होगी। अहा! अब मोहनभोग आया होगा ! हाय रे दुर्भाग्य! मैं यहाँ पड़ा सड़ रहा हूँ और वहाँ यह बहार! बड़े निर्दयी हो मोटेराम, तुमसे इस निष्ठुरता की आशा न थी।

अमिरतीदेवी बोली–तुम इतना दिल छोटा क्यों करते हो ? पितृपक्ष तो आ ही रहा है। ऐसे–ऐसे न जाने कितने निमंत्रण आएंगे।

चिंतामणि–आज किसी अभागे का मुँह देखकर उठा था। लाओ तो पत्रा देखूँ, कैसा मुहूर्त है। अब नहीं रहा जाता। सारा नगर छान डालूँगा, कहीं तो पता चलेगा। नासिका तो दाहिनी चल रही है।

एकाएक मोटर की आवाज आयी। उसके प्रकाश से पंडित जी का सारा घर जगमगा उठा। वे खिड़की से झाँकने लगे, तो मोटेराम को मोटर से उतरते देखा। एक लम्बी साँस लेकर चारपाई पर गिर पड़े। मन में कहा कि दुष्ट भोजन करके अब यहाँ मुझसे बखान करने आया है ?

अमिरतीदेवी ने पूछा–कौन है डाढ़ीजार, इतनी रात को जगावत है ?

मोटेराम–हम हैं ! गाली न दो !

अमिरती–अरे दुर मुँहझौंसे से, तैं कौन है ! कहते हैं, हम हैं हम ! को जाने तैं कौन हम ?

मोटेराम–अरे, हमारी बोली नहीं पहचानती हो ? खूब पहचान लो। हम हैं, तुम्हारे देवर।

अमिरती–ऐ दुर, तोरे मुँह में का लागे। तोर लहास उठे। हमार देवर बनत है, डाढ़ीजार।

मोटेराम–अरे हम हैं मोटेराम शास्त्री। क्या इतना भी नहीं पहचानती ? चिंतामणि घर में है?

अमिरती ने किवाड़ खोल दिया और तिरस्कार–भाव से बोली– अरे तुम थे। तो नाम क्यों नहीं बताते थे ? जब इतनी गालियाँ खा लीं, तो बोल निकला। क्या है, क्या ?

मोटेराम–कुछ नहीं, चिंतामणि जी को शुभ–संवाद देने आया हूँ। रानी साहब ने उन्हें याद किया हैं।

अमिरती–भोजन के बाद बुला कर क्या करेंगी ?

मोटेराम–अभी भोजन कहाँ हुआ है! मैंने जब इनकी विद्या, कर्मनिष्ठा, सद्विचार की प्रशंसा की, तब मुग्ध हो गयीं। मुझसे कहा कि उन्हें मोटर पर लाओ! क्या सो गये ?

चिंतामणि चारपाई पर पड़े–पड़े सुन रहे थे। जी में आता था, चल कर मोटेराम के चरणों पर गिर पड़ूँ। उनके विषय में अब तक जितने कुत्सित विचार उठे थे, सब लुप्त हो गये। ग्लानि का आविर्भाव हुआ, रोने लगे।

अरे भाई, आते हो या सोते ही रहोगे ! यह कहते हुए मोटेराम उनके सामने जा कर खड़े हो गये।

चिंतामणि–तब क्यों न ले गये ? जब इतनी दुर्दशा कर लिये तब आये। अभी तक पीठ में दर्द हो रहा है।

मोटेराम–अजी, वह तर–माल खिलाऊँगा कि सारा दर्द–वर्द भाग जायेगा, तुम्हारे यजमानों को भी ऐसे पदार्थ मयस्सर न हुए हों! आज तुम्हें बद कर पछाड़ूँगा ?

चिंतामणि–तुम बेचारे मुझे क्या पछाड़ोगे। सारे शहर में तो कोई ऐसा माई का लाल दिखायी नहीं देता। हमें शनीचर का इष्ट है।

मोटेराम–अजी यहाँ बरसों तपस्या की है। भंडारे का भंडारा साफ कर दें और इच्छा ज्यों की त्यों बनी रहे। बस, यही समझ लो कि भोजन करके हम खड़े नहीं रह सकते। चलना तो दूसरी बात है। गाड़ी पर लद कर आते हैं।

चिंतामणि–तो यह कौन बड़ी बात हैं। यहाँ तो टिकटी पर उठा कर लाये जाते हैं। ऐसी–ऐसी डकारें लेते हैं कि जान पड़ता है बमगोला छूट रहा है। एक बार खोपिया पुलिस ने बम–गोले के संदेह में घर की तलाशी तक ली थी।

मोटेराम–झूठ बोलते हो। कोई इस तरह नहीं डकार सकता।

चिंतामणि–अच्छा, तो आकर सुन लेना। डर कर भाग न जाओ, तो सही।

एक क्षण में दोनों मित्र मोटर पर बैठे और मोटर चली।

८

रास्ते में पंडित चिंतामणि को शंका हुई कि कहीं ऐसा न हो कि मैं पंडित मोटेराम का पिछलग्गू समझा जाऊँ और मेरा यथेष्ट सम्मान न हो। उधर पंडित को भी हुआ कि कहीं ये महाशय मेरे प्रतिद्वंद्वी न बन जायें और रानी साहब पर अपना रंग जमा लें।

दोनों अपने–अपने मंसूबे बाँधने लगे। ज्यों ही मोटर रानी के भवन में पहुँची दोनों महाशय उतरे। अब मोटेराम चाहते थे कि पहले मैं रानी के पास पहुँच जाऊँ

और कह दूँ कि पंडित को ले आया, और चिंतामणि चाहते थे कि पहले मैं रानी के पास पहुँचूं और अपना रंग जमा दूँ। दोनों कदम बढ़ाने लगे। चिंतामणि हल्के होने के कारण जरा आगे बढ़ गये, तो पंडित मोटेराम दौड़ने लगे। चिंतामणि भी दौड़ पड़े। घुड़दौड़ सी होने लगी। मालूम होता था कि दो गैंड़े भागे जा रहे हैं। अन्त को मोटेराम ने हाँफते हुए कहा–राजसभा में दौड़ते हुए जाना उचित नहीं।

चिंतामणि–तो तुम धीरे–धीरे आओ न, दौड़ने को कौन कहता है।

मोटेराम–जरा रुक जाओ, मेरे पैर में काँटा गड़ गया है।

चिंतामणि–तो निकाल लो, तब तक मैं चलता हूँ।

मोटेराम–मैं न कहता, तो रानी तुम्हें पूछती भी न।

मोटेराम ने बहुत बहाने किए, पर चिन्तामणि ने एक न सुना। भवन में पहुँचे। रानी साहब बैठी कुछ लिख रही थीं और रह–रहकर द्वार की ओर ताक लेती थीं कि सहसा पंडित चिंतामणि उनके सामने आ खड़े हुए और यों स्तुति करने लगे–

'हे हे यशोदे, तू बालकेशव, मुरारनामा . . .'

रानी–क्या मतलब ? अपना मतलब कहो ?

चिंतामणि–सरकार को आशीर्वाद देता हूँ? सरकार ने इस दास चिंतामणि को निमंत्रित करके कितना अनुग्रसित (अनुगृहीत) किया है, उसका बखान शेषनाग अपनी सहस्त्र जिह्वा द्वारा भी नहीं कर सकते।

रानी–तुम्हारा ही नाम चिंतामणि है ? वे कहाँ रह गये, पंडित मोटेराम शास्त्री?

चिंतामणि–पीछे आ रहा है, सरकार। मेरे बराबर आ सकता है भला! मेरा तो शिष्य है।

रानी–अच्छा, तो वे आपके शिष्य हैं!

चिंतामणि–मैं अपने मुँह से अपनी बड़ाई नहीं करना चाहता सरकार! विद्वानों को नम्र होना चाहिए। पर जो यथार्थ है, वह तो संसार जानता है। सरकार, मैं किसी से वाद–विवाद नहीं करता, वह मेरा अनुशीलन (अभीष्ट) नहीं। मेरे शिष्य भी बहुधा मेरे गुरु बन जाते हैं, पर मैं किसी से कुछ नहीं कहता। जो सत्य है, वह सभी जानते हैं।

इतने में पंडित मोटेराम भी गिरते–पड़ते हाँफते हुए आ पहुँचे और यह देखकर कि चिंतामणि भद्रता और सभ्यता की मूर्ति बने खड़े हैं, वे देवोपम शान्ति के साथ खड़े हो गये।

रानी–पंडित चिंतामणि बड़े साधु एवं विद्वान हैं। आप इनके शिष्य हैं, फिर भी वे आपको अपना शिष्य नहीं कहते।

मोटेराम–सरकार, मैं इनका दासानुदास हूँ।

चिंतामणि–जगतारिणी, मैं इनका चरण–रज हूँ।

मोटेराम–रिपुदलसंहारिणी, मैं इनके द्वार का कूकर हूँ।

रानी–आप दोनों सज्जन पृज्य हैं। एक से एक बढ़े हुए। चलिए, भोजन कीजिए।

९

सोनारानी बैठी पंडित मोटेराम की राह देख रही थी। पति की इस मित्रभक्ति पर उन्हें बड़ा क्रोध आ रहा था। बड़े लड़कों के विषय में तो कोई चिन्ता न थी, लेकिन छोटे बच्चों के सो जाने का भय था। उन्हें किस्से–कहानियाँ सुना–सुना कर बहला रही थी कि भंडारी ने आकर कहा–महाराज चलो। दोनों पंडित जी आसन पर बैठ गये। फिर क्या था, बच्चे कूद–कूद कर भोजनशाला में जा पहुँचे। देखा, तो दोनों पंडित दो वीरों की भाँति आमने–सामने डटे बैठे हैं। दोनों अपना–अपना पुरुषार्थ दिखाने के लिए अधीर हो रहे थे।

चिंतामणि–भंडारी जी, तुम परोसने में बड़ा विलम्ब करते हो! क्या भीतर जाकर सोने लगते हो ?

भंडारी–चुपाई मारे बैठ रहो, जौन कुछ होई, सब आय जाई। घबड़ाये का नहीं होत। तुम्हारे सिवाय और कोई जिवैया नहीं बैठा है।

मोटेराम–भैया, भोजन करने के पहले कुछ देर सुगंध का स्वाद तो लो।

चिंतामणि–अजी, सुगंध गया चूल्हे में, सुगंध देवता लोग लेते हैं।

मोटेराम–धीरज धरो भैया, सब पदार्थों को आ जाने दो। ठाकुर जी का भोग तो लग जाय।

चिंतामणि–तो बैठे क्यों हो, तब तक भोग ही लगाओ। एक बाधा तो मिटे। नहीं तो लाओ, मैं चटपट भोग लगा दूँ। व्यर्थ देर करोगे।

इतने में रानी आ गयीं। चिंतामणि सावधान हो गये। रामायण की चौपाइयों का पाठ याद करने लगे–

'रहा एक दिन अवध अधारा। समुझत मन दुख भयउ अपारा।।

कौशलेश दशरथ के जाये। हम पितु बचन मानि बन आये।।

उलटि पलटि लंका कपि जारी। कूद पड़ा तब सिन्धु मझारी।।

जेहि पर जा कर सत्य सनेहू। सो तेहि मिले न कछु संदेहू।।

जामबंत के बचन सुहाये। सुनि हनुमान हृदय अति भाये।।

पंडित मोटेराम ने देखा कि चिंतामणि का रंग जमता जाता है, तो वे भी अपनी विद्वत्ता प्रकट करने को व्याकुल हो गए। बहुत दिमाग लड़ाया, पर कोई श्लोक,

कोई मंत्र, कोई कविता याद न आयी तब उन्होंने सीधे-सीधे राम-नाम का पाठ आरम्भ कर दिया-

'राम भज, राम भज, राम भज रे मन'-इन्होंने इतने ऊँचे स्वर से जाप करना शुरू किया कि चिन्तामणि को भी अपना स्वर ऊँचा करना पड़ा। मोटेराम और जोर से गरजने लगे। इतने में भंडारी ने कहा-महाराज, अब भोग लगाइये। यह सुनकर उस प्रतिस्पर्द्धा का अन्त हुआ। भोग की तैयारी हुई। बाल-वृद्ध सजग हो गये। किसी ने घंटा लिया, किसी ने घड़ियाल, किसी ने शंख, किसी ने करतल और चिंतामणि ने आरती उठा ली। मोटेराम मन में ऐंठ कर रह गये। रानी के समीप जाने का यह अवसर उनके हाथ से निकल गया।

पर यह किसे मालूम था कि विधि-वाम उधर कुछ और ही कुटिल-क्रीड़ा कर रहा है। आरती समाप्त हो गयी थी। भोजन शुरू होने को था कि एक कुत्ता न जाने किधर से आ निकला। पंडित चिंतामणि के हाथ से लड्डू थाल में गिर पड़ा। पंडित मोटेराम अचकचा कर रह गये। सर्वनाश!

चिंतामणि ने मोटेराम से इशारे में कहा-अब क्या करते हो मित्र ? कोई उपाय निकालो, यहाँ तो कमर टूट गई।

मोटेराम ने लम्बी साँस खींचकर कहा-अब क्या हो सकता है ? यह ससुर आया किधर से ?

रानी पास ही खड़ी थीं, उन्होंने कहा-अरे, कुत्ता किधर से आ गया ? यह रोज बँधा रहता था, आज कैसे छूट गया? अब तो रसोई भ्रष्ट हो गयी।

चिंतामणि-सरकार, आचार्यों ने इस विषय में . . .

मोटेराम-कोई हर्ज नहीं है सरकार, कोई हर्ज नहीं है!

सोना-भाग्य फूट गया। जोहत-जोहत आधी रात बीत गयी, तब ई विपत्ति फाट परी।

चिंतामणि-सरकार स्वान के मुख में अमृत . . .

मोटेराम-तो अब आज्ञा हो तो चलें।

रानी-हाँ और क्या। मुझे बड़ा दुःख है कि इस कुत्ते ने आज इतना बड़ा अनर्थ कर डाला। तुम बड़े गुस्ताख हो गए, टामी। भंडारी ये पत्तल उठा कर मेहतर को दे दो।

चिंतामणि- (सोना से) छाती फटी जाती है।

सोना को बालकों पर दया आयीं। बेचारे इतनी देर देवोषम धैर्य के साथ बैठे थे। बस चलता तो कुत्ते का गला घोंट देती। बोली-सरकार लरकन का दोष नहीं परत है। इम्हें काहे नहीं खवाय देत कोऊ।

चिंतामणि–मोटेराम महादुष्ट है। इसकी बुद्धि भ्रष्ट हो गयी है।

सोना–ऐसे तो बड़े विद्वान बनते रहें। अब काहे नाहीं बोलत बनत। मुँह में दही जम गया, जीभै नहीं खुलत है।

चिंतामणि–सत्य कहता हूँ, रानी को चकमा दे देता। उस दुष्ट के मारे सब खेल बिगड़ गया। सारी अभिलाषाएँ मन में रह गयीं। ऐसे पदार्थ अब कहाँ मिल सकते हैं।

सोना–सारी मनुसई निकल गयी। घर ही में गरजै के सेर हैं।

रानी ने भण्डारी को बुला कर कहा–इन छोटे–छोटे तीन बच्चों को खिला दो। ये बेचारे क्यों भूखों मरें। क्यों फेकूराम, मिठाई खाओगे!

फेकू–इसीलिए तो आये हैं।

रानी–कितनी मिठाई खाओगे ?

फेकू–बहुत–सी (हाथों से बता कर) इतनी!

रानी–अच्छी बात है। जितनी खाओगे उतनी मिलेगी; पर जो बात मैं पुछूँ, वह बतानी पड़ेगी। बताओगे न ?

फेकू–हाँ बताऊँगा, पूछिए!

रानी–झूठ बोले तो एक मिठाई न मिलेगी। समझ गये।

फेकू–मत दीजिएगा। मैं झूठ बोलूँगा ही नहीं।

रानी–अपने पिता का नाम बताओ।

मोटेराम–बालकों को हरदम सब बातें स्मरण नहीं रहती। उसने तो आते ही आते बता दिया था।

रानी–मैं फिर पूछती हूँ, इसमें आपकी क्या हानि है ?

चिंतामणि–नाम पूछने में कोई हर्ज नहीं।

मोटेराम–तुम चुप रहो चिंतामणि, नहीं तो ठीक न होगा। मेरे क्रोध को अभी तुम नहीं जानते। दबा बैठूँगा, तो रोते भागोगे।

रानी–आप तो व्यर्थ इतना क्रोध कर रहे हैं। बोलो फेकूराम, चुप क्यों हो, फिर मिठाई न पाओगे।

चिंतामणि–महारानी की इतनी दया–दृष्टि तुम्हारे ऊपर है, बता दो बेटा।

मोटेराम–चिंतामणि जी, मैं देख रहा हूँ, तुम्हारे अदिन आये हैं। वह नहीं बताता, तुम्हारा साझा; आये वहाँ से बड़े खैरख्वाह बन के।

सोना–अरे हाँ, लरकन से ई सब पँवारा से का मतलब। तुमका धरम परे मिठाई देव, न धरम परे न देव। ई का कि बाप का नाम बताओ तब मिठाई देव।

फेकूराम ने धीरे से कोई नाम लिया। इस पर पंडित जी ने उसे इतने जोर से

डाँट कि उसकी आधी बात मुँह में रह गयी।

रानी–क्यों डाँटते हो, उसे बोलने क्यों नहीं देते ? बोलो बेटा!

मोटेराम–आप हमें अपने द्वार पर बुला कर हमारा अपमान कर रही हैं।

अलगू–कहिए तो चिंतामणि को एक पटकन दूँ।

मोटेराम–नहीं बेटा, दुष्टों को परमात्मा स्वयं दण्ड देता है। चलो, यहाँ से चलें। अब भूल कर यहाँ न आयेंगे। खिलाना न पिलाना द्वार पर बुला कर ब्राह्मणों का अपमान करना। तभी तो देश में आग लगी हुई है।

चिंतामणि–मोटेराम, महारानी के सामने तुम्हें इतनी कटु बातें न करनी चाहिए।

मोटेराम–बस चुप ही रहना, नहीं तो सारा क्रोध तुम्हारे ही सिर जायेगा। माता–पिता का पता नहीं, ब्राह्मण बनने चले हैं। तुम्हें कौन कहता है ब्राह्मण ?

चिंतामणि–जो कुछ मन चाहे, कह लो। चंद्रमा पर थूकने से थूक अपने ही मुँह पर पड़ता है। जब तुम धर्म का एक लक्षण नहीं जानते, तब तुमसे क्या बातें करूँ? ब्राह्मण को धैर्य रखना चाहिए ?

मोटेराम–पेट के गुलाम हो। ठाकुरसोहाती कर रहे हो कि एकाध पत्तल मिल जाय। यहाँ मर्यादा का पालन करते हैं!

चिंतामणि–कह तो दिया भाई कि तुम बड़े, मैं छोटा। अब और क्या कहूँ। तुम सत्य कहते होगे, मैं ब्राह्मण नहीं शूद्र हूँ।

रानी–ऐसा न कहिए चिंतामणि जी।

इसका बदला न लिया तो कहना! यह कहते हुए पंडित मोटेराम बालक–वृंद के साथ बाहर चले आये और भाग्य को कोसते हुए घर को चले। बार–बार पछता रहे थे कि दुष्ट चिंतामणि को क्यों बुला लाया।

सोना ने कहा–भंडा फूटत–फूटत बच गया। फेकुआ नाँव बताय देता। काहे रे, अपने बाप केर नाँव बताय देते!

फेकू–और क्या। वे तो–सच–सच पूछती थीं!

मोटेराम–चिंतामणि ने रंग जमा लिया, अब आनंद से भोजन करेगा।

सोना–तुम्हार एको विद्या काम न आयी। ऊँ तीन बाजी लैगा।

मोटेराम–मैं तो जानता हूँ, रानी ने जान–बूझकर कुत्ते को बुला लिया।

सोना–मैं तो ओकरा मुँह देखत ताड़ गयी कि हमका पहचान गयी।

इधर तो यह लोग पछताते चले जाते थे, उधर चिंतामणि की पाँचों अंगुली घी में थीं। आसन सारे भोजन कर रहे थे। रानी अपने हाथों से मिठाइयाँ परोस रही थीं। वार्त्तालाप भी होता जाता था।

रानी–बड़ा धूर्त है ? मैं बालकों को देखते ही समझ गई। अपनी स्त्री को भेष

बदलकर लाते उसे लज्जा न आयी।

चिंतामणि–मुझे कोस रहे होंगे!

मुझसे उड़ने चला था। मैंने भी कहा था–बचा, तुमको ऐसी शिक्षा दूँगी कि उम्र भर याद करोगे। टामी को बुला लिया।

चिंतामणि–सरकार की बुद्धि को धन्य है!

• •

रामलीला

इधर एक मुद्दत से रामलीला देखने नहीं गया। बन्दरों के भद्दे चेहरे लगाये, आधी टाँगों का पाजामा और काले रंग का ऊँचा कुरता पहने आदमियों को दौड़ते हू-हू करते देखकर अब हँसी आती है; मजा नहीं आता। काशी की लीला जगदविख्यात है। सुना है, लोग दूर-दूर से देखने आते हैं। मैं भी बड़े शौक से गया; पर मुझे तो वहाँ की लीला और किसी वज्र देहात की लीला में कोई अन्तर न दिखाई दिया। हाँ, रामनगर की लीला में कुछ साज-सामान अच्छे हैं। राक्षसों और बन्दरों के चेहरे पीतल के हैं, गदायें भी पीतल की हैं। कदाचित् बनवासी भ्राताओं के मुकट सच्चे काम के हों; लेकिन साज-सामान के सिवा वहाँ भी वही हू-हू के सिवा और कुछ नहीं। फिर भी लाखों आदमियों की भीड़ लगी रहती।

लेकिन एक जमाना था, जब मुझे भी रामलीला में आनन्द आता था। आनन्द तो बहुत हल्का-सा शब्द है। वह आनन्द उन्माद से कम न था। संयोगवश उन दिनों मेरे घर से बहुत थोड़ी दूर पर रामलीला का मैदान था; और जिस घर में लीला-पात्रों का रूप-रंग भरा जाता था, वह तो मेरे घर से बिलकुल मिला हुआ था। दो बजे दिन से पात्रों की सजावट होने लगती थी। मैं दोपहर ही से वहाँ जा बैठता, और जिस उत्साह से दौड़-दौड़कर छोटे-मोटे काम करता, उस उत्साह से तो आज अपनी पेंशन लेने भी नहीं जाता। एक कोठरी में राजकुमारी का श्रृंगार होता था। उनकी देह में रामरज पीस कर पोती जाती; मुँह पर पाउडर लगाया जाता और पाउडर के ऊपर लाल, हरे, नीले रंग की बुँदकियाँ लगायी जाती थीं। सारा माथा, भौंहें, गाल, ठोड़ी, बुँदकियों से रच उठती थीं। एक ही आदमी इस काम में कुशल था। वही बारी-बारी से तीनों पात्रों का श्रृंगार करता था। जब इन तैयारियों के बाद विमान निकलता, तो उसपर रामचन्द्र जी के पीछे बैठकर मुझे जो उत्साह, जो गर्व, जो रोमांच होता था, वह अब लाट साहब के दरबार में कुरसी पर बैठ कर भी नहीं होता। एक बार जब होम-मेम्बर साहब ने व्यवस्थापक-सभा में मेरे एक प्रस्ताव का अनुमोदन किया था, उस वक्त मुझे कुछ उसी तरह का उल्लास, गर्व और रोमांच हुआ था। हाँ, एक बार जब मेरा ज्येष्ठ पुत्र नायब-तहसीलदारी में नामजद हुआ,

तब भी ऐसी ही तरंगें मन में उठी थीं, पर इनमें और उस बाल–विह्वलता में बड़ा अन्तर है। तब ऐसा मालूम होता था कि मैं स्वर्ग में बैठा हूँ।

निषाद–नौका–लीला का दिन था। मैं दो–चार लड़कों के बहकाने में आकर गुल्ली–डण्डा खेलने लगा था! आज श्रृंगार देखने न गया। विमान भी निकला; पर मैंने खेलना न छोड़ा। मुझे अपना दाँव लेना था। अपना दाँव छोड़ने के लिए उससे कहीं बढ़कर आत्मत्याग की जरूरत थी, जितना मैं कर सकता था। अगर दांव देना होता तो मैं कब का भाग खड़ा होता, लेकिन पदाने में कुछ और ही बात होती है। खैर, दाँव पूरा हुआ। अगर मैं चाहता, तो धांधली करके दस–पाँच मिनट और पदा सकता था, इसकी काफी गुंजाइश थी, लेकिन अब इसका मौका न था। मैं सीधे नाले की तरफ दौड़ा। विमान जल–तट पर पहुँच चुका था। मैंने दूर से देखा–मल्लाह किश्ती लिए आ रहा है। दौड़ा, लेकिन आदमियों की भीड़ में दौड़ना कठिन था। आखिर जब में भीड़ हटाता, प्राण–पण से आगे बढ़ता घाट पर पहुँचा, तो निषाद अपनी नौका खोल चुका था। रामचन्द्र पर मेरी कितनी श्रद्धा थी! अपने पाठ की चिंता न करके इन्हें पढ़ा दिया करता था, जिस में वह फेल न हो जायें। मुझसे उम्र ज्यादा होने पर भी वह नीची कक्षा में पढ़ते थे। लेकिन वही रामचंद्र नौका पर बैठे इस तरह मुँह फेरे चले जाते, मानो मुझसे जान–पहचान ही नहीं। नकल में भी असल की कुछ–न–कुछ बू आ ही जाती है। भक्तों पर जिनकी निगाह सदा ही तीखी रही है, वह मुझे क्यों उबारते ? मैं विकल होकर उस बछड़े की भाँति कूदने लगा, जिसकी गरदन पर पहली बार जुआ रखा गया हो। कभी लपककर नाले की ओर जाता, कभी किसी सहायक की खोज में पीछे की तरफ दौड़ता, पर सब के सब अपनी धुन में मस्त थे; मेरी चीख–पुकार किसी के कानों तक न पहुँची। तब से बड़ी–बड़ी विपत्तियाँ झेलीं, पर उस समय जितना दुख हुआ, उतना फिर कभी न हुआ।

मैंने निश्चय किया था कि अब रामचन्द्र से न कभी बोलूंगा, न कभी खाने की कोई चीज ही दूँगा। लेकिन ज्योंही नाले को पार करके वह पुल की ओर लौटे, मैं दौड़ कर विमान पर चढ़ गया और ऐसा खुश हुआ मानो कोई बात न हुई थी।

२

रामलीला समाप्त हो गयी थी। राजगद्दी होने वाली थी, पर न जाने क्यों देर हो रही थी। शायद चन्दा कम वसूल हुआ था। रामचंद्र की इन दिनों कोई बात भी न पूछता था। न घर जाने की छुट्टी मिलती थी, न भोजन का ही प्रबन्ध

होता था। चौधरी साहब के यहाँ से एक सीधा कोई तीन बजे दिन को मिलता था। बाकी सारे दिन कोई पानी को भी नहीं पूछता। लेकिन मेरी श्रद्धा अभी तक ज्यों की त्यों थी। मेरी दृष्टि में अब भी रामचंद्र ही थे। घर पर मुझे खाने की कोई चीज मिलती, वह लेकर रामचंद्र को दे आता। उन्हें खिलाने में जितना आनन्द मिलता था, उतना आप खा जाने में कभी न मिलता। कोई मिठाई या फल पाते ही मैं बेतहाशा चौपाल की ओर दौड़ता। अगर रामचन्द्र वहाँ न मिलते तो उन्हें चारों ओर तलाश करता, और जब तक वह चीज उन्हें न खिला लेता, मुझे चैन न आता था।

खैर राजगद्दी का दिन आया। रामलीला के मैदान में एक बड़ा–सा शामियाना ताना गया। उसकी खूब सजावट की गई। वेश्याओं के दल भी आ पहुँचे। शाम को रामचंद्र की सवारी निकली, और प्रत्येक द्वार पर उनकी आरती उतारी गई। श्रद्धानुसार किसी ने रुपये दिए, किसी ने पैसे। मेरे पिता पुलिस के आदमी थे इसलिए उन्होंने बिना कुछ दिये आरती उतारी। उस वक्त मुझे जितनी लज्जा आयी, उसे बयान नहीं कर सकता। मेरे पास उस वक्त संयोग से एक रुपया था। मेरे मामा जी दशहरे के पहले आये थे ओर मुझे एक रुपया दे गए थे। उस रुपये को मैंने रख छोड़ा था। दशहरे के दिन भी खर्च न कर सका। मैंने तुरन्त वह रुपया लाकर आरती की थाली में डाल दिया। पिता जी मेरी ओर कुपित नेत्रों से देखकर रह गये। उन्होंने कुछ कहा तो नहीं लेकिन मुँह ऐसा बना लिया जिससे प्रगट होता था कि मेरी इस घृष्टता से उनके रोब में बट्टा लग गया। रात के दस बजते–बजते यह परिक्रमा पूरी हुई। आरती की थाली रुपयों और पैसों से भरी हुई थी। ठीक तो नहीं कह सकता, मगर अब ऐसा अनुमान होता है कि चार–पाँच सौ रुपयों से कम न थे। चौधरी साहब इनसे कुछ ज्यादा ही खर्च कर चुके थे। उन्हें बड़ी फिक्र हुई कि किसी तरह कम से कम दो सौ रुपये और वसूल हो जायें और इसकी सबसे अच्छी तरकीब उन्हें यही मालूम हुई कि वेश्याओं द्वारा महफिल में वसूली हो। जब लोग आकर बैठ जायें, और महफिल का रंग जम जाय तो आबादीजान रसिकजनों की कलाइयाँ, पकड़–पकड़ कर ऐसे हावभाव दिखायें कि लोग शरमाते–शरमाते भी कुछ न कुछ दे ही मरें। आबादीजान और चौधरी साहब में सलाह होने लगी। मैं संयोग से उन दोनों प्राणियों की बातें सुन रहा था। चौधरी साहब ने समझा होगा यह लौंडा क्या मतलब समझेगा। पर यहाँ ईश्वर की दया से अक्ल के पुतले थे। सारी दास्तान समझ में आती जाती थी।

चौधरी–सुनो आबादीजान, यह तुम्हारी ज्यादती है। हमारा और तुम्हारा कोई पहला साबिका तो है नहीं। ईश्वर ने चाहा, तो यहाँ हमेशा तुम्हारा आना–जाना लगा रहेगा। अब की चन्दा बहुत कम आया, नहीं तो मैं तुमसे इतना इसरार न करता।

आबादीजान–आप मुझ से भी जमींदारी चालें चलते हैं, क्यों? मगर यहाँ हुजूर की दाल न गलेगी। वाह! रुपये तो मैं वसूल करूँ, और मूँछों पर ताव आप दें। कमाई का अच्छा ढंग निकाला है। इस कमाई से तो वाकई आप थोड़े दिनों में राजा हो जायेंगे। उसके सामने जमींदारी झक मारेगी! बस, कल ही से एक चकला खोल दीजिए! खुदा की कसम, मालामाल हो जाइएगा।

चौधरी–तुम दिल्लगी करती हो, और यहाँ काफिया तंग हो रहा है।

आबादीजान–तो आप भी तो मुझी से उस्तादी करते हैं। यहाँ आप जैसे काँइयों को रोज उँगलियों पर नचाती हूँ।

चौधरी–आखिर तुम्हारी मंशा क्या है ?

आबादीजान–जो कुछ वसूल करूँ, उसमें आधा मेरा, आधा आपका। लाइए, हाथ मारिए।

चौधरी–यही सही।

आबादीजान–अच्छा, तो पहले मेरे सौ रुपये गिन दीजिए। पीछे से आप अलसेट करने लगेंगे।

चौधरी–वाह! वह भी लोगी और यह भी।

आबादीजान–अच्छा! तो क्या आप समझते थे कि अपनी उजरत छोड़ दूँगी? वाह री आपकी समझ! खूब; क्यों न हो। दीवाना बकारे दरवेश हुशियार!

चौधरी–तो क्या तुमने दोहरी फीस लेने की ठानी है?

आबादीजान–अगर आप को सौ दफे गरज हो, तो। वरना मेरे सौ रुपये तो कहीं गये ही नहीं। मुझे क्या कुत्ते ने काटा है जो लोगों की जेब में हाथ डालती फिरूँ?

चौधरी की एक न चली। आबादी के सामने दबना पड़ा। नाच शुरू हुआ। आबादीजान बला की शोख औरत थी। एक तो कमसिन, उस पर हसीन। और उसकी अदाएँ तो इस ग़ज़ब की थीं कि मेरी तबीयत भी मस्त हुई जाती थी। आदमियों को पहचानने का गुण भी उसमें कुछ कम न था। जिसके सामने बैठ गयी, उससे कुछ न कुछ ले ही लिया। पाँच रुपये से कम तो शायद ही किसी ने दिये हों। पिताजी के सामने भी वह बैठी। मैं मारे शर्म के गड़ गया। जब उसने उनकी कलाई पकड़ी, तब तो मैं सहम उठा। मुझे यकीन था कि पिता जी उसका हाथ झटक देंगे और शायद दुत्कार भी दें, किंतु यह क्या हो रहा है। ईश्वर! मेरी आँखें धोखा तो नहीं खा रही हैं! पिता जी मूँछों में हँस रहे हैं। ऐसी मृदु–हँसी उनके चेहरे पर मैंने कभी नहीं देखी थी। उनकी आँखों से अनुराग टपका पड़ता था। उनका एक–एक रोम पुलकित हो रहा था। मगर ईश्वर ने मेरी लाज रख ली। वह देखो, उन्होंने धीरे से आबादी के कोमल हाथों से अपनी कलाई छुड़ा ली। अरे! यह फिर क्या हुआ?

आबादी तो उनके गले में बाहें डाले देती है। अब पिता जी उसे जरूर पीटेंगे। चुड़ैल को जरा भी शर्म नहीं।

एक महाशय ने मुस्करा कर कहा–यहाँ तुम्हारी दाल नहीं गलेगी, आबादीजान! और दरवाजा देखो।

बात तो इन महाशय ने मेरे मन की कही और बहुत ही उचित कही, लेकिन न-जाने क्यों पिता जी ने उसकी ओर कुपित नेत्रों से देखा, और मूँछों पर ताव दिया। मुँह से तो वह कुछ न बोले, पर उनके मुख की आकृति चिल्ला कर सरोष शब्दों में कह रही थी–तू बनिया, मुझे समझता क्या है? यहाँ ऐसे अवसर पर जान तक निसार करने को तैयार हैं। रुपये की हकीकत ही क्या! तेरा जी चाहे, आजमा ले। तुझसे दूनी रकम न दे डालूँ तो मुँह न दिखाऊँ! महान् आश्चर्य! घोर अनर्थ! आरे, जमीन तू फट क्यों नहीं जाती? आकाश, तू गिर क्यों नहीं पड़ता? अरे मुझे मौत क्यों नहीं आ जाती! पिता जी जेब में हाथ डाल रहे हैं। वह कोई चीज निकाली, और सेठ जी को दिखा कर आबादीजान को दे डाली। आह! यह तो अशर्फी है। चारों ओर तालियाँ बजने लगीं। सेठ जी उल्लू बन गये। पिता जी से मुँह की खायी, इसका निश्चय मैं नहीं कर सकता। मैंने केवल इतना देखा कि पिता जी ने एक अशर्फी निकाल कर आबादीजान को दी। उनकी आँखों में इस समय इतना गर्वयुक्त उल्लास था, मानो उन्होंने हातिम की कब्र पर लात मारी हो। यही पिता जी हैं, जिन्होंने मुझे आरती में एक रुपया डालते देखकर मेरी ओर इस तरह से देखा था, मानो मुझे फाड़ ही खायेंगे। मेरे उस परमोचित व्यवहार से उनके रोब में फर्क आता था। और इस समय इस घृणित, कुत्सित और निंदित व्यापार पर गर्व और आनन्द से फूले न समाते थे।

आबादीजान ने एक मनोहर मुस्कान के साथ पिता जी को सलाम किया और आगे बढ़ी। मगर मुझसे वहाँ न बैठा गया। मारे शर्म के मेरा मस्तक झुका जाता था। अगर मेरी आँखों–देखी बात न होती, तो मुझे इस पर कभी एतबार न होता। मैं बाहर कुछ देखता–सुनता था, उसकी रिपोर्ट अम्मा से जरूर करता था। पर इस मामले को मैंने उनसे छिपा कर रखा। मैं जानता था, उन्हें यह बात सुनकर बड़ा दुःख होगा।

रात भर गाना होता रहा। तबले की धमक मेरे कानों में आ रही थी। जी चाहता था चल कर देखूं, पर साहस न होता था। मैं किसी को मुँह कैसे दिखाऊँगा? कहीं किसी ने पिता जी का जिक्र छेड़ दिया तो मैं क्या करूँगा?

प्रात:काल रामचन्द्र की विदाई होनेवाली थी। मैं चारपाई से उठते ही आँखें मलता हुआ चौपाल की ओर भागा? डर रहा था कि कहीं रामचन्द्र चले न गये हों। पहुँचा

तो देखा, तवायफों की सवारियाँ जाने को तैयार हैं। बीसों आदमी हसरतनाक मुँह बनाये उन्हें घेरे खड़े हैं। मैने उनकी ओर आँख तक न उठाई। सीधा रामचन्द्र के पास पहुँचा। लक्ष्मण और सीता बैठे रो रहे थे, और रामचन्द्र खड़े काँधे पर लुटिया-डोर डाले उन्हें समझा रहे थे। मेरे सिवा वहाँ और कोई न था। मैंने कुंठित-स्वर से रामचन्द्र से पूछा-क्या तुम्हारी विदाई हो गयी?

रामचन्द्र-हाँ, हो तो गयी। हमारी विदाई ही क्या? चौधरी साहब ने कह दिया-जाओ। चले जाते हैं।

'क्या रुपया और कपड़े नहीं मिले ?'

'अभी नहीं मिले। चौधरी साहब कहते हैं-इस वक्त बचत में रुपये नहीं हैं। फिर आ कर ले जाना।

'कुछ नहीं मिला ?'

'एक पैसा भी नहीं। कहते हैं, कुछ बचत नहीं हुई। मैंने सोचा था, कुछ रुपये मिल जायेंगे तो पढ़ने की किताबें ले लूँगा! सो कुछ न मिला। राहखर्च भी नहीं दिया। कहते हैं-कौन दूर है, चले जाओ।'

मुझे ऐसा क्रोध आया कि चल कर चौधरी को खूब आड़े हाथों लूँ। वेश्याओं के लिए रुपये, सवारियाँ सब कुछ; पर बेचारे रामचंद्र और उनके साथियों के लिए कुछ भी नहीं! जिन लोगों ने रात को आबादीजान पर दस-दस, बीस-बीस रुपये न्योछावर किये थे, उनके पास क्या इनके लिए दो-दो, चार-चार आने पैसे भी नहीं। पिता जी ने भी तो आबादीजान को एक अशर्फी दी थी। देखूँ, इनके नाम पर क्या देते हैं! मैं दौड़ा हुआ पिता जी के पास गया। वह कहीं तफतीश पर जाने को तैयार खड़े थे। मुझे देख कर बोले-कहाँ घूम रहे हो? पढ़ने के वक्त तुम्हें घूमने की सूझती है?

मैंने कहा-गया था चौपाल। रामचंद्र विदा हो रहे थे। उन्हें चौधरी साहब ने कुछ नहीं दिया।

'तो तुम्हें इसकी क्या फिक्र पड़ी है ?'

'वह जायेंगे कैसे? पास राह-खर्च भी तो नहीं है।'

'क्या कुछ खर्च भी नहीं दिया? यह चौधरी साहब की बेइंसाफी है।'

'आप अगर दो रुपया दे दें, तो मैं उन्हें दे आऊँ। इतने में शायद वह घर पहुँच जायें।'

पिता जी ने तीव्रदृष्टि से देख कर कहा-जाओ, अपनी किताब देखो, मेरे पास रुपये नहीं हैं।

यह कहकर वह घोड़े पर सवार हो गये। उसी दिन से पिता जी पर से मेरी

श्रद्धा उठ गयी। मैंने फिर कभी उनकी डांट–डपट की परवाह नहीं की। मेरा दिल कहता–आपको मुझको उपदेश देने का कोई अधिकार नहीं है। मुझे उनकी सूरत से चिढ़ हो गयी। वह जो कहते, मैं ठीक उसका उल्टा करता। यद्यपि इसमें मेरी हानि हुई; लेकिन मेरा अंतःकरण उस समय विप्लवकारी विचारों से भरा हुआ था।

मेरे पास दो आने पैसे पड़े हुए थे। मैंने पैसे उठा लिये और जा कर शरमाते–शरमाते रामचन्द्र को दे दिये। उन पैसों को देख कर रामचन्द्र को जितना हर्ष हुआ, वह मेरे लिये आशातीत था। टूट पड़े, मानो प्यासे को पानी मिल गया।

यही दो आने पैसे ले कर तीनों मूर्तियाँ विदा हुई! केवल मैं ही उनके साथ कस्बे के बाहर तक पहुँचाने आया।

उन्हें विदा करके लौटा, तो मेरी आँखें सजल थीं; पर हृदय आनंद से उमड़ा हुआ।

• •

मंत्र

पंडित लीलाधर चौबे की जबान में जादू था। जिस वक्त वह मंच पर खड़े होकर अपनी वाणी की सुधावृष्टि करने लगते थे; श्रोताओं की आत्माएँ तृप्त हो जाती थीं, लोगों पर अनुराग का नशा छा जाता था। चौबेजी के व्याख्यानों में तत्त्व तो बहुत कम होता था, शब्द–योजना भी बहुत सुन्दर न होती थी; लेकिन बार–बार दुहराने पर भी उसका असर कम न होता, बल्कि घन की चोटों की भाँति और भी प्रभावोत्पादक हो जाता था। हमें तो विश्वास नहीं आता, किन्तु सुननेवाले कहते हैं, उन्होंने केवल एक व्याख्यान रट रखा है। और उसी को वह शब्दशः प्रत्येक सभा में एक नये अन्दाज से दुहराया करते हैं। जातीय गौरव–गान उनके व्याख्यानों का प्रधान गुण था; मंच पर आते ही भारत के प्राचीन गौरव और पूर्वजों की अमर–कीर्ति का राग छेड़कर सभा को मुग्ध कर देते थे। यथा–

'सज्जनो ! हमारी अधोगति की कथा सुन कर किसकी आँखों से अश्रुधारा न निकल पड़ेगी ? हमें प्राचीन गौरव को याद करके संदेह होने लगता है कि हम वही हैं, या बदल गये। जिसने कल सिंह से पंजा लिया वह आज चूहे को देख कर बिल खोज रहा है। इस पतन की भी सीमा है। दूर क्यों जाइए महाराज चंद्रगुप्त के समय को ही ले लीजिए। यूनान का सुविज्ञ इतिहासकार लिखता है कि उस जमाने में यहाँ द्वार पर ताले न डाले जाते थे, चोरी कहीं सुनने में न आती थी, व्यभिचार का नाम–निशान न था, दस्तावेजों का आविष्कार ही न हुआ था, पुर्जों पर लाखों का लेन–देन हो जाता था, न्याय पद पर बैठे हुए कर्मचारी मक्खियाँ मारा करते थे। सज्जनो! उन दिनों कोई आदमी जवान न मरता था। (तालियाँ) हाँ, उन दिनों कोई आदमी जवान न मरता था। बाप के सामने बेटे का अवसान हो जाना एक अभूतपूर्व, एक असंभव, घटना थी। आज ऐसे कितने माता–पिता हैं, जिनके कलेजे पर जवान बेटों का दाग न हो? वह भारत नहीं रहा, भारत गारत हो गया !'

यह चौबे जी की शैली थी। वर्तमान की अधोगति और दुर्दशा तथा भूत की

समृद्धि और दुर्दशा का राग अलाप कर लोगों में जातीय स्वाभिमान जाग्रत कर देते थे। इसी सिद्धि की बदौलत उनकी नेताओं में गणना होती थी। विशेषत: हिंदू-सभा के तो वह कर्णधार ही समझे जाते थे। हिंदू-सभा के उपासकों में कोई ऐसा उत्साही, ऐसा दक्ष, ऐसा नीति-चतुर दूसरा न था। यों कहिए कि सभा के लिए उन्होंने अपना जीवन ही उत्सर्ग कर दिया था। धन तो उनके पास न था, कम से कम लोगों का विचार यही था; लेकिन साहस, धैर्य और बुद्धि जैसा अमूल्य रत्न उनके पास ही थे। हिंदू-जाति का उत्थान और पतन, जीवन और मरण उनके विचार में इसी प्रश्न पर अवलम्बित था। शुद्धि के सिवाय अब हिंदू जाति के पुनर्जीवन का और कोई उपाय न था। जाति की समस्त नैतिक शारीरिक, मानसिक, सामाजिक, आर्थिक और धार्मिक बीमारियों की दवा इसी आंदोलन की सफलता में मर्यादित थी, और वह तन, मन से इसका उद्योग किया करते थे। चंदे वसूल करने में चौबे जी सिद्धहस्त थे। ईश्वर ने उन्हें वह 'गुन' बता दिया था कि पत्थर से भी तेल निकाल सकते थे। कंजूसों को तो वह ऐसा उलटे छुरे से मूंड़ते थे कि उन महाशयों को सदा के लिए शिक्षा मिल जाती थी! इस विषय में पंडित जी साम, दाम, दंड और भेद इन चारों नीतियों से काम लेते थे, यहाँ तक कि राष्ट्र-हित के लिए डाका और चोरी को भी क्षम्य समझते थे।

२

गरमी के दिन थे। लीलाधर जी किसी शीतल पार्वत्य-प्रदेश को जाने की तैयारियाँ कर रहे थे कि सैर की सैर हो जायगी, और बन पड़ा तो कुछ चंदा भी वसूल कर लायेंगे। उनको जब भ्रमण की इच्छा होती, तो मित्रों के साथ एक डेपुटेशन के रूप में निकल खड़े होते; अगर एक हजार रुपये वसूल करके वह इसका आधा सैर-सपाटे में खर्च भी करदें, तो किसी की क्या हानि ? हिंदू सभा को तो कुछ न कुछ मिल ही जाता था। वह न उद्योग करते, तो इतना भी तो न मिलता! पंडित जी ने अब की सपरिवार जाने का निश्चय किया था? जब से 'शुद्धि' का आविर्भाव हुआ था, उनकी आर्थिक दशा, जो पहले बहुत शोचनीय रहती थी, बहुत कुछ सम्हल गयी थी।

लेकिन जाति के उपासकों का ऐसा सौभाग्य कहाँ कि शांति-निवास का आनन्द उठा सकें। उनका तो जन्म ही मारे-मारे फिरने के लिए होता है। खबर आयी कि मद्रास प्रांत में तब लीग वालों ने तूफान मचा रखा है। हिन्दुओं के गाँव के गाँव मुसलमान होते जाते हैं। मुल्लाओं ने बड़े जोश से तब लीग का काम शुरू किया

है; अगर हिंदू-सभा ने इस प्रवाह को रोकने की आयोजना न की, तो सारा प्रांत हिन्दुओं से शून्य हो जायगा, किसी शिखाधारी की सूरत तक न नजर आयेगी।

हिन्दू-सभा में खलबली मच गयी। तुरन्त एक विशेष अधिवेशन हुआ और नेताओं के सामने यह समस्या उपस्थित की गयी। बहुत सोच-विचार के बाद निश्चय हुआ कि चौबे जी पर इस कार्य का भार रखा जाय। उनसे प्रार्थना की जाय कि वह तुरंत मद्रास चले जायें, और धर्म-विमुख बंधुओं का उद्धार करें। कहने ही की देर थी। चौबे जी तो हिंदू-जाति की सेवा के लिए अपने को अर्पण ही कर चुके थे; पर्वत-यात्रा का विचार रोक दिया, और मद्रास जाने को तैयार हो गये। हिन्दू-सभा के मंत्री ने आँखों में आँसू भर कर उनसे विनय की कि महाराज, यह बेड़ा आप ही उठा सकते हैं। आप ही को परमात्मा ने इतनी सामर्थ्य दी है। आपके सिवा ऐसा कोई दूसरा मनुष्य भारतवर्ष में नहीं है, जो इस घोर विपत्ति में काम आये। जाति की दीन-हीन दशा पर दया कीजिए। चौबे जी इस प्रार्थना को अस्वीकार न कर सके। फौरन सेवकों की एक मंडली बनी और पंडित जी के नेतृत्व में रवाना हुई। हिन्दू-सभा ने उसे बड़ी धूम से विदाई का भोज दिया। एक उदार रईस ने चौबे जी को एक थैली भेंट की, और रेलवे-स्टेशन पर हजारों आदमी उन्हें विदा करने आये।

यात्रा का वृत्तांत लिखने की जरूरत नहीं। हर एक बड़े स्टेशन पर सेवकों का सम्मानपूर्ण स्वागत हुआ। कई जगह थैलियाँ मिलीं। रतलाम की रियासत ने एक शामियाना भेंट किया। बड़ौदा ने एक मोटर दी कि सेवकों को पैदल चलने का कष्ट न उठाना पड़े, यहाँ तक कि मद्रास पहुँचते-पहँचते सेवा-दल के पास एक माकूल रकम के अतिरिक्त जरूरत की कितनी चीजे जमा हो गयीं। वहाँ आबादी से दूर खुले हुए मैदान में हिंदू-सभा का पड़ाव पड़ा। शामियाने पर राष्ट्रीय-झंडा लहराने लगा। सेवकों ने अपनी-अपनी वर्दियाँ निकालीं, स्थानीय धन-कुबेरों ने दावत के सामान भेजे, रावटियाँ, पड़ गयीं। चारों ओर ऐसी चहल-पहल हो गयी, मानो किसी राजा का कैम्प है।

३

रात के आठ बजे थे। अछूतों की एक बस्ती के समीप, सेवक दल का कैम्प गैस के प्रकाश से जगमगा रहा था। कई हजार आदमियों का जमाव था, जिसमें अधिकांश अछूत ही थे। उनके लिए अलग टाट बिछा दिये गये थे। ऊँचे वर्ण के हिंदू कालीनों पर बैठे हुए थे। पंडित लीलाधर का धुआंधार व्याख्यान हो रहा था-तुम उन्हीं ऋषियों की संतान हो, जो आकाश के नीचे एक नयी सृष्टि की

रचना कर सकते थे! जिनके न्याय, बुद्धि और विचार–शक्ति के सामने आज सारा संसार सिर झुका रहा है।

सहसा एक बूढ़े अछूत ने उठ कर पूछा–हम लोग भी उन्हीं ऋषियों की संतान हैं?

लीलाधर–निस्संदेह! तुम्हारी धमनियों में भी उन्हीं का रक्त दौड़ रहा है, और यद्यपि आज का निर्दयी, कठोर, विचारहीन और संकुचित हिंदू–समाज तुम्हें अवहेलना की दृष्टि से देख रहा है; तथापि तुम किसी हिन्दू से नीचे नहीं हो, चाहे वह अपने को कितना ही ऊँचा समझता हो।

बूढ़ा–तुम्हारी सभा हम लोगों की सुधि क्यों नहीं लेती ?

लीलाधर–हिन्दू–सभा का जन्म अभी थोड़े ही दिन हुए हुआ है, और इस अल्पकाल में उसने जितने काम किये हैं, उस पर उसे अभिमान हो सकता है। हिंदू–जाति शताब्दियों के बाद गहरी नींद से चौंकी है, और अब वह समय निकट है, जब भारतवर्ष में कोई हिंदू किसी हिंदू को नीच न समझेगा, जब वह सब एक दूसरे को भाई समझेंगे। श्रीरामचन्द्र ने निषाद को छाती से लगाया था, शबरी के जूठे बेर खाये थे . .

बूढ़ा–आप जब इन्हीं महात्माओं की संतान हैं, तो फिर ऊँच–नीच में क्यों इतना भेद मानते हैं ?

लीलाधर–इसलिए कि हम पतित हो गये हैं, अज्ञान में पड़कर उन महात्माओं को भूल गये हैं।

बूढ़ा–अब तो आपकी निद्रा टूटी है, हमारे साथ भोजन करोगे ?

लीलाधर–मुझे कोई आपत्ति नहीं है।

बूढ़ा–मेरे लड़के से अपनी कन्या का विवाह कीजिएगा ?

लीलाधर–जब तक तुम्हारे जन्म–संस्कार न बदल जायँ, जब तक तुम्हारे आहार–व्यवहार में परिवर्तन न हो जाय, हम तुमसे विवाह का सम्बन्ध नहीं कर सकते। मांस खाना छोड़ो, मदिरा पीना छोड़ो, शिक्षा ग्रहण करो, तभी तुम उच्च–वर्ण के हिंदुओं में मिल सकते हो।

बूढ़ा–हम कितने ही ऐसे कुलीन ब्राह्मणों को जानते हैं जो रात–दिन नशे में डूबे रहते हैं, मांस के बिना कौर नहीं उठाते; पर आपको उनके साथ भोजन करते देखता हूँ। उनसे विवाह–सम्बन्ध करने में आपको कदाचित् इनकार न होगा। जब आप खुद अज्ञान में पड़े हुए हैं तो हमारा उद्धार कैसे कर सकते हैं ? आपका हृदय अभी तक अभिमान से भरा हुआ है। जाइए, अभी कुछ दिन और अपनी आत्मा का सुधार कीजिए। हमारा उद्धार आपके किये न होगा। हिंदू–समाज में रह कर हमारे माथे

से नीचता का कलंक न मिटेगा। हम कितने ही विद्वान, कितने ही आचारवान् हो जाएँ, आप हमें यों ही नीच समझते रहेंगे। हिंदुओं की आत्मा मर गयी है, और उसका स्थान अहंकार ने ले लिया है! हम अब देवता की शरण जा रहे हैं, जिनके मानने–वाले हमसे गले मिलने को आज ही तैयार हैं। वे यह नहीं कहते कि तुम अपने संस्कार बदल कर आओ। हम अच्छे हैं या बुरे, वे इसी दशा में हमें अपने पास बुला रहे हैं। आप अगर ऊँचे हैं तो ऊंचे बने रहिए। हमें उड़ना न पड़ेगा।

लीलाधर–एक ऋषि–संतान के मुँह से ऐसी बातें सुनकर मुझे आश्चर्य हो रहा है। वर्ण–भेद तो ऋषियों ही का किया हुआ है। उसे तुम कैसे मिटा सकते हो ?

बूढ़ा–ऋषियों को मत बदनाम कीजिए। यह सब पाखंड आप लोगों का रचा हुआ है। आप कहते हैं–तुम मदिरा पीते हो; लेकिन आप मदिरा पीने वालों की जूतियाँ चाटते हैं। आप हमसे मांस खाने के कारण घिनाते हैं; लेकिन आप गो–मांस खानेवालों के सामने नाक रगड़ते हैं। इसलिए न कि वे आप से बलवान् हैं! हम भी आज राजा हो जायँ, तो आप हमारे सामने हाथ बाँधे खड़े होंगे। आपके धर्म में वहीं ऊँचा है, जो बलवान् है; वही नीच है, जो निर्बल है। यही आपका धर्म है ?

यह कह कर बूढ़ा वहाँ से चला गया और उसके साथ ही और लोग भी उठ खड़े हुए। लेकिन चौबे जी और उनके दलवाले मंच पर रह गये, मानो मंच–गान सम्राप्त हो जाने के बाद उसकी प्रतिध्वनि वायु में गूँज रही हो।

४

तब लीगवालों ने जब से चौबे जी की आने की खबर सुनी थी, इस फिक्र में थे कि किसी उपाय से इन सबको यहाँ से दूर करना चाहिए। चौबे जी का नाम दूर–दूर तक प्रसिद्ध था। जानते थे, यह यहाँ जम गया, तो हमारी सारी की–करायी मेहनत व्यर्थ हो जायगी। इसके कदम यहाँ जमने न पायें। मुल्लाओं ने उपाय सोचना शुरू किया। बहुत वाद–विवाद, हुज्जत और दलील के बाद निश्चय हुआ कि इस काफिर को कत्ल कर दिया जाय। ऐसा सवाब लूटने के लिये आदमियों की क्या कमी? उनके लिए तो जन्नत का दरवाजा खुल जायगा, हूरें उसकी बलाएँ लेंगी, फरिश्ते उसके कदमों की खाक का सुरमा बनायेंगे, रतूल उनके सर–पर बरकत का हाथ रखेंगे, खुदाबन्द–करीम उसे सीने से लगायेंगे और कहेंगे–तू मेरा प्यारा दोस्त है। दो हट्टे–कट्टे जवानों ने तुरन्त बीड़ा उठा लिया।

रात के दस बज गये थे। हिन्दू–सभा के कैंप में सन्नाटा– था। केवल चौबे जी अपनी रावटी में बैठे हिन्दू–सभा के मंत्री को पत्र लिख रहे थे–यहाँ सबसे बड़ी

आवश्यकता धन की है। रुपया, रुपया, रुपया! जितना भेज सकें, भेजिए। डेपुटेशन भेज कर वसूल कीजिए, मोटे महाजनों की जेब टटोलिए, भिक्षा माँगिए। बिना धनके इन अभागों का उद्धार न होगा। जब तक कोई पाठशाला न खुले, कोई चिकित्सालय न स्थापित हो, कोई वाचनालय न हो, इन्हें कैसे विश्वास आयेगा कि हिन्दू-सभा उनकी हितचिंतक है। तब लीगवाले जितना खर्च कर रहे हैं, उसका आधा भी मुझे मिल जाय, तो हिंदू-धर्म की पताका फहराने लगे। केवल व्याख्यानों से काम न चलेगा। असीसों से कोई जिंदा नहीं रहता।

सहसा किसी की आहट पा कर वह चौंक पड़े। आँखें ऊपर उठायीं तो देखा, दो आदमी सामने खड़े हैं। पंडित जी ने शंकित हो कर पूछा–तुम कौन हो ? क्या काम है?

उत्तर मिला–हम इजराईल के फरिश्ते हैं। तुम्हारी रू कब्ज करने आये हैं। इजराईल ने तुम्हें याद किया है।

पंडित जी यों बहुत ही बलिष्ठ पुरुष थे, उन दोनों को एक धक्के में गिरा सकते थे। प्रातःकाल तीन पाव मोहनभोग और दो सेर दूध का नाश्ता करते थे। दोपहर के समय पाव भर घी दाल में खाते, तीसरे पहर दूधिया भंग छानते, जिसमें सेर भर मलाई और आधा सेर बादाम मिली रहती। रात को डट कर ब्यालू करते; क्योंकि प्रातः काल तक फिर कुछ न खाते थे। इस पर तुर्रा यह कि पैदल पग भर भी न चलते थे! पालकी मिले, तो पूछना ही क्या, जैसे घर का पलंग उड़ा जा रहा हो। कुछ न हो, तो इक्का तो था ही; यद्यपि काशी में ही दो ही चार इक्केवाले ऐसे थे जो उन्हें देख कर कह न दें कि 'इक्का खाली नहीं है।' ऐसा मनुष्य नर्म अखाड़े में पटकर ऊपरवाले पहलवान को थका सकता था, चुस्ती और फुर्ती के अवसर पर तो रेत पर निकला हुआ कछुआ था।

पंडित जी ने एक बार कनखियों से दरवाजे की तरफ देखा। भागने का कोई मौका न था। तब उनमें साहस का संचार हुआ। भय की पराकाष्ठा ही साहस है। अपने सोंटे की तरफ हाथ बढ़ाया और गरज कर बोले–निकल जाओ यहाँ से!

बात मुँह से पूरी न निकली थी कि लाठियों का वार पड़ा। पंडित जी मूर्च्छित होकर गिर पड़े। शत्रुओं ने समीप में आकर देखा, जीवन का कोई लक्षण न था। समझ गए, काम तमाम हो गया। लूटने का विचार न था; पर जब कोई पूछने वाला न हो तो हाथ बढ़ाने में क्या हर्ज। जो कुछ हाथ लगा, ले-देकर चलते बने।

५

प्रातःकाल बूढ़ा भी उधर से निकला, तो सन्नाटा छाया हुआ था, न आदमी, न आदमजाद। छोलदारियाँ भी गायब! चकराया, यह माजरा क्या है ? रात

ही भर में अलादीन के महल की तरह सब कुछ गायब हो गया। उन महात्माओं में से एक भी नजर नहीं आता, जो प्रातःकाल मोहनभोग उड़ाते और संध्या समय भंग घोटते दिखायी देते थे। जगा और समीप जाकर पंडित लीलाधर की रावटी में झाँका तो कलेजा सन्न से हो गया! पंडित जी जमीन पर मुर्दे की तरह पड़े हुए थे। मुँह पर मक्खियाँ भिनक रही थीं। सिर के बालों में रक्त ऐसा जम गया था, जैसे किसी चित्रकार के ब्रश में रंग। सारे कपड़े लहू–लुहान हो रहे थे। समझ गया, पंडित जी के साथियों ने उन्हें मार कर अपनी राह ली। सहसा पंडित जी के मुँह से कराहने की आवाज निकली। अभी जान बाकी थी। बूढ़ा तुरन्त दौड़ा हुआ गाँव में आ गया और कई आदमियों को लाकर पंडित जी को अपने घर उठवा ले गया।

मरहम–पट्टी होने लगी। बूढ़ा दिन के दिन और रात की रात पंडित जी के पास बैठा रहता। उसके घरवाले उनकी शुश्रूषा में लगे रहते। गाँव वाले भी यथाशक्ति सहायता करते। इस बेचारे का यहाँ कौन अपना बैठा हुआ है ? अपने हैं तो हम, बेगाने हैं तो हम। हमारे ही उद्धार के लिए तो बेचारा यहाँ आया था, नहीं तो यहाँ उसे क्यों आना था? कई बार पंडित जी अपने घर पर बीमार पड़ चुके थे, पर उनके घरवालों ने इतनी तन्मयता से उनकी तीमारदारी न की थी। सारा घर और घर ही नहीं, सारा गाँव उनका गुलाम बना हुआ था। अतिथि–सेवा उनके धर्म का एक अंग था। साँप का मंत्र जानने वाला देहाती अब भी माघ–पूस की अंधेरी मेघाच्छन्न रात्रि में मंत्र झाड़ने के लिए दस–पाँच कोस पैदल दौड़ता हुआ चला जाता है। उसे डबल फीस और सवारी की जरूरत नहीं होती। बूढ़ा मल–मूत्र तक अपने हाथों उठाकर फेंकता, पंडित जी की घुड़कियाँ सुनता, सारे गाँव से दूध माँगकर उन्हें पिलाता। पर उसकी त्योरियाँ कभी मैली न होतीं। अगर उसके कहीं चले जाने पर घरवाले लापरवाही करते तो आकर सबको डाँटता।

महीने भर के बाद पंडित जी चलने–फिरने लगे और अब उन्हें ज्ञात हुआ कि इन लोगों ने मेरे साथ कितना उपकार किया है। इन्हीं लोगों का काम था कि मुझे मौत के मुँह से निकाला, नहीं तो मरने में क्या कसर रह गयी थी? उन्हें अनुभव हुआ कि मैं जिन लोगों को नीच समझता था, और जिनके उद्धार का बीड़ा उठाकर आया था वे मुझसे कहीं ऊँचे हैं। मैं इस परिस्थिति में कदाचित् रोगी को किसी अस्पताल में भेज कर ही अपनी कर्तव्य–निष्ठा पर गर्व करता; समझता मैंने दधीचि और हरिश्चन्द्र का मुख उज्ज्वल कर दिया। उनके रोएँ–रोएँ से इन देव–तुल्य प्राणियों के प्रति आशीर्वाद निकलने लगा।

६

तीन महीने गुजर गये। न तो हिन्दू–सभा ने पंडित जी की खबर ली और न घरवालों ने। सभा के मुख–पत्र में उनकी मृत्यु पर आँसू बहाए गये, उनके

कामों की प्रशंसा की गयी, और उनका स्मारक बनाने के लिए चन्दा खोल दिया गया। घरवाले भी रो–पीट कर बैठे रहे।

उधर पंडित जी दूध और घी खाकर चौक–चौबन्द हो गये। चेहरे पर खून की सुर्खी दौड़ गयी, देह भर गयी। देहात के जलवायु ने वह काम कर दिखाया जो कभी मलाई और मक्खन से हुआ था। पहले की तरह तैयार तो वह न हुए; पर फुर्ती और चुस्ती दुगनी हो गयी। मोटाई का आलस्य अब नाम को भी न था। उनमें एक नये जीवन का प्रवाह हो गया!

जाड़ा शुरू हो गया था। पंडित जी घर लौटने की तैयारियाँ कर रहे थे। इतने में प्लेग का आक्रमण हुआ, और गाँव के तीन आदमी बीमार हो गए। बूढ़ा चौधरी उन्हीं में था। घरवाले इन रोगियों को छोड़कर भाग खड़े हुए। वहाँ का दस्तूर था कि जिन बीमारियों को वे लोग दैवी का कोप समझते थे, उनके रोगियों को छोड़कर चले जाते थे। उन्हें बचाना देवताओं से बैर मोल लेना था, और देवताओं से वैर करके कहाँ जाते? जिस प्राणी को देवता ने चुन लिया, उसे भला वे उसके हाथों से छीनने का साहस कैसे करते? पंडित जी को भी लोगों ने साथ ले जाना चाहा; किन्तु पंडित जी न गए। उन्होंने गाँव में रहकर रोगियों की रक्षा करने का निश्चय किया। जिस प्राणी ने उन्हें मौत के पंजे से छुड़ाया था; उसे इस दशा में छोड़कर वह कैसे जाते? उपकार ने उनकी आत्मा को जगा दिया था। बूढ़े चौधरी ने तीसरे दिन होश आने पर जब उन्हें अपने पास खड़े देखा, तो बोला–महाराज, तुम यहाँ क्यों आ गये? मेरे लिए देवताओं का हुक्म आ गया है। अब मैं किसी तरह नहीं रुक सकता। तुम क्यों अपनी जान जोखिम में डालते हो? मुझ पर दया करो, चले जाओ।

लेकिन पंडित जी पर कोई असर न हुआ। वह बारी–बारी से तीनों रोगियों के पास जाते और उनकी गिल्टियाँ सेंकते, कभी उन्हें पुराणों की कथाएँ सुनाते। घरों में नाज, बरतन आदि सब ज्यों के त्यों रखे हुए थे। पंडित जी पथ्य बनाकर रोगियों को खिलाते। रात को जब रोगी सो जाते और सारा गाँव भाँय–भाँय करने लगता तो पंडित जी को भयंकर जंतु दिखायी देते। उनके कलेजे में धड़कन होने लगती; लेकिन वहाँ से टलने का नाम न लेते। उन्होंने निश्चय कर लिया था कि या तो इन लोगों को बचा ही लूँगा या इन पर अपने को बलिदान ही कर दूँगा।

जब तीन दिन सेंक–बाँध करने पर भी रोगियों की हालत न सँभली, तो पंडित जी को बड़ी चिंता हुई। शहर वहाँ से बीस मील पर था। रेल का कहीं पता नहीं, रास्ता बीहड़ और सवारी कोई नहीं। इधर यह भय कि अकेले रोगियों की न जाने क्या दशा हो। बेचारे बड़े संकट में पड़े। अंत में चौथे दिन, पहर रात रहे, वह अकेले

शहर को चल दिए और दस बजते–बजते वहाँ जा पहुँचे। अस्पताल से दवा लेने में बड़ी कठिनाई का सामना करना पड़ा। गँवारों से अस्पताल वाले दवाओं का मनमाना दाम वसूल करते थे। पंडित जी को मुफ्त क्यों देने लगे ? डाटकर मुंशी ने कहा–दवा तैयार नहीं है।

पंडित जी ने गिड़गिड़ा कर कहा–सरकार, बड़ी दूर से आया हूँ। कई आदमी बीमार पड़े हैं। दवा न मिलेगी, तो सब मर जायेंगे।

मुंशी ने बिगड़ कर कहा–क्यों सिर खाए जाते हो ? कह तो दिया, दवा तैयार नहीं है, न तो इतनी जल्दी हो ही सकती है।

पंडित जी अत्यन्त दीनभाव से बोलें–सरकार, ब्राह्मण हूँ; आपके बाल–बच्चों को भगवान चिरंजीवी करें, दया कीजिए। आपका अकबाल चमकता रहे।

रिश्वती कर्मचारी में दया कहाँ? वे तो रुपये के गुलाम हैं। ज्यों–ज्यों पंडित जी उसकी खुशामद करते थे, वह और भी झल्लाता था। अपने जीवन में पंडित जी ने कभी इतनी दीनता न प्रकट की थी। उनके पास इस वक्त एक धेला भी न था; अगर वह जानते कि दवा मिलने में इतनी दिक्कत होगी, तो गाँव वालों से ही कुछ माँग–जाँच कर लाते होते। बेचारे हतबुद्धि–से खड़े सोच रहे थे कि अब क्या करना, चाहिए? सहसा डाक्टर साहब स्वयं बँगले से निकल आये। पंडितजी लपक कर उनके पैरों पर गिर पड़े और करुण स्वर में बोले–दीनबंधु मेरे घर के तीन आदमी ताऊन में पड़े हुए हैं। बड़ा गरीब हूँ, सरकार, कोई दवा मिले।

डाक्टर साहब के पास ऐसे गरीब लोग नित्य आया करते थे। उनके चरण पर किसी का गिर पड़ना, उनके सामने पड़े हुए आर्त्तनाद करना, उनके लिए कुछ नयी बातें न थीं। अगर इस तरह वह दया करने लगते तो दवा ही भर को होते; यह ठाट–बाठ कहाँ से निभता ? मगर दिल के चाहे कितने ही बुरे हों, बातें मीठी–मीठी करते थे। पैर हटाकर बोले–रोगी कहाँ हैं ?

पंडित जी–सरकार, वे तो घर पर हैं। इतनी दूर कैसे लाता?

डाक्टर–रोगी घर, और तुम दवा लेने आया है ? कितने मजे की बात है! रोगी को देखे बिना कैसे दवा दे सकता है ?

पंडित जी को अपनी भूल मालूम हुई। वास्तव में बिना रोगी को देखे रोग की पहचान कैसे हो सकती है; लेकिन तीन–तीन रोगियों को इतनी दूर लाना आसान न था। अगर गाँव वाले उनकी सहायता करते तो डोलियों का प्रबन्ध हो सकता था; पर वहाँ तो सब कुछ अपने ही बूते पर करना था, गाँववालों से इसमें सहायता मिलने की कोई आशा न थी। सहायता की कौन कहे, वे तो उनके शत्रु हो रहे थे। उन्हें भय होता था कि यह दुष्ट देवताओं से वैर बढ़ाकर हम लोगों पर न–जाने क्या

विपत्ति लाएगा। अगर कोई दूसरा आदमी होता, तो वह उसे कब का मार चुके होते। पंडित जी से उन्हें प्रेम हो गया था, इसलिए छोड़ दिया था।

यह जवाब सुनकर पंडित जी को कुछ बोलने का साहस तो न था; पर कलेजा मजबूत करके बोले–सरकार, अब कुछ नहीं हो सकता?

डाक्टर–अस्पताल से दवा नहीं मिल सकता। हम अपने पास से, दाम लेकर दवा दे सकता है।

पंडित जी–यह दवा कितने की होगी, सरकार।

डाक्टर साहब ने दवा का दाम दस रुपए बतलाया, और यह भी कहा कि इस दवा से जितना लाभ होगा, उतना अस्पताल की दवा से नहीं हो सकता। बोले–वहाँ पुरानी दवाई रखा रहता है। गरीब लोग आता है; दवाई ले जाता है; जिसको जीना होता है; जीता है, जिसे मरना होता है; मरता है; हमसे कुछ मतलब नहीं। हम तुमको जो दवा देगा, वह सच्चा दवा होगा।

दस रुपये! इस समय पंडित जी को दस रुपये दस लाख जान पड़े। इतने रुपये वह एक दिन में भंग बूटी में उड़ा दिया करते थे; पर इस समय तो धेले–धेले को मुहताज थे। किसी से उधार मिलने की आशा कहां। हाँ, संभव है, भिक्षा माँगने से कुछ मिल जाय; लेकिन इतनी जल्द दस रुपये किसी भी उपाय से न मिल सकते थे। आधे धंटे तक वह इसी उधेड़बुन में खड़े रहे। भिक्षा के सिवा दूसरा कोई उपाय न सूझता था, और भिक्षा उन्होंने कभी माँगी न थी। वह चंदे जमा कर चुके थे, एक–एक बार में हजारों वसूल कर लेते थे; पर वह दूसरी बात थी। धर्म के रक्षक जाति के सेवक और दलितों के उद्धारक बन कर चंदा लेने में एक गौरव था, चंदा लेकर वह देने वालों पर एहसान करते थे; पर यहाँ तो भिखारियों की तरह हाथ फैलाना, गिड़गिड़ाना और फटकारें सहनी पड़ेंगी। कोई कहेगा–इतने मोटे–ताजे तो हो, मेहनत क्यों नहीं करते, तुम्हें भीख माँगते शर्म भी नहीं आती? कोई कहेगा–घास खोद लाओ, मैं तुम्हें अच्छी मजदूरी दूँगा। किसी को उनके ब्राह्मण होने का विश्वास न आयेगा। अगर यहाँ उनका रेशमी अचकन और रेशमी साफा होता, केसरिया रंगवाला दुपट्टा ही मिल जाता, तो वह कोई स्वाँग भर लेते। ज्योतिषी बनकर वह किसी धनी सेठ को फाँस सकते थे और इन फन में वह उस्ताद भी थे; पर यहाँ वह सामान कहाँ ? कपड़े–लत्ते तो सब कुछ लुट चुके थे। विपत्ति में कदाचित् बुद्धि भी भ्रष्ट हो जाती है। अगर वह मैदान में खड़े होकर कोई मनोहर व्याख्यान दे देते, तो शायद उनके दस–पाँच भक्त पैदा हो जाते, लेकिन इस तरफ उनका ध्यान ही न गया। वह सजे हुए पंडाल में, फूलों से सुसज्जित मेज के सामने, मंच पर खड़े होकर अपनी वाणी का चमत्कार दिखला सकते थे। इस दुरवस्था में कौन उनका व्याख्यान सुनेगा।

लोग समझेंगे, कोई पागल बक रहा है।

मगर दोपहर ढली जा रही थी, अधिक सोच-विचार का अवकाश न था। यहीं संध्या हो गयी, तो रात को लौटना असंभव हो जायगा। फिर रोगियों की न जाने क्या दशा हो। वह अब इस अनिश्चित दशा में खड़े न रह सके। चाहे जितना तिरस्कार हो, कितना ही अपमान सहना पड़े, भिक्षा के सिवा और कोई उपाय न था।

वह बाजार में जाकर एक दुकान के सामने खड़े हो गए; पर कुछ माँगने की हिम्मत न पड़ी!

दुकानदार ने पूछा-क्या लोगे ?

पंडित जी बोले-चावल का क्या भाव है?

मगर दूसरी दुकान पर पहुँच कर वह ज्यादा सावधान हो गये। सेठ जी गद्दी पर बैठे हुए थे। पंडित जी आकर उनके सामने खड़े हो गये और गीता का एक श्लोक पढ़ सुनाया। उनका शुद्ध उच्चारण और मधुर वाणी सुमकर सेठ जी चकित हो गए, पूछा-कहाँ स्थान है ?

पंडित जी-काशी से आ रहा हूँ।

यह कह कर पंडित जी ने सेठ जी को धर्म के दसों लक्षण बतलाये और श्लोक की ऐसी अच्छी व्याख्या की कि वह मुग्ध हो गए। बोले-महाराज, आज चलकर मेरे स्थान को पवित्र कीजिए।

कोई स्वार्थी आदमी होता, तो इस प्रस्ताव को सहर्ष स्वीकार कर लेता; लेकिन पंडित जी को लौटने की पड़ी थी। बोले-नहीं सेठ जी, मुझे अवकाश नहीं है। सेठ-महाराज, आपको हमारी इतनी खातिरी करनी पड़ेगी।

पंडित जी जब किसी तरह ठहरने पर राजी न हुए, तो सेठ जी ने उदास होकर कहा-फिर हम आपकी क्या सेवा करें? कुछ आज्ञा दीजिए। आपकी वाणी से तृप्ति नहीं हुई। फिर कभी इधर आना हो, तो अवश्य दर्शन दीजिएगा।

पंडित जी-आपकी इतनी श्रद्धा है तो अवश्य आऊँगा।

यह कह कर पंडित जी फिर उठ खड़े हुए। संकोच ने फिर उनकी जबान बंद कर दी। यह आदर-सत्कार इसीलिए तो है कि मैं अपना स्वार्थ-भाव छिपाये हुए हूँ। कोई इच्छा प्रकट की और इनकी आँखें बदलीं। सूखा जवाब चाहे न मिले; पर श्रद्धा न रहेगी। वह नीचे उतर गये और सड़क पर एक क्षण के लिए खड़े हो कर सोचने लगे-अब कहाँ जाऊँ? उधर जाड़े का दिन किसी विलासी के धन की भाँति भागा चला जाता था। वह अपने ही ऊपर झुँझला रहे थे-जब किसी से मांगूंगा नहीं, तो कोई क्यों देने लगा ? कोई क्या मेरे मन का हाल जानता है? वे दिन गये, जब

धनी लोग ब्राह्मणों की पूजा किया करते थे। यह आशा छोड़ दो कि कोई महाशय आ कर तुम्हारे हाथ में रुपये रख देंगे। वह धीरे-धीरे आगे बढ़े।

सहसा सेठ जी ने पीछे से पुकारा-पंडित जी, जरा ठहरिए।

पंडित जी ठहर गये। फिर घर चलने के लिए आग्रह करने आता होगा। यह तो न हुआ कि एक रुपये का नोट ला कर देता, मुझे घर ले जाकर न जाने क्या करेगा?

मगर जब सेठ जी ने सचमुच एक गिन्नी निकाल कर उनके पैरों पर रख दी; तो उनकी आँखों में एहसान के आँसू उछल आये। हैं! अब भी सच्चे धर्मात्मा जीव संसार में हैं, नहीं तो यह पृथ्वी रसातल को न चली जाती? अगर इस वक्त उन्हें सेठ जी के कल्याण के लिए अपनी देह का सेर-आध सेर रक्त भी देना पड़ता, तो भी शौक से दे देते। गदगद कंठ से बोले-इसका तो कुछ न था, सेठ जी! मैं भिक्षुक नहीं हूँ, आपका सेवक हूँ।

सेठ जी श्रद्धा-विनयपूर्ण शब्द में बोले-भगवन्, इसे स्वीकार कीजिए। यह दान नहीं, भेंट है। मैं भी आदमी पहचानता हूँ। बहुतेरे साधु-संत, योगी-यती देश और धर्म के सेवक आते रहते हैं; पर न जाने क्यों किसी के प्रति मेरे मन में श्रद्धा नहीं उत्पन्न होती? उनसे किसी तरह पिंड छुड़ाने की पड़ जाती है। आपका संकोच देख कर मैं समझ गया कि आपका यह पेशा नहीं है। आप विद्वान, धर्मात्मा हैं; पर किसी संकट में पड़े हुए हैं। इस तुच्छ भेंट को स्वीकार कीजिए और मुझे आशीर्वाद दीजिए।

७

पंडित जी दवाएँ लेकर घर चले तो हर्ष, उल्लास और विजय से उनका हृदय उछला पड़ता था। हनुमान जी भी संजीवन-बूटी ला कर इतने प्रसन्न न हुए होंगे। ऐसा सच्चा आनन्द उन्हें कभी प्राप्त न हुआ था। उनके हृदय में इतने पवित्र भावों का संचार कभी न हुआ था।

दिन बहुत थोड़ा रह गया था। सूर्यदेव अविरल गति से पश्चिम की ओर दौड़ते चले जाते थे। क्या उन्हें भी किसी रोगी को दवा देनी थी? वह बड़े वेग से दौड़ते हुए पर्वत की ओट में छिप गये? पंडित जी और भी फुर्ती से पाँव बढ़ाने लगे, मानो उन्होंने सूर्यदेव को पकड़ लेने की ठानी है।

देखते-देखते अँधेरा सा छा गया। आकाश में दो-तारे दिखाई देने लगे। अभी दस मील की मंजिल बाकी थी। जिस तरह काली घटा को सिर पर मँड़राते देखकर गृहिणी दौड़-दौड़कर सुखावन समेटने लगती है, उसी भाँति लीलाधर ने भी दौड़ना

शुरू किया। उन्हें अकेले पड़ जाने का भय न था, भय था आँधेरे में राह भूल जाने का। दायें–बायें बस्तियाँ छूटती जाती थीं। पंडित जी को ये गाँव इस समय बहुत ही सुहावने मालूम होते थे। कितने आनंद से लोग अलाव के सामने बैठे ताप रहे थे।

सहसा उन्हें एक कुत्ता दिखायी दिया। न–जाने किधर से आ कर उनके सामने पगडंडी पर चलने लगा। पंडित जी चौंक पड़े; पर एक क्षण में उन्होंने कुत्ते को पहचान लिया। वह बूढ़े चौधरी का कुत्ता मोती था। वह गाँव छोड़कर आज इधर इतनी दूर कैसे आ निकला? क्या वह जानता है? पंडित जी दवा लेकर आ रहे होंगे, कहीं रास्ता भूल जाएँ? कौन जानता है? पंडित जी ने एक बार मोती कह कर पुकारा, तो कुत्ते ने दुम हिलायी; पर रुका नहीं। वह इससे अधिक परिचय दे कर समय नष्ट न करना चाहता था। पंडित जी को ज्ञात हुआ कि ईश्वर मेरे साथ है वही मेरी रक्षा कर रहे हैं। अब उन्हें कुशल से घर पहुँचने का विश्वास हो गया।

दस बजते–बजते पंडित जी घर पहुँचे गये।

रोग घातक न था; पर यश पंडित जी को बदा था। एक सप्ताह के बाद तीनों रोगी चंगे हो गये। पंडित जी की कीर्ति दूर–दूर तक फैल गयी। उन्होंने यम–देवता पर भी विजय पा ली थी।असंभव को संभव कर दिखाया था। वह साक्षात् भगवान् थे। उनके दर्शनों के लिए लोग दूर–दूर से आने लगे; किंतु पंडित जी को अपनी कीर्ति से इतना आनन्द न होता था, जितना रोगियों को चलते–फिरते देख कर!

चौधरी ने कहा–महाराज, तुम साक्षात् भगवान् हो। तुम न आ जाते, तो हम न बचते।

पंडित जी बोले–मैंने कुछ नहीं किया। यह सब ईश्वर की दया है।

चौधरी–अब हम तुम्हें कभी न जाने देंगे। जा कर अपने बाल–बच्चों को भी ले आओ।

पंडित–हाँ, मैं भी यही सोच रहा हूँ। तुमको छोड़कर अब नहीं जा सकता।

८

मुल्लाओं ने मैदान खाली पाकर आस–पास के देहातों में खूब जोर बाँध रखा था। गाँव के गाँव मुसलमान होते जाते थे। उधर हिंदू–सभा ने सन्नाटा खींच लिया था। किसी की हिम्मत न पड़ती थी कि इधर आये। लोग दूर बैठे हुए मुसलमानों पर गोला–बारूद चला रहे थे। इस हत्या का बदला कैसे लिया जाय, यही उनके सामने सबसे बड़ी समस्या थी। अधिकारियों के पास बार–बार प्रार्थना–पत्र भेजे जा

रहे थे कि इस मामले की छीनबीन की जाय और बार बार यही जवाब मिलता था कि हत्याकारियों का पता नहीं चलता। उधर पंडित जी के स्मारक के लिए चंदा भी जमा किया जा रहा था।

मगर इस नयी ज्योति ने मुल्लाओं का रंग फीका कर दिया। वहाँ एक ऐसे देवता का अवतार हुआ था, जो मुर्दों को जिला देता था, जो अपने भक्तों के कल्याण के लिए अपने प्राणों का बलिदान कर सकता था। मुल्लाओं के यहाँ यह सिद्धि कहाँ, यह विभूति कहाँ, यह चमत्कार कहाँ? इस ज्वलंत उपकार के सामने जन्नत और अखूबत (भातृ–भाव) की कोरी दलीलें कब ठहर सकती थीं? पंडित जी अब वह अपने ब्राह्मणत्व पर घमंड करने वाले पंडित जी न थे। उन्होंने शूद्रों और भीलों का आदर करना सीख लिया था। उन्हें छाती से लगाते हुए अब पंडित जी को घृणा न होती थी। अपना घर अँधेरा पाकर ही ये इस्लामी दीपक की ओर झुके थे। जब अपने घर में सूर्य का प्रकाश हो गया, तो उन्हें दूसरों के यहाँ जाने की क्या जरूरत थी। सनातन धर्म की विजय हो गयी। गाँव–गाँव में मंदिर बनने लगे और शाम–सबेरे मंदिरों से शंख और घंटे की ध्वनि सुनायी देने लगी। लोगों के आचरण आप ही आप सुधरने लगे। पंडित जी ने किसी को शुद्ध नहीं किया। उन्हें अब शुद्धि का नाम लेते शर्म आती थी–मैं भला इन्हें क्या शुद्ध करूँगा, पहले अपने को तो शुद्ध कर लूँ। ऐसी निर्मल एवं पवित्र आत्माओं को शुद्धि के ढोंग से अपमानित नहीं कर सकता।

यह मंत्र था, जो उन्होंने उन चांडालों से सीखा था और इसी बल से अपने धर्म की रक्षा करने में सफल हुए थे।

पंडित जी अभी जीवित हैं। पर अब सपरिवार उसी प्रांत में, उन्हीं भीलों के साथ रहते हैं।

• •

कामना तरू

राजा इन्द्रनाथ का देहान्त हो जाने के बाद कुँवर राजानाथ को शत्रुओं ने चारों ओर से ऐसा दबाया कि उन्हें प्राण लेकर एक पुराने सेवक की शरण जाना पड़ा, जो एक छोटे, प्रिय, रसिक, हँस–खेलकर समय काटने वाले युवक थे। रणक्षेत्र की अपेक्षा कवित्व के क्षेत्र में अपना चमत्कार दिखाना उन्हें अधिक प्रिय था। रसिकजनों के साथ, किसी वृक्ष के नीचे बैठे हुए, काव्य–चर्चा करने में उन्हें जो आनन्द मिलता था, वह शिकार या राज–दरबार में नहीं। इस पर्वत–मालाओं से घिरे हुए गाँव में आकर उन्हें जिस शांति और आनन्द का अनुभव हुआ, उसके बदले में वह ऐसे–ऐसे कई राज्य–त्याग कर सकते हैं। यह पर्वतमालाओं की मनोहर छटा, यह नेत्ररंजक हरियाली, यह जल–प्रवाह की मधुर वीणा, यह पक्षियों की मीठी बोलियाँ, यह मृग–शावकों की छलाँगें, यह बछड़ों की कुलेलें, यह ग्राम निवासियों की बालोचित सरलता, यह रमणियों की संकोचमय चपलता! ये सभी बातें उनके लिए नई थीं, पर इन सबों से बढ़ कर जो वस्तु उनको आकर्षित करती थी, वह जागीरदार की युवती कन्या चन्दा थी।

चन्दा घर का सारा काम–काज आप ही करती थी। उसको माता की गोद में खेलना नसीब ही न हुआ था। पिता की सेवा में ही रत रहती थी। उसका विवाह इसी साल होनेवाला था, कि इसी बीच में कुँवर जी ने आकर उसके जीवन में नवीन भावनाओं और आशाओं को अंकुरित कर दिया। उसने अपने पति का जो चित्र मन में खींच रखा था। वही मानो रूप धारण करके उसके सम्मुख आ गया। कुँवर की आदर्श रमणी भी चन्दा ही के रूप में अवतरित हो गयी; लेकिन कुँवर समझते थे 'मेरे ऐसे भाग्य कहाँ?' चन्दा भी समझती थी, 'कहाँ यह और कहाँ मैं!'

२

दोपहर का समय था और जेठ का महीना। खपरैल का घर भट्टी की भांति तपने लगा। खस की टट्टियों और तहखानों में रहने वाले राजकुमार का चित्त गरमी से इतना बेचैन हुआ कि वह बाहर निकल आये और सामने के बाग

में जाकर एक घने वृक्ष की छाँव में बैठ गये। सहसा उन्होंने देखा, चन्दा नदी से जल की गागर लिये चली आ रही है। नीचे जलती हुई रेत थी, ऊपर जलता हुआ सूर्य। लू से देह झुलसी जाती थी। कदाचित् इस समय प्यास से तड़पते हुए आदमी की भी नदी तक जाने की हिम्मत न पड़ती। चन्दा क्यों पानी लेने गयी थी? घर में पानी भरा हुआ है। फिर इस समय वह क्यों पानी लेने निकली ?

कुँवर दौड़कर उसके पास पहुँचे और उसके हाथ से गागर छीन लेने की चेष्टा करते हुए बोले–मुझे दे दो और भाग कर छाँह में चली जाओ। इस समय पानी का क्या काम था ?

चन्दा ने गागर न छोड़ी। सिर से खिसका हुआ अंचल सँभाल कर बोली–तुम इस समय कैसे आ गये? शायद मारें गरमी के अंदर न रह सके?

कुँवर–मुझे दे दो, नहीं तो मैं छीन लूँगा।

चन्दा ने मुस्कराकर कहा–राजकुमारों का गागर लेकर चलना शोभा नहीं देता।

कुँवर ने गागर का मुँह पकड़ कर कहा–इस अपराध का बहुत दंड सह चुका हूँ। चन्दा, अब तो अपने को राजकुमार कहने में भी लज्जा आती है।

चन्दा–देखो, धूप में खुद हैरान होते हो और मुझे भी हैरान करते हो। गागर छोड़ दो। सच कहती हूँ, पूजा का जल है।

कुँवर–क्या मेरे ले जाने से पूजा का जल अपवित्र हो जायेगा ?

चन्दा–अच्छा भई, नहीं मानते, तो तुम्हीं ले चलो। हाँ, नहीं तो।

कुँवर गागर लेकर आगे–आगे चले। चन्दा पीछे हो ली। बगीचे में पहुँचे, तो चन्दा एक छोटे से पौधे के पास रुक कर बोली–इसी देवता की पूजा करनी है, गागर रख दो।

कुँवर ने आश्चर्य से पूछा–यहाँ कौन देवता है, चन्दा ? मुझे तो नहीं नजर आता।

चन्दा ने पौधे को सींचे हुए कहा–यही तो मेरा देवता है।

पानी पी कर पौधे की मुरझायी हुई पत्तियाँ हरी हो गयीं, मानो उनकी आँखें खुल गयी हों।

कुँवर ने पूछा– यह पौधा क्या तुमने लगाया है, चन्दा?

चन्दा ने पौधे को एक सीधी लकड़ी से बाँधते हुए कहा– हाँ, उसी दिन तो जब तुम यहाँ आये। यहाँ पहले मेरी गुड़ियों–का घरौंदा था। मैंने गुड़ियों पर छाँह करने के लिए अमोला लगा दिया था। फिर मुझे इसकी याद नहीं रही। घर के काम धंधे में भूल गई। जिस दिन तुम यहाँ आये मुझे न जाने क्यों इस पौधे की याद आ गयी। मैंने आकर देखा, तो वह सूख गया था। मैंने तुरन्त पानी लाकर इसे सींचा तो कुछ–कुछ ताजा होने लगा। तब से इसे सींचती हूँ। देखो, कितना हरा–भरा हो गया है।

यह कहते–कहते उसने सिर उठाकर कुँवर की ओर ताकते हुए कहा– और सब काम भूल जाऊँ; पर इस पौधे को पानी देना नहीं भूलती। तुम्हीं इसके प्राणदाता हो। तुम्हीं ने आकर इसे जिला दिया नहीं तो बेचारा सूख गया होता। यह तुम्हारे शुभागमन का स्मृति–चिन्ह है। जरा इसे देखो। मालूम होता है, हँस रहा है। मुझे तो ऐसा जान पड़ता है कि यह मुझसे बोलता है। सच कहती हूँ, कभी यह रोता है, कभी हँसता है, कभी रूठता है। आज तुम्हारा लाया हुआ पानी पाकर यह फूला नहीं समाता। एक–एक पत्ता तुम्हें धन्यवाद दे रहा है।

कुँवर को ऐसा जान पड़ा, मानो यह पौधा नन्हा–सा क्रीड़ाशील बालक है। जैसे चुम्बन से प्रसन्न होकर बालक गोद में चढ़ने के लिए दोनों हाथ फैला देता है, उसी भाँति यह पौधा भी हाथ फैलाये जान पड़ा। उसके एक–एक अणु में चंदा का प्रेम झलक रहा था।

चंदा के घर में खेती के सभी औजार थे। कुँअर एक फावड़ा उठा लाये और पौधे का एक थाल बनाकर चारों ओर ऊँची मेंड़ उठा दी। फिर खुरपी लेकर अंदर की मिट्टी को गोड़ दिया। पौधा और भी लहलहा उठा।

चंदा बोली–कुछ सुनते हो, क्या कह रहा है?

कुँवर ने मुस्कराकर कहा–हाँ, कहता है, अम्मा की गोद में बैठूँगा।

चंदा–नहीं, कह रहा है, इतना प्रेम करके फिर भूल न जाना।

३

मगर कुँवर को अभी राज–पुत्र होने का दंड भोगना बाकी था। शत्रुओं को न–जाने कैसे उनकी टोह मिल गयी। इधर तो हितचिंतकों के आग्रह से विवश होकर बूढ़ा कुबेरसिंह चंदा और कुँवर के विवाह की तैयारियाँ कर रहा था। उधर शत्रुओं का एक दल सिर पर आ पहुँचा। कुँवर ने उस पौधे के आसपास फूल–पत्ते लगाकर एक फुलवाड़ी–सी बना दी थी! पौधे को सींचना अब उनका काम था। प्रात:काल वह कंधे पर काँवर रखे नदी से पानी ला रहे थे कि दस–बारह आदमियों ने उन्हें रास्ते में घेर लिया। कुबेरसिंह तलवार ले कर दौड़ा लेकिन शत्रुओं ने उसे पार गिराया। अकेला अस्त्रहीन कुँवर क्या करता? कंधे पर काँवर रखे हुए बोला–अब क्यों मेरे पीछे पड़े हो, भाई? मैंने तो सब–कुछ छोड़ दिया।

सरदार बोला–हमें आपको पकड़ ले जाने का हुक्म है।

'तुम्हारा स्वामी मुझे इस दशा में भी नहीं देख सकता ? खैर, अगर धर्म समझो तो कुबेरसिंह की तलवार मुझे दे दो। अपनी स्वाधीनता के लिए लड़कर प्राण दूं।'

इसका उत्तर यही मिला कि सिपाहियों ने कुँवर को पकड़ कर मुश्कें कस दीं और उन्हें एक घोड़े पर बिठाकर घोड़े को भगा दिया। काँवर वहीं पड़ी रह गई।

उसी समय चंदा घर से निकली। देखा, काँवर पड़ी हुई है और कुँवर को लोग घोड़े पर बिठाये जा रहे हैं। चोट खाये हुए पक्षी की भाँति वह कई कदम दौड़ी, फिर गिर पड़ी। उसकी आँखों में अँधेरा छा गया।

सहसा उसकी दृष्टि पिता की लाश पर पड़ी। वह घबरा कर उठी और लाश के पास जा पहुँची! कुबेर अभी मरा न था। प्राण आँखों में अटके हुए थे।

चंदा को देखते ही क्षीण स्वर में बोला–बेटी, कुँवर ! इसके आगे वह कुछ न कह सका। प्राण निकल गए, पर इस शब्द, 'कुँवर' ने उसका आशय प्रकट कर दिया।

४

बीस वर्ष बीत गये! कुँवर कैद से न छूट सके।

यह एक पहाड़ी किला था। जहाँ तक निगाह जाती, पहाड़ियाँ ही नजर आतीं। किले में उन्हें कोई कष्ट न था। नौकर–चाकर, भोजन–वस्त्र, सैर–शिकार किसी बात की कमी न थी। पर, उस वियोगाग्नि को कौन शांत करता, जो नित्य कुँवर के हृदय में जला करती थी। जीवन में अब उनके लिए कोई आशा न थी, कोई प्रकाश न था। अगर कोई इच्छा थी, तो यही कि एक बार उस प्रेमतीर्थ की यात्रा कर लें, जहाँ उन्हें वह सब कुछ मिला, जो मुनष्य को मिल सकता है। हाँ, उनके मन में एकमात्र यही अभिलाषा थी कि उन पवित्र स्मृतियों से रंजित भूमि के दर्शन करके जीवन का उसी नदी के तट पर अंत कर दें। वही नदी का किनारा, वही वृक्षों का कुंज, वही चंदा का छोटा–सा सुन्दर घर उसकी आँखों में फिरा करता; और वह पौधा जिसे उन दोनों ने मिलकर सींचा था, उसमें तो मानो उसके प्राण ही बसते थे। क्या वह दिन भी आयेगा, जब वह उस पौधे को हरी–हरी पत्तियों से लदा हुआ देखेगा। कौन जाने, वह अब है भी या सूख गया ? कौन अब उसको सींचता होगा? चंदा इतने दिनों अविवाहित थोड़े ही बैठी होगी? ऐसा संभव भी तो नहीं। उसे अब मेरी सुध भी न होगी। हाँ, शायद कभी अपने घर की याद खींच लाती हो, तो पौधे को देखकर उसे मेरी याद आ सकती है। मुझ जैसे अभागे के लिए इससे अधिक वह और कर ही क्या सकती है! उस भूमि को एक बार देखने के लिए वह अपना जीवन दे सकता था। पर यह अभिलाषा न पूरी होती थी।

आह! एक युग बीत गया, शोक और नैराश्य ने उठती जवानी को कुचल दिया। न आँखों में ज्योति रही, न पैरों में शक्ति। जीवन क्या था, एक दुःखदायी स्वप्न

था। उस सघन अंधकार में उसे कुछ न सूझता था। बस, जीवन का आधार एक अभिलाषा थी, एक सुखद स्वप्न, जो जीवन में न जाने कब उसने देखा था। एक बार फिर वही स्वप्न देखना चाहता था। फिर उसकी अभिलाषाओं का अंत हो जायगा, उसे कोई इच्छा न रहेगी ? सारा अनंत, भविष्य, अनंत चिंताएँ इसी एक स्वप्न में लीन हो जाती थीं।

उसके रक्षकों को अब उसकी ओर से कोई शंका न थी। उन्हें उस पर दया आती थी। रात को पहरे पर केवल कोई एक आदमी रह जाता था, और मीठी नींद सोते थे। कुँवर भाग जा सकता है, इसकी कोई संभावना, कोई शंका न थी। यहाँ तक कि एक दिन यह सिपाही भी निशंक होकर बंदूक लिए लेट रहा। निद्रा किसी हिंसक पशु की भाँति ताक लगाए बैठी थी। लेटते ही टूट पड़ी। कुँवर ने सिपाही की नाक की आवाज सुनी। उनका हृदय बड़े वेग से उछलने लगा। यह अवसर आज कितने दिनों के बाद मिला था। वह उठे, मगर पाँव थर–थर काँप रहे थे। बरामदे के नीचे उतरने का साहस न हो सका। कहीं इसकी नींद खुल गयी तो ? हिंसा उनकी सहायता कर सकती थी। सिपाही की बगल में उसकी तलवार पड़ी थी; पर प्रेम का हिंसा से बैर है। कुँवर ने सिपाही को जगा दिया। वह चौंककर उठ बैठा। रहा–सहा संशय भी उसके दिल से निकल गया। दूसरी बार जो सोया, तो खर्राटे लेने लगा।

प्रातःकाल जब उसकी निद्रा टूटी, तो उसने लपककर कुँवर के कमरे में झाँका। कुँवर का पता न था।

कुँवर इस समय हवा के घोड़े पर सवार, कल्पना की द्रुतगति से भागा जा रहा था–उस स्थान को, जहाँ उसने सुख–स्वप्न देखा था।

किले के चारों ओर तलाश हुई, नायक ने सवार दौड़ाये, पर कहीं पता न चला।

५

पहाड़ी रास्तों का काटना कठिन, उस पर अज्ञातवास की कैद, मृत्यु के दूत पीछे लगे हुए, जिनसे बचना मुश्किल। कुँवर को कामना–तीर्थ में महीनों लग गये। जब यात्रा पूरी हुई, तो कुँवर में एक कामना के सिवा और कुछ शेष न था। दिन भर की कठिन यात्रा के बाद जब वह उस स्थान पर पहुँचे, तो संध्या हो गयी थी। वहाँ बस्ती का नाम भी न था। दो–चार टूटे–फूटे झोंपड़े उस बस्ती के चिन्ह–स्वरूप शेष रह गये थे। वह झोंपड़ा, जिसमें कभी प्रेम का प्रकाश था, जिसके नीचे उन्होंने जीवन के सुखमय दिन काटे थे, जो उनकी कामनाओं का आगार और उपासना का मंदिर था, अब उनकी अभिलाषाओं की भाँति भग्न हो गया था। झोंपड़े की भग्नावस्था मूक भाषा में अपनी करुण–कथा सुना रही थी! कुँवर उसे देखते

ही 'चंदा–चंदा!' पुकारते हुए दौड़े। उन्होंने उस रज को माथे पर मला, मानो किसी देवता की विभूति है, और उसकी टूटी हुई दीवारों से चिपट कर बड़ी देर तक रोते रहे। हाय रे अभिलाषा? वह रोने ही के लिए इतनी दूर से आये थे! रोने की अभिलाषा इतने दिनों से उन्हें विकल कर रही थी। पर इस रुदन में कितना स्वर्गीय आनन्द था! क्या समस्त संसार का सुख इन आँसुओं की तुलना कर सकता था?

तब वह झोंपड़े से निकले। सामने मैदान में एक वृक्ष हरे–हरे नवीन पल्लवों को गोद में लिये मानो उनका स्वागत करने खड़ा था। यह वह पौधा है, जिसे आज से बीस वर्ष पहले दोनों ने आरोपित किया था। कुँवर उन्मत्त की भाँति दौड़े और जाकर उस वृक्ष से लिपट गये, मानो कोई पिता अपने मातृहीन पुत्र को छाती से लगाये हुए हो। यह उसी प्रेम की निशानी है, उसी अक्षय प्रेम की जो इतने दिनों के बाद आज इतना विशाल हो गया है। कुँवर का हृदय ऐसा हो उठा, मानो इस वृक्ष को अपने अन्दर रख लेगा, जिसमें उसे हवा का झोंका भी न लगे। उसके एक–एक पल्लव पर चंदा की स्मृति बैठी हुई थी। पक्षियों का इतना रम्य संगीत क्या कभी उन्होंने सुना था ? उनके हाथों में दम न था, सारी देह भूख–प्यास और थकान से शिथिल हो रही थी। पर, वह उस वृक्ष पर चढ़ गये, इतनी फुर्ती से चढ़े कि बन्दर भी न चढ़ता। सबसे ऊँची फुगनी पर बैठ कर उन्होंने चारों ओर गर्वपूर्ण दृष्टि डाली। यही उनकी कामनाओं का स्वर्ग था। सारा दृश्य चंदामय हो रहा था। दूर की नीली पर्वत–श्रेणियों पर चंदा बैठी गा रही थी। आकाश में तैरने वाली लालिमामयी नौकाओं पर चंदा ही उड़ी जाती थी। सूर्य की श्वेत–पीत प्रकाश की रेखाओं पर चंदा ही बैठी हंस रही थी। कुँवर के मन में आया, पक्षी होता तो इन्हीं डालियों पर बैठा हुआ जीवन के दिन पूरे करता।

जब अँधेरा हो गया, तो कुँवर नीचे उतरे और उसी वृक्ष के नीचे थोड़ी सी भूमि झाड़ कर पत्तियों की शय्या बनायी और लेटे। यही उनके जीवन का स्वर्ण–स्वप्न था, आह! यही वैराग्य! अब वह इस वृक्ष की शरण छोड़ कर कहीं न जायेंगे, दिल्ली के तख्त के लिए भी वह इस आश्रम को न छोड़ेंगे।

६

उसी स्निग्ध, अमल चाँदनी में सहसा एक पक्षी आकर उस वृक्ष पर बैठा और दर्द में डूबे हुए स्वरों में गाने लगा। ऐसा जान पड़ा, मानो वह वृक्ष सिर धुन रहा है! वह नीरव रात्रि उस वेदनामय संगीत से हिल उठी। कुँवर का हृदय इस तरह ऐंठने लगा, मानो वह फट जायगा। स्वर में करुणा और वियोग के तीर से भरे हुए थे। आह पक्षी! तेरा भी जोड़ा अवश्य बिछुड़ गया है, नहीं तो तेरे राग में इतनी व्यथा, इतना विषाद, इतना रुदन कहाँ से आता! कुँवर के हृदय के टुकडे हुए जाते

थे, एक–एक स्वर तीर की भाँति दिल को छेदे डालता था। वह बैठे न रह सके। उठकर आत्म–विस्मृति की दशा में दौड़े हुए झोंपड़े में गये, वहाँ से फिर वृक्ष के नीचे आये। उस पक्षी को कैसे पायें। कहीं दिखायी नहीं देता।

पक्षी का गाना बन्द हुआ, तो कुँवर को नींद आ गयी। उन्हें स्वप्न में ऐसा जान पड़ा कि वही पक्षी उनके समीप आया। कुँवर ने ध्यान से देखा, तो वह न था, चंदा थी। हाँ, प्रत्यक्ष चंदा थी।

कुँवर ने पूछा–चंदा, यह पक्षी यहाँ कहाँ?

चंदा ने कहा–मैं ही तो वह पक्षी हूँ।

कुँवर–तुम पक्षी हो! क्या तुम्हीं गा रही थीं ?

चंदा–हाँ प्रियतम, मैं ही गा रही थी। इसी तरह रोते–रोते एक युग बीत गया।

कुँवर–तुम्हारा घोंसला कहाँ है ?

चंदा–उसी झोंपड़े में, जहाँ तुम्हारी खाट थी। उसी खाट के बान से मैंने अपना घोंसला बनाया है।

कुँवर–और तुम्हारा जोड़ा कहाँ है ?

चंदा–मैं अकेली हूँ। चंदा को अपने प्रियतम के स्मरण करने में, उसके लिए रोने में जो सुख है, वह जोड़े में नहीं। मैं इसी तरह अकेली रहूँगी और अकेली मरूँगी।

कुँवर–मैं क्या पक्षी नहीं हो सकता?

चंदा चली गयी। कुँवर की नींद खुल गयी। उषा की लालिमा आकाश पर छायी हुई थी और वह चिड़िया कुँवर की शय्या के समीप एक डाल पर बैठी चहक रही थी। अब उस संगीत में करुणा न थी, विलाप न था; उसमें आनंद था, चापल्य था, सारल्य था। वह वियोग का करुण–क्रन्दन नहीं, मिलन का मधुर संगीत था।

कुँवर सोचने लगे–इस स्वप्न का क्या रहस्य है ?

७

कुँवर ने शय्या से उठते ही एक झाड़ू बनायी और झोंपड़े को साफ करने लगे। उनके जीते जी इसकी यह भग्न दशा नहीं रह सकती। वह इसकी दीवारें उठायेंगे, इस पर छप्पर डालेंगे, इसे लीपेंगे। इसमें उनकी चंदा की स्मृति वास करती है। झोंपड़े के एक कोने में वह काँवर रखी हुई थी, जिस पर पानी ला–ला कर वह इस वृक्ष को सींचते थे। उन्होंने काँवर उठा ली और पानी लाने चले। दो दिन से कुछ भोजन न किया था। रात को भूख लगी हुई थी, पर इस समय भोजन

की बिल्कुल इच्छा न थी। देह में एक अद्भुत स्फूर्ति का अनुभव होता था। उन्होंने नदी से पानी ला–लाकर मिट्टी भिगोना शुरू किया। दौड़े जाते थे और दौड़े आते थे। इतनी शक्ति उनमें कभी न थी।

एक ही दिन में इतनी दीवार उठ गई, जितनी चार मजदूर भी न उठा सकते थे। और कितनी सीधी, चिकनी दीवार थी कि कारीगर भी देख कर लज्जित हो जाता! प्रेम की शक्ति अपार है!

संध्या हो गयी। चिड़ियों ने बसेरा लिया। वृक्षों ने भी आँखें बंद की; मगर कुँवर को आराम कहाँ? तारों के मलिन प्रकाश में मिट्टी के रद्दे रखे जा रहे थे। हाय रे कामना! क्या तू इस बेचारे के प्राण ही लेकर छोड़ेगी?

वृक्ष पर पक्षी का मधुर स्वर सुनाई दिया। कुँवर के हाथ से घड़ा छूट पड़ा। हाथ और पैरों में मिट्टी लपेट कर वह वृक्ष के नीचे जाकर बैठ गये। उस स्वर में कितना लालित्य था, कितना उल्लास, कितनी ज्योति! मानव–संगीत इसके सामने बेसुरा अलाप था। उसमें यह जागृति, यह अमृत, यह जीवन कहाँ? संगीत के आनंद में विस्मृति कितनी स्मृतिमय होती है, अतीत को जीवन और प्रकाश से रंजित करके प्रत्यक्ष कर देने की शक्ति संगीत के सिवा और कहाँ है ? कुँवर के हृदय–नेत्रों के सामने यह दृश्य खड़ा–हुआ जब चंदा इसी पौधे को नदी से जल ला–लाकर सींचती थी। हाय!क्या वे दिन फिर आ सकते हैं?

सहसा एक बटोही आकर खड़ा हो गया और कुँवर को देखकर वह प्रश्न करने लगा, जो साधारणत: दो अपरिचित प्राणियों में हुआ करते हैं–'कौन हो, कहाँ से आते हो, कहाँ जाओगे ?' पहले वह भी इसी गाँव में रहता था; पर जब गाँव उजड़ गया, तो समीप के एक दूसरे गाँव में जा बसा था। अब भी उसके खेत यहाँ थे। रात को जंगली पशु से अपने खेतों की रक्षा करमे के लिए वह आकर सोता था।

कुँवर ने पूछा–तुम्हें मालूम है, इस गाँव में एक कुबेरसिंह ठाकुर रहते थे ?

किसान ने बड़ी उत्सुकता से कहा–हाँ–हाँ, भाई, जानता क्यों नहीं! बेचारे यहीं तो मारे गये। तुमसे भी क्या जान–पहचान थी?

कुँवर–हाँ, उन दिनों कभी–कभी आया करता था। मैं भी राजा की सेवा में नौकर था। उनके घर में और कोई न था ?

किसान–ओरे भाई, कुछ न पूछो; बड़ी करुण–कथा है। उनकी स्त्री तो पहले ही मर चुकी थी। केवल लड़की बच रही थी। आह! कैसी सुशीला, कैसी सुघड़ लड़की थी! उसे देखकर आँखों में ज्योति आ जाती थी। बिल्कुल स्वर्ग की देवी जान पड़ती थी। जब कुबेरसिंह जीता था, तभी कुँवर राजनाथ यहाँ भागकर आये थे और उसके यहाँ रहे थे, उस लड़की की कुँवर से कहीं बातचीत हो गयी। जब कुँवर को शत्रुओं

ने पकड़ लिया, तो चंदा घर में अकेली रह गयी। गाँववालों ने बहुत चाहा कि उसका विवाह हो जाय। उसके लिए वरों का तोड़ा न था, भाई! ऐसा कौन था, जो उसे पाकर अपने को धन्य न मानता; पर वह किसी से विवाह करने पर राजी न हुई। यह पेड़, जो तुम देख रहे हो, तब छोटा-सा पौधा था। इसके आस-पास फूलों की कई और क्यारियाँ थीं। इन्हीं को गोड़ने, निराने, सींचने में उसका दिन कटता था। बस, यही कहती थी कि हमारे कुँवर साहब आते होंगे।

कुँवर की आँखों से आँसू की वर्षा होने लगी। मुसाफिर ने जरा दम लेकर कहा- दिन-दिन घुलती जाती थी। तुम्हें विश्वास न आयेगा, भाई, उसने दस साल इसी तरह काट दिये। इतनी दुर्बल हो गयी थी कि पहचानी न जाती थी। पर अब भी उसे कुँवर साहब के आने की आशा बनी हुई थी। आखिर एक दिन उसी वृक्ष के नीचे उसकी लाश मिली। ऐसा प्रेम कौन करेगा, भाई! कुँवर न-जाने मरे कि जिये, कभी इस विरहिणी की याद भी आती है कि नहीं; पर इसने तो प्रेम को ऐसा निभाया, जैसा चाहिए।

कुँवर को ऐसा जान पड़ा, मानो हृदय फटा जा रहा है। वह कलेजा थाम कर बैठ गये।

मुसाफिर के हाथ में एक सुलगता हुआ उपला था। उसने चिलम भरी और दो-चार दम लगा कर बोला-उसके मरने के बाद यह घर गिर गया। गाँव पहले ही उजाड़ था। अब तो और भी सुनसान हो गया। दो-चार आदमी यहाँ आ बैठते थे। अब तो चिड़िया का पूत भी यहाँ नहीं आता। उसके मरने के कई महीने बाद यही चिड़िया इस पेड़ पर बोलती हुई सुनायी दी। तब से बराबर इसे यहाँ बोलते सुनता हूँ। रात को सभी चिड़ियाँ सो जाती हैं; पर यह रात में बोलती रहती है। इसका जोड़ा कभी नहीं दिखायी दिया। बस, फुट्टैल है। दिन भर उसी झोंपड़े में पड़ी रहती है। रात को इस पेड़ पर आकर बैठती है। मगर इस समय इसके गाने में कुछ और ही बात है, नहीं तो सुनकर रोना आता है। ऐसा जान पड़ता है, मानो कोई कलेजे को मसोस रहा है। मैं तो कभी-कभी पड़े-पड़े रो दिया करता हूँ। सब लोग कहते हैं कि यह वही चंदा है। अब भी कुँवर के वियोग में विलाप कर रही है। मुझे भी ऐसा जान पड़ता है। आज न जाने क्यों मगन है?

किसान तम्बाकू पीकर सो गया। कुँवर कुछ देर तक खोए हुए से खड़े रहे, फिर धीरे से बोले-चंदा क्या सचमुच तुम्हीं हो, मेरे पास क्यों नहीं आती ?

एक क्षण में चिड़िया आ कर उनके हाथ पर बैठ गयी। चंद्रमा के प्रकाश में कुँवर ने चिड़िया को देखा। ऐसा जान पड़ा, मानो उनकी आँखें खुल गयी हों, मानो आँखों के सामने से कोई आवरण हट गया हो। पक्षी रूप में भी चंदा की मुखाकृति

अंकित थी।

दूसरे दिन किसान सो कर उठा तो कुँवर की लाश पड़ी हुई थी।

८

कुँवर अब नहीं हैं, किन्तु उनके झोंपड़े की दीवारें बन गई हैं। ऊपर फूस का नया छप्पर पड़ गया है और झोंपड़े के द्वार पर फूलों की कई क्यारियाँ लगी हैं। गाँव के किसान इससे अधिक और क्या कर सकते थे ?

उस झोंपड़े में अब पक्षियों के एक जोड़े ने अपना घोंसला बनाया है। दोनों साथ–साथ दाने–चारे की खोज में जाते हैं, साथ–साथ आते हैं, रात को दोनों उसी वृक्ष की डालपर बैठे दिखाई देते हैं। उनका सुरम्य संगीत रात की नीरवता में दूर तक सुनाई देता है। वन के जीव–जन्तु वह स्वर्गीय गान सुन कर मुग्ध हो जाते हैं।

यह पक्षियों का जोड़ा कुँवर और चंदा का जोड़ा है इसमें किसी को सन्देह नहीं है।

एक बार एक व्याध ने इन पक्षियों को फँसाना चाहा, पर गाँव वालों ने उसे मार कर भगा दिया।

• •

सती

दो शताब्दियों से अधिक बीत गये हैं, पर चिंतादेवी का नाम चला आता है। बुंदेलखंड के एक बीहड़ स्थान में आज भी मंगलवार को सहस्त्रों स्त्री–पुरुष चिंतादेवी की पूजा करने आते हैं। उस दिन यह निर्जन स्थान सुहाने गीतों से गूँज उठता है, टीले और टोकरे रमणियों के रंग–बिरंगे वस्त्रों से सुशोभित हो जाते हैं। देवी का मंदिर एक बहुत ऊँचे टीले पर बना हुआ है। उसके कलश पर लहराती हुई लाल पताका बहुत दूर से दिखायी देती है। मंदिर इतना छोटा है कि उसमें मुश्किल से एक दो आदमी समा सकते हैं। भीतर कोई प्रतिमा नहीं है, केवल एक छोटी–सी वेदी बनी हुई है। नीचे से मंदिर तक पत्थर का जीना है। भीड़–भाड़ में धक्का खा कर कोई नीचे न गिर पड़े, इसलिए जीने की दीवार दोनों तरफ बनी हुई हैं। यही चिंतादेवी सती हुई थी; पर लोकरीति के अनुसार वह अपने मृत–पति के साथ चिता पर नहीं बैठी थीं। उसका पति हाथ जोड़े खड़ा था; पर वह उसकी ओर आँख उठा कर भी न देखती थी। वह पति–शरीर के साथ नहीं, उसकी आत्मा के साथ सती हुई। उस चिता पर पति का शरीर न था, उसकी मर्यादा भस्मीभूत हो रही थी।

२

यमुना तट पर कालपी एक छोटा–सा नगर है। चिंता उसी नगर के एक वीर बुन्देल की कन्या थी। उसकी माता उसकी बाल्यावस्था में ही परलोक सिधार चुकी थी। उसके पालन–पोषण का भार पिता पर पड़ा। संग्राम का समय था, योद्धाओं को कमर खोलने की भी फुरसत न मिलती थी। वे घोड़े की पीठ पर भोजन करते और जीन ही पर झपकियाँ ले लेते थे। चिंता का बाल्यकाल पिता के साथ समरभूमि में कटा। बाप उसे किसी खोह में या वृक्ष की आड़ में छिपाकर मैदान में चला जाता। चिंता निशंक भाव से बैठी हुई मिट्टी के किले बनाती और बिगाड़ती। उसके घरौंदे थे, उसकी गुड़ियाँ ओढ़नी न ओढ़ती थीं। वह सिपाहियों के गुड्डे बनाती ओर उन्हें रण–क्षेत्र में खड़ा करती थी। कभी–कभी उसका पिता संध्या समय भी

न लौटता; पर चिंता को भय छू तक न गया था। निर्जन स्थान में भूखी–प्यासी रात–रात भर बैठी रह जाती। उसने नेवले और सियार की कहानियाँ कभी न सुनी थीं। वीरों के आत्मोत्सर्ग की कहानियाँ, और वह भी योद्धाओं के मुँह से सुन–सुनकर वह आदर्शवादी बन गयी थी।

एक बार तीन दिन तक चिंता को अपने पिता की खबर न मिली। वह एक पहाड़ी की खोह में बैठी मन ही मन एक ऐसा किला बना रही थी, जिसे शत्रु किसी भाँति जान न सके। दिन भर वह उसी किले के स्वप्न देखती। तीसरे दिन संध्या समय उसके पिता के साथ कई साथियों ने आकर उसके सामने रोना शुरू किया। चिंता ने विस्मित होकर पूछा–दादा जी कहाँ हैं? तुम लोग क्यों रोते हो ?

किसी ने इसका उत्तर न दिया। वे जोर से दहाड़े मार–मारकर रोने लगे। चिंता समझ गयी कि उसके पिता ने वीरगति पायी। उस तेरह वर्ष की बालिका की आँखों से आँसू की एक बूँद भी न गिरी, मुख जरा भी मलिन न हुआ, एकआह भी न निकली। हँसकर बोली, 'अगर उन्होंने वीरगति पायी, तो तुम लोग रोते क्यों हो? योद्धाओं के लिए इससे बढ़कर और कौन मृत्यु हो सकती है? इससे बढ़कर उनकी वीरता का और क्या पुरस्कार मिल सकता है? यह रोने का नहीं, आनन्द मनाने का अवसर है।'

एक सिपाही ने चिंतित स्वर में कहा–हमें तुम्हारी चिंता है। तुम अब कहाँ रहोगी?

चिंता ने गंभीरता से कहा–इसकी तुम कुछ चिंता न करो, दादा! में अपने बाप की बेटी हूँ। जो कुछ उन्होंने किया वही मैं भी करूँगी। अपनी मातृभूमि को शत्रुओं के पंजे से छुड़ाने में उन्होंने प्राण दे दिये। मेरे सामने भी यही आदर्श है। जाकर अपने आदमियों को सँभालिए, मैरे लिए एक घोड़ा और हथियारों का प्रबन्ध कर दीजिए। ईश्वर ने चाहा, तो आप लोग मुझे किसी से पीछे न पायेंगे, लेकिन यदि मुझे पीछे हटते देखना, तो तलवार के एक हाथ से इस जीवन का अंत कर देना। यही मेरी आपसे विनय है। जाइए, अब विलम्ब न कीजिए।

सिपाहियों को चिंता के ये वीर–वचन सुनकर कुछ भी आश्चर्य नहीं हुआ। हाँ, उन्हें यह संदेह अवश्य हुआ कि क्या यह कोमल बालिका अपने संकल्प पर दृढ़ रह सकेगी?

३

पाँच वर्ष बीत गये। समस्त प्रांत में चिंता देवी की धाक बैंठ गयी। शत्रुओं के कदम उखड़ गये। वह विजय की सजीव मूर्ति थी। उसे तीरों और

गोलियों के सामने निशंक खड़े देखकर सिपाहियों को उत्तेजना मिलती रहती थी। उसके सामने वे कैसे कदम पीछे हटाते ? कोमलांगी युवती आगे बढ़े, तो कौन पुरुष पीछे हटेगा! सुंदरियों के सम्मुख योद्धाओं की वीरता अजेय हो जाती है। रमणी के वचन–बाण योद्धाओं के लिए आत्म–समर्पण के गुप्त संदेश हैं। उनकी एक चितवन कायरों में पुरुषत्व प्रवाहित कर देती है। चिंता की छवि–कीर्ति ने मनचले सूरमाओं को चारों ओर से खींच–खींचकर उनकी सेना को सजा दिया। जान पर खेलने वाले भौंरे चारों ओर से आ–आकर इस फूल पर मँडराने लगे।

इन्हीं योद्धाओं में रत्तसिंह नाम का एक युवक राजपूत भी था।

यों तो चिंता के सैनिकों में भी तलवार के धनी थे, बात पर जान देने वाले, उसके इशारे पर आग में कूदने वाले, उसकी आज्ञा पाकर एक बार आकाश के तारे तोड़ लाने को भी चल पड़ते, किंतु रत्नसिंह सबसे बढ़ा हुआ था। चिंता भी हृदय में उससे प्रेम करती थी। रत्नसिंह अन्य वीरों की भाँति अक्खड़, मुँहफट या घमंडी न था। और लोग अपनी–अपनी कीर्ति को खूब बढ़ा–चढ़ा कर बयान करते, आत्म–प्रशंसा करते हुए उनकी जबान न रुकती थी। वे जो कुछ करते, चिंता को दिखाने के लिए। उनका ध्येय अपना कर्त्तव्य न था, चिंता थी। रत्नसिंह जो कुछ करता, शांत भाव से। अपनी प्रशंसा करना तो दूर रहा, वह चाहे कोई शेर ही क्यों न मार आए, उसकी चर्चा तक न करता। उसकी विनयशीलता और नम्रता, संकोच की सीमा से भिड़ गयी थी। ओरों के प्रेम में विलास था, पर रत्नसिंह के प्रेम में त्याग और तप। और लोग मीठी नींद सोते थे, पर रत्नसिंह तारे गिन–गिन कर रात काटता था। और सब अपने दिल में समझते थे कि चिंता मेरी होगी, केवल रत्नसिंह निराश था, और इसलिए उसे किसी से न द्वेष था, न राग। औरों को चिंता के सामने चहकते देख कर उसे उनकी वाकपटुता पर आश्चर्य होता, प्रतिक्षण उसका निराशांधकार और भी घना हो जाता था। कभी–कभी वह अपने बोदेपन पर झुंझला उठता–क्यों ईश्वर ने उसे उन गुणों से वंचित रखा, जो रमणियों के चित्त को मोहित करते हैं ? उसे कौन पूछेगा? उसकी मनोव्यथा को कौन जानता है ? पर वह मन में झुंझला कर रह जाता था। दिखावे की उसकी सामर्थ्य ही न थी।

आधी से अधिक रात बीत चुकी थी। चिंता अपने खेमे में विश्राम कर रही थी। सैनिकगण भी कड़ी मंजिल मारने के बाद कुछ खा–पीकर गाफिल पड़े हुए थे। आगे एक घना जंगल था। जंगल के उस पार शत्रुओं का एक दल डेरा डाले पड़ा था। चिंता उसके आने की खबर पा कर भागाभाग चली आ रही थी। उसने प्रातःकाल शत्रुओं पर धावा करने का निश्चय कर लिया था। उसे विश्वास था कि शत्रुओं को मेरे आने की खबर न होगी; किंतु यह उसका भ्रम था। उसी की सेना का एक

आदमी शत्रुओं से मिला हुआ था। यहाँ की खबरें वहाँ नित्य पहुँचती रहती थीं। उन्होंने चिंता से निश्चिंत होने के लिए एक षड्यंत्र रच रखा था, उसकी गुप्त हत्या करने के लिए साहसी सिपाहियों को नियुक्त कर दिया था। वे तीनों हिंस्र पशुओं की भाँति दबे–पाँव जंगल को पार करके आये और वृक्षों की आड़ में खड़े होकर सोचने लगे कि चिंता का खेमा कौन–सा है ? सारी सेना बेखबर सो रही थी, इससे उन्हें अपने कार्य की सिद्धि में लेशमात्र संदेह न था। वे वृक्षों की आड़ से निकले, और जमीन पर मगर की तरह रेंगते हुए चिंता के खेमे की ओर चले।

सारी सेना बेखबर सोती थी, पहरे के सिपाही थक कर चूर हो जाने के कारण निद्रा में मग्न हो गये थे, केवल एक प्राणी खेमे के पीछे मारे ठंड के सिकुड़ा हुआ बैठा था। यही रत्नसिंह था। आज उसने यह कोई नयी बात न की थी। पड़ावों में उसकी रातें इसी भाँति चिंता के खेमे के पीछे बैठे–बैठे कटती थीं। घातकों की आहट पा कर उसने तलवार ली, और चौंक कर उठ खड़ा हुआ। देखा–तीन आदमी झुके हुए चले आ रहे हैं। अब क्या करे ? अगर शोर मचाता है, तो सेना में खलबली पड़ जाये, और अँधेरे में लोग एक दूसरे पर वार करके आपस ही में कट मरें। इधर अकेले तीन जवानों से भिड़ने में प्राणों का भय। अधिक सोचने का मौका न था। उसमें योद्धाओं की अविलम्ब निश्चय कर लेने की शक्ति थी; तुरन्त तलवार खींच ली, और उन तीनों पर टूट पड़ा। कई मिनट तक तलवारें छपाछप चलती रहीं। फिर सन्नाटा छा गया। उधर वे तीनों आहत होकर गिर पड़े, इधर यह भी जख्मों से चूर होकर अचेत हो गया।

प्रातःकाल चिंता उठी, तो चारों जवानों को भूमि पर पड़े पाया। उसका कलेजा धक् से हो गया। समीप जाकर देखा–तीनों आक्रणकारियों के प्राण निकल चुके थे; पर रत्नसिंह की साँस चल रही थी। सारी घटना समझ में आ गयी। नारीत्व ने वीरत्व पर विजय पायी। जिन आँखों से पिता की मृत्यु पर आँसू की एक बूँद भी न गिरी थी, उन्हीं आँखों की झड़ी लग गयी। उसने रत्नसिंह का सिर अपनी जाँघ पर रख लिया, और हृदयांगण में रचे हुए स्वयंवर में उसके गले में जयमाल डाल दी।

४

महीने भर न रत्नसिंह की आँखें खुलीं, और न चिंता की आँखें बन्द हुईं। चिंता उसके पास से एक क्षण के लिए भी कहीं न जाती। न अपने इलाके की परवाह थी, न शत्रुओं के बढ़ते चले आने की फिक्र। पूरा महीना बीत जाने के

बाद रत्नसिह की आँखें खुलीं। देखा–चारपाई पर पड़ा हुआ है, और चिंता सामने पंखा लिए खड़ी है। क्षीण स्वर में बोला–चिंता, पंखा मुझे दे दो, तुम्हें कष्ट हो रहा है।

चिंता का हृदय इस समय स्वर्ग के अखंड, अपार सुख का अनुभव कर रहा था। एक महीना पहले जिस जीर्ण शरीर के सिरहाने बैठी हुई वह नैराश्य से रोया करती थी, उसे आज बोलते देखकर आह्लाद का पारावार न था। उसने स्नेह–मधुर स्वर में कहा–प्राणनाथ, यदि यह कष्ट है, तो सुख क्या है, मैं नहीं जानती। 'प्राणनाथ'–इस सम्बोधन में विलक्षण मंत्र की–सी शक्ति थी। रत्नसिंह की आँखें चमक उठीं। जीर्ण मुद्रा प्रदीप्त हो गयी, नसों में एक नये जीवन का संचार हो उठा, और वह जीवन कितना स्फूर्तिमय था। उसमें कितना उत्साह, कितना माधुर्य, कितना उल्लास और कितनी करुणा थी। रत्नसिंह के अंग–अंग फड़कने लगे। उसे अपनी भुजाओं में अलौकिक पराक्रम का अनुभव होने लगा। ऐसा जान पड़ा, मानो वह सारे संसार को सर कर सकता है। एक क्षण के लिए उसे ऐसी तृप्ति हुई, मानो उसकी सारी अभिलाषाएँ पूरी हो गयी हैं, और वह किसी से कुछ नहीं चाहता; शायद शिव को सामने खड़े देख कर भी वह मुँह फेर लेगा, कोई वरदान न माँगेगा। उसे अब किसी ऋषि की, किसी पदार्थ की इच्छा न थी। उसे गर्व हो रहा था, मानो उससे अधिक सुखी, उससे अधिक भाग्यशाली पुरुष संसार में और कोई न होगा।

रत्नसिंह ने उठने की चेष्टा करके कहा–बिना तप के सिद्धि नहीं मिलती।

चिंता अभी अपना वाक्य पूरा भी न कर पायी थी कि उसी प्रसंग में बोली–हाँ, आपको मेरे कारण अलबत्ता दुस्सह यातना भोगनी पड़ी।

चिंता ने रत्नसिंह को कोमल हाथों से लिटाते हुए कहा–इस सिद्धि के लिए तुमने तपस्या नहीं की थी। झूठ क्यों बोलते हो ? तुम केवल एक अबला की रक्षा कर रहे थे। यदि मेरी जगह कोई दूसरी स्त्री होती, तो भी तुम इतने ही प्राणपण से उसकी रक्षा करते। मुझे इसका विश्वास है। मैं तुमसे सत्य कहती हूँ, मैंने आजीवन ब्रह्मचारिणी रहने का प्रण कर लिया था; लेकिन तुम्हारे आत्मोत्सर्ग ने मेरे प्रण को तोड़ डाला। मेरा पालन योद्धाओं की गोद में हुआ है; मेरा हृदय उसी पुरुष सिंह के चरणों पर अर्पण हो सकता है, जो प्राणों की बाजी खेल सकता हो। रसिकों के हास–विलास, गुंडों के रूप–रंग और फेंकैतों से दाव–घात का मेरी दृष्टि में रत्ती भर भी मूल्य नहीं। उनकी नट–विद्या को मैं केवल तमाशे की तरह देखती हूँ। तुम्हारे ही हृदय में मैंने सच्चा उत्सर्ग पाया, और तुम्हारी दासी हो गयी,आज से नहीं, बहुत दिनों से।

५

प्रणय की पहली रात थी। चारों ओर सन्नाटा था। केवल दोनों प्रेमियों के हृदय में अभिलाषाएँ लहरा रही थीं। चारों ओर अनुरागमयी चाँदनी छिटकी हुई थी, और उसकी हास्यमयी छटा में वर–वधू प्रेमालाप कर रहे थे।

सहसा खबर आयी कि शत्रुओं की एक सेना किले की ओर बढ़ी चली आती है। चिंता चौंक पड़ी; रत्नसिंह खड़ा हो गया, और खूँटी से लटकती हुई तलवार उतार ली।

चिंता ने उसकी ओर कातर–स्नेह की दृष्टि से देख कर कहा–कुछ आदमियों को उधर भेज दो; तुम्हारे जाने की क्या जरूरत है?

रत्नसिंह ने बंदूक कंधे पर रखते हुए कहा–मुझे भय है कि अबकी वे लोग बड़ी संख्या में आ रहे हैं।

चिंता–तो मैं भी चलूँगी।

'नहीं, मुझे आशा है, वे लोग ठहर न सकेंगे। मैं एक ही धावे में उनके कदम उखाड़ दूँगा। यह ईश्वर की इच्छा है कि हमारी प्रणय–रात्रि विजय–रात्रि हो!'

'न–जाने क्यों मन कातर हो रहा है। जाने देने को जी नहीं चाहता!'

रत्नसिंह ने इस सरल, अनुरक्त आग्रह से विह्वल होकर चिंता को गले लगा लिया और बोलें–मैं सवेरे तक लौट आऊँगा, प्रिये!

चिंता पति के गले में हाथ डाल कर आँखों में आँसू भरे बोली–मुझे भय है, तुम बहुत दिनों में लौटोगे। मेरा मन तुम्हारे साथ रहेगा। जाओ, पर रोज खबर भेजते रहना। तुम्हारे पैरों पड़ती हूँ, अवसर का विचार करके धावा करना। तुम्हारी आदत है कि शत्रु देखते ही आकुल हो जाते हो, और जान पर खेल कर टूट पड़ते हो। तुमसे मेरा यही अनुरोध है कि अवसर देखकर काम करना। जाओ, जिस तरह पीठ दिखाते हो, उसी तरह मुँह दिखाओ।

चिंता का हृदय कातर हो रहा था। वहाँ पहले केवल विजय–लालसा का आधिपत्य था, अब भोग–विलास की प्रधानता थी। वही वीर बाला, जो सिंहनी की तरह गरज कर शत्रुओं के कलेजे को कंपा देती थी, आज इतनी दुर्बल हो रही थी कि जब रत्नसिंह घोड़े पर सवार हुआ, तो आप उसकी कुशल–कामना से मन ही मन देवी की मनौतियाँ कर रही थी। जब तक वह वृक्षों की ओट में छिप न गया, वह खड़ी उसे देखती रही, फिर वह किले के सबसे ऊँचे बुर्ज पर चढ़ गयी, और घंटों उसी तरफ ताकती रही। वहाँ शून्य था, पहाड़ियों ने कभी का रत्नसिंह को अपनी ओट में छिपा लिया था; पर चिंता को ऐसे जान पड़ा था कि वह सामने चले जा रहे हैं। जब ऊषा की लोहित छवि वृक्षों की आड़ से झाँकने लगी, तो उसकी मोह विस्मृति

टूट गयी। मालूम हुआ, चारों तरफ शून्य है। वह रोती हुई बुर्ज से उतरी, और शय्या पर मुँह ढाँप कर रोने लगी।

६

रत्नसिंह के साथ मुश्किल से सौ आदमी थे; किन्तु सभी मँजे हुए, अवसर और संख्या को तुच्छ समझने वाले, अपनी जान के दुश्मन! वीरोल्लास से भरे हुए, एक वीर-रस-पूर्ण पद गाते हुए, घोड़ों को बढ़ाये चले जाते थे-

'बाँकी तेरी पग सिपाही,

इसकी रखना लाज।

तेग-तवर कुछ काम न आये, बख्तर-ढाल व्यर्थ हो जावे।

रखियो मन में लाग, सिपाही बाँकी तेरी पाग।

इसकी रखना लाज।

पहाड़ियाँ इन वीर-स्वरों से गूँज रही थीं। घोड़ों की टाप ताल दे रही थी। यहाँ तक कि रात बीत गयी, सूर्य ने अपनी लाल आँखें खोल दीं और इन वीरों पर अपनी स्वर्ण-छटा की वर्षा करने लगा।

वहीं रक्तमय प्रकाश में शत्रुओं की सेना एक पहाड़ी पर पड़ाव डाले हुए नजर आयी।

रत्नसिंह सिर झुकाये, वियोग-व्यथित हृदय को दबाये, मन्द गति से पीछे-पीछे चला ,जाता था। कदम आगे बढ़ता था; पर मन पीछे हटता। आज जीवन में पहली बार दुश्चिंताओं ने उसे आशंकित कर रखा था। कौन जानता है, लड़ाई का अंत क्या होगा? जिस स्वर्ग-सुख को छोड़ कर वह आया था, उसकी स्मृतियाँ रह-रह कर उसके हृदय को मसोस रही थीं; चिंता की सजल आँखें याद आती थीं; और जी चाहता था, घोड़े की रास पीछे मोड़ दे। प्रति क्षण रणोत्साह क्षीण होता जाता था, सहसा एक सरदार ने समीप आकर कहा-भैया, यह देखो, ऊँची पहाड़ी पर शत्रु डेरे डाले पड़े हैं। तुम्हारी अब क्या राय है ? हमारी तो यह इच्छा है कि तुरन्त उन पर धावा कर दें। गाफिल पड़े हुए हैं, भाग खड़े होंगे। देर करने से वे भी सँभल जायेंगे और तब मामला नाजुक हो जायगा। एक हजार से कम न होंगे।

रत्नसिंह ने चिंतित नेत्रों से शत्रु-दल की ओर देख कर कहा-हाँ, मालूम तो होता है।

सिपाही-तो धावा कर दिया जाय न ?

रत्नसिंह-जैसी तुम्हारी इच्छा। संख्या अधिक है, यह सोच लो।

सिपाही–इसकी परवाह नहीं। हम इससे बड़ी सेनाओं को परास्त कर चुके हैं।

रत्नसिंह–यह सच है; पर आग में कूदना ठीक नहीं।

सिपाही–भैया, तुम कहते क्या हो ? सिपाही का तो जीवन ही आग में कूदने के लिए है। तुम्हारे हुक्म की देर है, फिर हमारा जीवट देखना।

रत्नसिंह–अभी हम लोग बहुत थके हुए हैं। जरा विश्राम कर लेना अच्छा है।

सिपाही–नहीं भैया; उन सबों को हमारी आहट मिल गयी, तो गजब हो जायगा।

रत्नसिंह–तो फिर धावा ही कर दो।

एक क्षण में योद्धाओं ने घोड़ों की बागें उठा दीं, और अस्त्र सँभाले हुए शत्रु सेना पर लपके; किन्तु पहाड़ी पर पहुँचते ही इन लोगों ने उसके विषय में जो अनुमान किया था, वह मिथ्या था। वह सजग ही न थे स्वयं किले पर धावा करने की तैयारियाँ भी कर रहे थे। इन लोगों ने जब उन्हें सामने आते देखा, तो समझ गये कि भूल हुई; लेकिन अब सामना करने के सिवा चारा ही क्या था। फिर भी वे निराश न थे। रत्नसिंह जैसे कुशल योद्धा के साथ इन्हें कोई शंका न थी। वह इससे भी कठिन अवसरों पर अपने रण–कौशल से विजय–लाभ कर चुका था। क्या आज वह अपना जौहर न दिखाएगा? सारी आँखें रत्नसिंह को खोज रही थीं; पर उसका वहाँ कहीं पता न था। कहाँ चला गया? यह कोई न जानता था।

पर वह कहीं नहीं जा सकता। अपने साथियों को इस कठिन अवस्था में छोड़ कर वह कहीं नहीं जा सकता, संभव नहीं। अवश्य ही वह यहीं है, और हारी हुई बाजी को जिताने की कोई युक्ति सोच रहा है।

एक क्षण में शत्रु इनके सामने आ पहुँचे। इतनी बहुसंख्यक सेना के सामनें ये मुट्ठी भर आदमी क्या कर सकते थे। चारों ओर से रत्नसिंह की पुकार होने लगी–भैया, तुम कहाँ हो? हमें क्या हुक्म देते हो? देखते हो, वे लोग सामने आ पहुँचे; पर तुम अभी मौन खड़े हो। सामने आकर हमें मार्ग दिखाओ, हमारा उत्साह बढ़ाओ!

पर अब भी रत्नसिंह न दिखायी दिया। यहाँ तक कि शत्रु–दल सिर पर आ पहुँचा, और दोनों दलों में तलवारें चलने लगीं। बुन्देलों ने प्राण हथेली पर ले कर लड़ना शुरू किया; पर एक को एक बहुत होता है; एक और दस का मुकाबला ही क्या? यह लड़ाई न थी, प्राणों का जुआ था! बुन्देलों में निराशा का अलौकिक बल था। खूब लड़े; पर क्या मजाल कि कदम पीछे हटे। उनमें अब जरा भी संगठन न था। जिससे जितना आगे बढ़ते बना, बढ़ा। अंत क्या होगा, इसकी किसी को चिंता न थी। कोई तो शत्रुओं की सफें चीरता हुआ सेनापति के समीप पहुँच गया, कोई उनके हाथी पर चढ़ने की चेष्टा करते मारा गया। उनका अमानुषिक साहस देखकर शत्रुओं के मुँह से भी वाह–वाह निकलती थी; लेकिन ऐसे योद्धाओं ने नाम पाया

है, विजय नहीं पायी। एक घंटे में रंगमंच का परदा गिर गया, तमाशा खतम हो गया। एक आँधी थी; जो आयी और वृक्षों को उखाड़ती हुई चली गयी। संगठित रह कर ये मुट्ठी भर आदमी दुश्मनों के दाँत खट्टे कर देते; पर जिस पर संगठन का भार था, उसका कहीं पता न था। विजयी मरहठों ने एक–एक लाश ध्यान से देखी। रत्नासिंह उसकी आँखों में खटकता था। उसी पर उनके दाँत लगे थे। रत्नसिंह के जीते–जी उन्हें नींद न आती थी। लोगों ने पहाड़ी की एक–एक चट्टान का मन्थन कर डाला; पर रत्नसिंह न हाथ आया। विजय हुई, पर अधूरी।

७

चिंता के हृदय में आज न जाने क्यों भाँति–भाँति की शंकाएँ उठ रही थीं। वह कभी इतनी दुर्बल न थी। बुन्देलों की हार ही क्यों होगी, इसका कोई कारण तो वह न बता सकती थी; पर यह भावना उसके विकल हृदय से किसी तरह न निकलती थी। उस अभागिन के भाग्य में प्रेम का सुख भोगना–लिखा होता, तो क्या बचपन ही में माँ मर जाती, पिता के साथ वन–वन घूमना पड़ता, खोहों और कंदराओं में रहना पड़ता! और वह आश्रय भी तो बहुत दिन न रहा। पिता भी मुँह मोड़ कर चल दिये। तब से उसे एक दिन भी तो आराम से बैठना नसीब न हुआ। विधाता क्या अब अपना क्रूर कौतुक छोड़ देगा? आह! उसके दुर्बल हृदय में इस समय एक विचित्र भावना उत्पन्न हुई, ईश्वर उसके प्रियतम को आज सकुशल लाये, तो वह उसे लेकर किसी दूर के गाँव में जा बसेगी। पतिदेव की सेवा और आराधना में जीवन सफल करेगी। इस संग्राम से सदा के लिए मुँह मोड़ लेगी। आज पहली बार नारीत्व का भाव उसके मन में जाग्रत हुआ।

संध्या हो गयी थी, सूर्य भगवान् किसी हारे हुए सिपाही की भाँति मस्तक झुकाते कोई आड़ खोज रहे थे। सहसा एक सिपाही नंगे सिर पाँव निरस्त्र उसके सामने आ कर खड़ा हो गया। चिंता पर वज्रपात हो गया। एक क्षण तक मर्माहत–सी बैठी रही। फिर उठ कर बराई हुई सैनिक के पास आयी, और आतुर स्वर में पूछा–कौन–कौन बचा?

सैनिक ने कहा–कोई नहीं?

'कोई नहीं ? कोई नहीं?'

चिंता सिर पकड़ कर भूमि पर बैठ गयी। सैनिक ने फिर कहा–मरहठे समीप आ पहुँचे।

'समीप आ पहुँचे?'

'बहुत समीप!'

'तो तुरंत चिता तैयार करो। समय नहीं है।'

'अभी हम लोग तो सिर कटाने को हाजिर ही हैं।'

'तुम्हारी जैसी इच्छा। मेरे कर्त्तव्य का तो यही अंत है।'

'किला बंद करके हम महीनों लड़ सकते हैं।'

'तो जाकर लड़ो। मेरी लड़ाई अब किसी से नहीं।'

एक ओर अंधकार प्रकाश को पैरों-तले कुचलता चला जाता था; दूसरी ओर विजयी मरहठे लहराते हुए खेतों को। और किले में चिता बन रही थी। ज्यों ही दीपक जले, चिता में भी आग लगी। सती चिंता सोलहों श्रृंगार किये, अनुपम छवि दिखाती हुई, प्रसन्नमुख अग्नि-मार्ग से पतिलोक की यात्रा करने जा रही थी।

८

चिता के चारों ओर स्त्री और पुरुष जमा थे। शत्रुओं ने किले को घेर लिया है इसकी किसी को फिक्र न थी। शोक और संतोष से सबके चेहरे उदास और सिर झुके हुए थे। अभी कल इस आँगन में विवाह का मंडप सजाया गया था। जहाँ इस समय अग्नि की लपटें उठ रही थीं, इसी भाँति लोग जमा थे; पर आज और कल के दृश्यों में किना अंतर है! हाँ, स्थूल नेत्रों के लिए अंतर हो सकता है; पर वास्तव में यह उसी यज्ञ की पूर्णाहुति है, उसी प्रतिज्ञा का पालन है।

सहसा घोड़ों की टापों की आवाजें सुनायी देने लगीं। मालूम होता था, कोई सिपाही घोड़े को सरपट भगाता चला आ रहा है। एक क्षण में टापों की आवाज बंद हो गयी, और एक सैनिक आँगन में दौड़ा हुआ आ पहुँचा। लोगों ने चकित होकर देखा, यह रत्नसिंह था।

रत्नसिंह चिता के पास जाकर हाँफता हुआ बोला-प्रिय, मैं तो अभी जीवित हूँ, यह तुमने क्या कर डाला ?

चिता में आग लग चुकी थी! चिंता की साड़ी से अग्नि की ज्वाला निकल रही थी। रत्नसिंह उन्मत्त की भाँति चिता में घुस गया, और चिंता का हाथ पकड़ कर उठाने लगा। लोगों ने चारों ओर से लपक-लपककर चिता की लकड़ियाँ हटानी शुरू कीं; पर चिंता ने पति की ओर आँख उठा कर भी न देखा, केवल हाथों से उसे हट जाने का संकेत किया।

रत्नसिंह सिर पीट कर बोला-हाय प्रिये, तुम्हें क्या हो गया है। मेरी ओर देखती क्यों नहीं? मैं तो जीवित हूँ।

चिता से आवाज आयी–तुम्हारा नाम रत्नसिंह है; पर तुम मेरे रत्नसिंह नहीं हो।

'तुम मेरी तरफ देखो तो, मैं ही तुम्हारा दास, तुम्हारा उपासक, तुम्हारा पति हूँ।'

'मेरे पति ने वीर–गति पायी।'

'हाय! कैसे समझाऊँ! अरे लोगो किसी भाँति अग्नि शांत करो। मैं रत्नसिंह ही हूँ, प्रिये ? क्या तुम मुझे पहचानती नहीं हो?'

अग्नि–शिखा चिता के मुख तक पहुँच गयी। अग्नि में कमल खिल गया। चिंता स्पष्ट–स्वर में बोली–खूब पहचानती हूँ। तुम मेरे रत्नसिंह नहीं। मेरा रत्नसिंह सच्चा शूर था। वह आत्मरक्षा के लिए, इस तुच्छ देह को बचाने के लिए अपने क्षत्रिय–धर्म का परित्याग न कर सकता था। मैं जिस पुरुष के चरणों की दासी बनी थी, वह देवलोक में विराजमान है। रत्नसिंह को बदनाम मत करो। वह वीर राजपूत था, रणक्षेत्र से भागनेवाला कायर नहीं!

अंतिम शब्द निकले ही थे कि अग्नि की ज्वाला चिता के सिर के ऊपर जा पहुँची। फिर एक क्षण में वह अनुपम रूप–राशि, वह आदर्श बीरता की उपासिका, वह सच्ची सती अग्नि में विलीन हो गयी।

रत्नसिंह चुपचाप, हतबुद्धि–सा खड़ा यह शोकमय दृश्य देखता रहा। फिर अचानक एक ठंडी साँस खींच कर उसी चिता में कूद पड़ा।

• •

हिंसा परमो धर्मः

दुनिया में कुछ ऐसे लोग भी होते हैं, जो किसी के नौकर न होते हुए सबके नौकर होते हैं, जिन्हें कुछ अपना खास काम न होने पर भी सिर उठाने की फुरसत नहीं होती। जामिद इसी श्रेणी के मनुष्यों में था। बिल्कुल बेफिक्र, न किसी से दोस्ती, न किसी से दुश्मनी। जो जरा हँस कर बोला, उसका बेदाम गुलाम हो गया। बे–काम का काम करने में उसे मजा आता था। गाँव में कोई बीमार पड़े, वह रोगी की सेवा–शुश्रुषा के लिए हाजिर है। कहिए, तो आधी रात को हकीम के घर चला जाय; किसी जड़ी–बूटी की तलाश में मंजिलों की खाक छान आये। मुमकिन न था कि किसी गरीब पर अत्याचार होते देखे और चुप रह जाय। फिर चाहे कोई उसे मार ही डाले, वह हिमायत करने से बाज न आता था। ऐसे सैंकड़ों ही मौके उसके सामने आ चुके थे। कांस्टेबिल से आये दिन उसकी छेड़छाड़ होती ही रहती थी। इसलिए लोग उसे बौड़म समझते थे। और बात भी यही थी। जो आदमी किसी का बोझ भारी देखकर, उससे छीनकर, अपने सिर पर ले ले, किसी का छप्पर उठाने या आग बुझाने के लिए कोसों दौड़ा चला जाय, उसे समझदार कौन कहेगा। सारांश यह कि उसकी जात से दूसरों को चाहे कितना ही फायदा पहुँचे, अपना कोई उपकार न होता था; यहाँ तक कि वह रोटियों के लिए भी दूसरों का मुंहताज था। दीवाना तो वह था, और उसका गम दूसरे खाते थे।

२

आखिर जब लोगों ने बहुत धिक्कारा–क्यों अपना जीवन नष्ट कर रहे हो, तुम दूसरों के लिए मरते हो, कोई तुम्हारा भी पूछने वाला है? अगर एक दिन बीमार पड़ जाओ; तो कोई चुल्लू भर पानी न दे; जब तक दूसरों की सेवा करते हो, लोग खैरात समझकर खाने को दे देते हैं; जिस दिन आ पड़ेगी, कोई सीधे मुँह बात भी न करेगा; तब जामिद की आँखें खुलीं। बरतन–भांड़ा कुछ था ही नहीं। एक दिन उठा, और एक तरफ की राह ली। दो दिन के बाद एक शहर में पहुँचा। शहर बहुत बड़ा था! महल आसमान से बातें करने वाले। सड़कें चौड़ी और साफ।

बाजार गुलजार, मसजिदों और मंदिरों की संख्या अगर मकानों से अधिक न थी,तो कम भी नहीं। देहात में न तो कोई मसजिद थी, न कोई मंदिर। मुसलमान लोग एक चबूतरे पर नमाज पढ़ लेते थे। हिंदू एक वृक्ष के नीचे पानी चढ़ा दिया करते थे। नगर में धर्म का यह महात्म्य देख कर जामिद को बड़ा कुतूहल और आनन्द हुआ। उसकी दृष्टि में मज़हब का जितना सम्मान था उतना और किसी सांसारिक वस्तु का नहीं। वह सोचने लगा–ये लोग कितने ईमान के पक्के, कितने सत्यवादी हैं। इनमें कितनी दया, कितना विवेक, कितनी सहानुभूति होगी, तभी तो खुदा ने इन्हें इतना माना है। वह हर आने–जानेवाले को श्रद्धा की दृष्टि से देखता और उसके सामने विनय से सिर झुकाता था। यहाँ के सभी प्राणी उसे देवता–तुल्य मालूम होते थे।

घूमते–घूमते साँझ हो गयी। वह थक कर एक मंदिर के चबूतरे पर जा बैठा। मंदिर बहुत बड़ा था, ऊपर सुनहला कलश चमक रहा था। जगमोहन पर संगमरमर के चौके जड़े हुए थे; मगर आँगन में जगह–जगह गोबर कूड़ा पड़ा था। जामिद को गंदगी से चिढ़ थी; देवालय की यह दशा देख कर उससे न रहा गया; इधर–उधर निगाह दौड़ायी कि कहीं झाड़ू मिल जाय, तो साफ कर दे, पर झाड़ू कहीं नजर न आई। विवश होकर उसने दामन से चबूतरे को साफ करना शुरू कर दिया।

जरा देर में भक्तों का जमाव होने लगा। उन्होंने जामिद को चबूतरा साफ करते देखा, तो आपस में बात करने लगे–

'है तो मुसलमान।'

'मेहतर होगा।'

'नहीं, मेहतर अपने दामन से सफाई नहीं करता। कोई पागल मालूम होता है।'

'उधर का भेदिया न हो।'

'नहीं चेहरे से बड़ा गरीब मालूम होता है।'

'हसन निजामी का कोई मुरीद होगा।'

'अजी गोबर के लालच में सफाई कर रहा है। कोई भठियारा होगा।' (जामिद से) गोबर न ले जाना बे, समझा ? कहाँ रहता है ?'

'परदेशी मुसाफिर हूँ, साहब, मुझे गोबर लेकर क्या करना है ? ठाकुर जी का मंदिर देखा, तो आकर बैठ गया। कूड़ा पड़ा हुआ था। मैंने सोचा–धर्मात्मा लोग आते होंगे; सफाई करने लगा।

'तुम तो मुसलमान हो न ?'

'ठाकुर जी तो सबके ठाकुर जी हैं–क्या हिंदू, क्या मुसलमान!'

'तुम ठाकुर जी को मानते हो ?'

'ठाकुर जी को कौन न मानेगा, साहब ? जिसने पैदा किया, उसे न मानूँगा तो किसे मानूँगा ?'

भक्तों में यह सलाह होने लगी–

'देहाती है।'

'फाँस लेना चाहिए, जाने न पाये!'

३

जामिद फाँस लिया गया। उसका आदर–सत्कार होने लगा। एक हवादार मकान रहने को मिला। दोनों वक्त उत्तम पदार्थ खाने को मिलने लगे। दो–चार आदमी हरदम उसे घेरे रहते। जामिद को भजन खूब याद थे। गला भी अच्छा था। वह रोज मंदिर में जाकर कीर्त्तन करता। भक्ति के साथ स्वर–लालित्य भी हो, तो फिर क्या पूछना। लोगों पर उसके कीर्तन का बड़ा असर पड़ता। कितने ही लोग संगीत के लोभ से ही मंदिर में आने लगे। सबको विश्वास हो गया कि भगवान् ने यह शिकार चुनकर भेजा है।

एक दिन मंदिर में बहुत–से आदमी जमा हुए। आँगन में फर्श बिछाया गया। जामिद का सिर मुड़ा दिया गया। नये कपड़े पहनाये। हवन हुआ। जामिद के हाथों मिठाई बाँटी गई। वह अपने आश्रयदाताओं की उदारता और धर्मनिष्ठा का और भी क़ायल हो गया। ये लोग कितने सज्जन हैं, मुझ जैसे फटेहाल परदेशी की इतनी खातिर। इसी को सच्चा धर्म कहते हैं। जामिद को जीवन में कभी इतना सम्मान न मिला था। यहाँ वही सैलानी युवक जिसे लोग बौड़म कहते थे, भक्तों का सिरमौर बना हुआ था। सैंकड़ों ही आदमी केवल उसके दर्शन को आते थे। उसकी प्रकांड विद्वत्ता की कितनी ही कथाएँ प्रचलित हो गयीं। पत्रों में यह समाचार निकला कि एक बड़े आलिम मौलवी साहब की शुद्धि हुई है। सीधा–सादा जामिद इस सम्मान का रहस्य कुछ न समझता था। ऐसे धर्मपरायण सहृदय प्राणियों के लिए वह क्या कुछ न करता? वह नित्य पूजा करता, भजन गाता था। उसके लिए यह कोई नयी बात न थी। अपने गाँव में भी वह बराबर सत्यनारायण की कथा में बैठा करता था। भजन–कीर्तन किया करता था। अन्तर यही था कि देहात में उसकी कदर न थी। यहाँ सब उसके भक्त थे।

एक दिन जामिद कई भक्तों के साथ बैठा हुआ पुराण पढ़ रहा था, तो क्या देखता है कि सामने सड़क पर एक बलिष्ठ युवक, माथे पर तिलक लगाये; जनेऊ पहने, एक बूढ़े दुर्बल मनुष्य को मार रहा है। बुड्ढा रोता है, गिड़गिड़ाता है और पैरों

पड़–पड़ के कहता है कि महाराज, मेरा कसूर माफ करो; किन्तु तिलकधारी युवक को उस पर जरा भी दया नहीं आती। जामिद का रक्त खौल उठा। ऐसे दृश्य देखकर वह शांत न बैठ सकता था। तुरन्त कूद बाहर निकला, और युवक के सामने आकर बोला–बुड्ढे को क्यों मारते हो, भाई? तुम्हें इस पर जरा भी दया नहीं आती?

युवक–मैं मारते–मारते इसकी हड्डियाँ तोड़ दूँगा।

जामिद–आखिर इसने क्या कुसूर किया है? कुछ मालूम भी तो हो।

युवक–इसकी मुर्गी हमारे घर में घुस गई थी, और सारा घर गंदा कर आयी।

जामिद–तो क्या इसने मुर्गी को सिखा दिया था कि तुम्हारा घर गंदा कर आये?

बुड्ढा–खुदावन्द, मैं तो उसे बराबर खाँचे में ढाँके रहता हूँ। आज गफलत हो गयी। कहता हूँ, महाराज, कुसूर माफ करो; मगर नहीं मानते। हुजूर, मारते–मारते अधमरा कर दिया।

युवक–अभी नहीं मारा है, अब मारूँगा, खोद कर गाड़ दूँगा।

जामिद–खोद कर गाड़ दोगे भाई साहब तो तुम भी यों न खड़े रहोगे। समझ गये? अगर फिर हाथ उठाया, तो अच्छा न होगा।

जवान को अपनी ताकत का नशा था। उसने फिर बुड्ढे को चाँटा लगाया; पर चाँटा पड़ने से पहले ही जामिद ने उसकी गर्दन पकड़ ली। दोनों में मल्लयुद्ध होने लगा। जामिद करारा जवान था। युवक को पटकनी दी, तो चारों खाने चित्त गिर गया। उसका गिरना था कि भक्तों का समुदाय, जो अब तक मंदिर में बैठा तमाशा देख रहा था, लपक पड़ा और जामिद पर चारों तरफ से चोटें पड़ने लगीं। जामिद की समझ में न आता था कि लोग मुझे क्यों मार रहे हैं। कोई कुछ नहीं पूछता। तिलकधारी जवान को कोई कुछ नहीं कहता। बस, जो आता है, मुझी पर हाथ साफ करता है। आखिर वह बेदम होकर गिर पड़ा। तब लोगों में बातें होने लगीं।

'दगा दे गया!'

'धत् तेरी जात की! कभी म्लेच्छों से भलाई की आशा न रखनी चाहिए! कौआ कौआ ही के साथ मिलेगा। कमीना जब करेगा, कमीनापन। इसे कोई पूछता न था, मंदिर में झाड़ू लगा रहा था। देह पर कपड़े का तार भी न था, हमने इसका समर्थन किया, पशु से आदमी बना दिया, फिर भी अपना न हुआ!'

'इनके धर्म का तो मूल ही यही है!'

जामिद रात भर सड़क के किनारे पड़ा दर्द से कराहता रहा, उसे मार खाने का दुःख न था। ऐसी यातनाएँ वह कितनी बार भोग चुका था। उसे दुःख और आश्चर्य केवल इस बात का था कि इन लोगों ने क्यों एक दिन मेरा इतना सम्मान किया, और क्यों आज अकारण ही मेरी इतनी दुर्गति की? इनकी वह सज्जनता आज कहाँ

गयी? मैं तो वही हूँ। मैंने कोई कसूर भी नहीं किया। मैंने तो वही किया, जो ऐसी दशा में सभी को करना चाहिए। फिर इन लोगों ने मुझ पर क्यों इतना अत्याचार किया ? देवता क्यों राक्षस बन गये ?

वह रात भर इसी उलझन में पड़ा रहा। प्रातःकाल उठ कर एक तरफ की राह ली।

जामिद अभी थोड़ी ही दूर गया था कि वही बुड्ढा उसे मिला। उसे देखते ही वह बोला–कसम खुदा की, तुमने कल मेरी जान बचा दी। सुना, जालिमों ने तुम्हें बुरी तरह पीटा। मैं तो मौका पाते ही निकल भागा। अब तक कहाँ थे। यहाँ लोग रात ही से तुमसे मिलने के लिए बेकरार हो रहे हैं। काजी साहब रात ही से तुम्हारी तलाश में निकले थे, मगर तुम न मिले। कल हम अकेले पड़ गये थे। दुश्मनों ने हमें पीट लिया। नमाज का वक्त था, जहाँ सब लोग मस्जिद में थे; अगर जरा भी खबर हो जाती, तो एक हजार लठैत पहुँच जाते। तब आटे–दाल का भाव मालूम होता। कसम खुदा की; आज से मैंने तीन कोड़ी मुर्गियाँ पाली हैं! देखूँ, पंडित जी महाराज अब क्या करते हैं। कसम खुदा की, काजी साहब ने कहा है, अगर वह लौंडा जरा भी आँख दिखाये, तो तुम आकर मुझसे कहना। या तो बच्चा घर छोड़कर भागेंगे, या हड्डी–पसली तोड़ कर रख दी जायगी।

जामिद को लिये वह बुड्ढा काजी जोराबरहुसेन के दरवाजे पर पहुँचा। काजी साहब वजू कर रहे थे। जामिद को देखते ही दौड़ कर गले लगा लिया और बोले–वल्लाह! तुम्हें आँखें ढूँढ़ रही थीं। तुमने अकेले इतने काफिरों के दाँत खट्टे कर दिये; क्यों न हो, मोमिन का खून है! काफिरों की हकीकत क्या? सुना सब के सब तुम्हारी शुद्धि करने जा रहे थे; मगर तुमने उनके सारे मनसूबे पलट दिये। इस्लाम को ऐसे ही खादिमों की जरूरत है। तुम जैसे दीनदारों से इस्लाम का नाम रोशन है। गलती यही हुई कि तुमने एक महीने भर तक सब्र नहीं किया। शादी हो जाने देते, जब मजा आता। एक नाजनीन साथ लाते, और दौलत मुफ्त। वल्लाह! तुमने उजलत कर दी।

दिन भर भक्तों का ताँता लगा रहा। जामिद को एक नजर देखने का सबको शौक था। सभी उसकी हिम्मत, जोर और मज़हबी जोश की प्रशंसा करते थे।

४

पहर रात बीत चुकी थी। मुसाफिरों की आमदरफ्त कम हो चली थी। जामिद ने काजी साहब से धर्म–ग्रंथ पढ़ना शुरू किया था। उन्होंने उसके लिए अपने बगल का कमरा खाली कर दिया था। वह काजी साहब से सबक लेकर आया, और सोने जा रहा था कि सहसा उसे दरवाजे पर एक ताँगे के रुकने की

आवाज सुनायी दी। काजी साहब के मुरीद अकसर आया करते थे। जामिद ने सोचा, कोई मुरीद आया होगा। नीचे आया तो देखा–एक स्त्री ताँगे से उतर कर बरामदे में खड़ी है, और ताँगेवाला उसका असबाब उतार रहा है।

महिला ने मकान को इधर–उधर देखकर कहा–नहीं जी, मुझे अच्छी तरह ख्याल है; यह उनका मकान नहीं है। शायद तुम भूल गये हो।

ताँगेवाला–हुजूर तो मानती ही नहीं। कह दिया कि बाबू साहब ने मकान तबदील कर दिया है। ऊपर चलिए।

स्त्री ने कुछ झिझकते हुए कहा–बुलाते क्यों नहीं? आवाज दो!

ताँगेवाला–ओ साहब, आवाज क्या दूँ, जब जानता हूँ कि साहब का मकान यही है, तो नाहक चिल्लाने से क्या फायदा? बेचारे आराम कर रहे होंगे। आराम में खलल पड़ेगा! आप निसाखातिर रहिए, चलिए ऊपर चलिए।

औरत ऊपर चली। पीछे–पीछे ताँगेवाला असबाब लिये हुए चला। जामिद गुम–सुम नीचे खड़ा रहा। यह रहस्य उसकी समझ में न आया।

ताँगेवाले की आवाज सुनते ही काजी साहब छत पर निकल आये, और एक औरत को आते देख कमरे की खिड़कियाँ चारों तरफ से बंद करके खूँटी पर लटकती तलवार उतार ली, और दरवाजे पर आकर खड़े हो गये।

औरत ने जीना तय करके ज्यों ही छत पर पैर रखा कि काजी साहब को देख कर झिझकी। वह तुरन्त पीछे की तरफ मुड़ना चाहती थी कि काजी साहब ने लपक कर उसका हाथ पकड़ लिया और अपने कमरे में घसीट लाये। इसी बीच में जामिद और ताँगेवाला, ये दोनों भी ऊपर आ गये थे। जामिद यह दृश्य देखकर विस्मित हो गया था। यह रहस्य और भी रहस्यमय हो गया था। यह विद्या का सागर, यह न्याय का भंडार, यह नीति, धर्म और दर्शन का आगार इस समय एक अपरिचित महिला के ऊपर यह घोर अत्याचार कर रहा है। ताँगेवाले के साथ वह भी काजी साहब के कमरे में चला गया। काजी साहब तो स्त्री के दोनों हाथ पकड़े हुए थे। ताँगेवाले ने दरवाजा बंद कर दिया।

महिला ने ताँगेवाले की ओर खून भरी आँखों से देख कर कहा–तू मुझे यहाँ क्यों लाया?

काजी साहब ने तलवार चमका कर कहा–पहले आराम से बैठ जाओ, सब कुछ मालूम हो जायगा।

औरत–तुम तो मुझे कोई मौलवी मालूम होते हो? क्या तुम्हें खुदा ने यही सिखाया है कि पराई बहू–बेटियों को जबरदस्ती घर में बंद करके उनकी आबरू बिगाड़ो ?

काजी–हाँ, खुदा का यही हुक्म है कि काफिरों को जिस तरह मुमकिन हो,

इस्लाम के रास्ते पर लाया जाय। अगर खुशी से न आयें, तो ज़ब्र से।

औरत–इसी तरह अगर कोई तुम्हारी बहू–बेटी पकड़ कर बेआबरू करे, तो ?

काजी–हो रहा है। जैसा तुम हमारे साथ करोगे वैसा ही हम तुम्हारे साथ करेंगे। फिर हम तो बेआबरू नहीं करते, सिर्फ अपने मजहब में शामिल करते हैं। इस्लाम कबूल करने से आबरू बढ़ती है, घटती नहीं। हिन्दू कौम ने तो हमें मिटा देने का बीड़ा उठाया है। वह इस मुल्क से हमारा निशान मिटा देना चाहती है। धोखे से, लालच से, ज़ब्र से मुसलमानों को बे–दीन बनाया जा रहा है, तो मुसलमान बैठे मुँह ताकेंगे?

औरत–हिन्दू कभी ऐसा अत्याचार नहीं कर सकता। संभव है, तुम लोगों की शरारतों से तंग आकर नीचे दर्जे के लोग इस तरह बदला लेने लगे हों; मगर अब भी कोई सच्चा हिन्दू इसे पसन्द नहीं करता।

काजी साहब ने कुछ सोच कर कहा–बेशक, पहले इस तरह की शरारत मुसलमान शोहदे किया करते थे। मगर शरीफ लोग इन हरकतों को बुरा समझते थे, और अपने इमकान भर रोकने की कोशिश करते थे। तालीम और तहजीब की तरक्की के साथ कुछ दिनों यह गुण्डापन जरूर गायब हो जाता; मगर अब तो हिन्दू कौम हमें निगलने के लिए तैयार बैठी हुई है। फिर हमारे लिए और रास्ता ही कौन–सा है। हम कमजोर हैं, इसलिए हमें मजबूर हो कर अपने को कायम रखने के लिए दगा से काम लेना पड़ता है; मगर तुम इतना घबराती क्यों हो? तुम्हें यहाँ किसी बात की तकलीफ न होगी। इस्लाम औरतों के हक का जितना लिहाज करता है, उतना और कोई मजहब नहीं करता। और मुसलमान मर्द तो अपनी औरतों पर जान देता है। मेरे यह नौजवान दोस्त (जामिद) तुम्हारे सामने खड़े हैं, इन्हीं के साथ तुम्हारा निकाह कर दिया जायगा। बस, आराम से जिन्दगी के दिन बसर करना।

औरत–मैं तुम्हें और तुम्हारे धर्म को घृणित समझती हूँ। तुम कुत्ते हो। इसके सिवा तुम्हारे लिए कोई दूसरा काम नहीं। खैरियत इसी में है कि मुझे जाने दो, नहीं तो में अभी शोर मचा दूँगी, और तुम्हारा सारा मौलवीपन निकल जायगा।

काजी–अगर तुमने जबान खोली तो तुम्हें जान से हाथ धोना पड़ेगा। बस, इतना समझ लो।

औरत–आबरू के सामने जान कोई हकीकत नहीं। तुम मेरी जान ले सकते हो; मगर आबरू नहीं ले सकते।

काजी–क्यों नाहक जिद करती हो?

औरत ने दरवाजे के पास जा कर कहा–मैं कहती हूँ, दरवाजा खोल दो।

जामिद अब तक चुपचाप खड़ा था। ज्यों ही स्त्री दरवाजे की तरफ चली, और

काजी साहब ने उसका हाथ पकड़ कर खींचा, जामिद ने तुरन्त दरवाजा खोल दिया और काजी साहब से बोला–इन्हें छोड़ दीजिए।

काजी–क्या बकता है ?

जामिद–कुछ नहीं। खैरियत इसी में है कि इन्हें छोड़ दीजिए।

लेकिन जब काजी साहब ने उस महिला का हाथ न छोड़ा, और ताँगेवाला भी उसे पकड़ने के लिए बढ़ा, तो जामिद ने एक धक्का देकर काजी साहब को धकेल दिया, और उस स्त्री का हाथ पकड़े हुए कमरे से बाहर निकल गया। ताँगेवाला पीछे लपका, मगर जामिद ने उसे इतने जोर से धक्का दिया कि वह औंधा मुँह जा गिरा। एक क्षण में जामिद और स्त्री, दोनों सड़क पर थे।

जामिद–आपका घर किस मुहल्ले में है ?

औरत–अहियागंज में।

जामिद–चलिए, मैं आपको पहुँचा आऊँ।

औरत–इससे बड़ी और क्या मेहरबानी होगी। मैं आपकी इस नेकी को कभी न भूलूँगी। आपने आज मेरी आबरू बचा ली, नहीं तो मैं कहीं की न रहती। मुझे अब मालूम हुआ कि अच्छे पर बुरे सब जगह होते हैं। मेरे शौहर का नाम पंडित राजकुमार है।

उसी वक्त एक ताँगा सड़क पर आता दिखायी दिया। जामिद ने स्त्री को उस पर बैठा दिया, और खुद बैठना ही चाहता था कि ऊपर से काजी साहब ने जामिद पर लट्ठ चलाया और डंडा ताँगे से टकराया। जामिद ताँगे में आ बैठा और ताँगा चल दिया।

अहियागंज में पंडित राजकुमार का पता लगाने में कठिनाई न पड़ी। जामिद ने ज्यों ही आवाज दी, वह घबराये हुए बाहर निकल आये और स्त्री को देख कर बोले–तुम कहाँ रह गयी थी, इंदिरा? मैंने तो तुम्हें स्टेशन पर कहीं न देखा। मुझे पहुँचने में जरा देर हो गयी थी। तुम्हें इतनी देर कहाँ लगी?

इंदिरा ने घर के अन्दर कदम रखते ही कहा–बड़ी लम्बी कथा है; जरा दम लेने दो, तो बता दूँगी। बस, इतना ही समझ लो कि आज अगर इस मुसलमान ने मेरी मदद न की होती तो आबरू चली गयी थी।

पंडित जी पूरी कथा सुनने के लिए और भी व्याकुल हो उठे। इंदिरा के साथ वह भी घर में चले गए; पर एक ही मिनट के बाद बाहर आ कर जामिद से बोले–भाई साहब, शायद आप बनावट समझें; पर मुझे आपके रूप में इस समय अपने इष्टदेव के दर्शन हो रहे हैं। मेरी जबान में इतनी ताकत नहीं कि आपका शुक्रिया अदा कर सकूँ। आइए, बैठ जाइए।

जामिद–जी नहीं, अब मुझे इजाजत दीजिए।

पंडित–मैं आपकी इस नेकी का क्या बदला दे सकता हूँ?

जामिद–इसका बदला यही है कि इस शरारत का बदला किसी गरीब मुसलमान से न लीजिए, मेरी आप से यह दरख्वास्त है।

यह कह कर जामिद चल खड़ा हुआ, और उस अंधेरी रात के सन्नाटे में शहर से बाहर निकल गया। उस शहर की विषाक्त वायु में साँस लेते हुए उसका दम घुटता था! वह जल्द से जल्द शहर से भाग कर अपने गाँव में पहुँचना चाहता था, जहाँ मजहब का नाम सहानुभूति, प्रेम और सौहार्द्र था। धर्म और धार्मिक लोगों से उसे घृणा हो गयी थी।

• •

बहिष्कार

पण्डित ज्ञानचन्द ने गोविन्दी की ओर सतृष्ण नेत्रों से देख कर कहा–मुझे ऐसे निर्दयी प्राणियों से जरा भी सहानुभूति नहीं है। इस बर्बरता की भी कोई हद है कि जिसके साथ तीन वर्ष तक जीवन के सुख भोगे, उसे एक जरा–सी बात पर घर से निकाल दिया।

गोविन्दी ने आँखें नीची करके पूछा–आखिर क्या बात हुई थी?

ज्ञानचंद–कुछ भी नहीं! ऐसी बातों में कोई बात होती है। शिकायत है कि कालिन्दी जबान की तेज है। तीन साल तकजबान तेज न थी आज जबान की तेज हो गयी। कुछ नहीं, कोई दूसरी चिड़िया नजर आयी होगी। उसके लिए पिंजरे को खाली करना आवश्यक था। बस, यह शिकायत निकल आयी। मेरा बस चले तो, ऐसे दुष्टों को गोली मार दूँ। मुझे कई बार कालिन्दी से बातचीत करने का अवसर मिला है। मैंने ऐसी हँसमुख स्त्री दूसरी नहीं देखी।

गोविन्दी–तुमने सोमदत्त को समझाया नहीं।

ज्ञानचंद्र–ऐसे लोग समझाने से नहीं मानते। यह लात का आदमी है, बातों की उसे क्या परवाह? मेरा तो यह विचार है कि जिससे एक बार सम्बन्ध हो गया, फिर चाहे वह अच्छी हो या बुरी, उसके साथ जीवन भर निर्वाह करना चाहिए। मैं तो कहता हूं, अगर स्त्री के कुल में कोई दोष भी निकल आये, तो क्षमा से काम लेना चाहिए।

गोविन्दी ने कातर नेत्रों से देख कर कहा – ऐसे आदमी तो बहुत कम होते हैं! ज्ञानचन्द–समझ ही में नहीं आता कि जिसके साथ इतने दिन हँसे–बोले, जिसके प्रेम की स्मृतियाँ हृदय के एक–एक अणु में समायी हुई हैं, उसे दर–दर की ठोकरें खाने को कैसे छोड़ दिया। कम से कम इतना तो करना चाहिए था कि उसे किसी सुरक्षित स्थान पर पहुँचा देते और उसके निर्वाह का कोई प्रबन्ध कर देते। निर्दयी ने इस तरह घर से निकाला, जैसे कोई कुत्ते को निकाले। बेचारी गाँव के बाहर बैठी रो रही है। कौन कह सकता है, कहाँ जाएगी। शायद मायके में भी कोई नहीं

रहा। सोमदत्त के डर के मारे गाँव का कोई आदमी उसके पास भी नहीं आता। ऐसे बग्गड़ का क्या ठिकाना! जो आदमी स्त्री का न हुआ, वह दूसरे का क्या होगा। उसकी दशा देख कर मेरी आँखों में तो आँसू भर आये। जी में तो आया, कहूँ–बहन, तुम मेरे घर चलो; मगर तब तो सोमदत्त मेरे प्राणों का गाहक हो जाता।

गोविन्दी–तुम जरा सा एक बार फिर समझाओ। अगर वह किसी तरह न माने, तो कालिंदी को लेते आना।

ज्ञानचन्द–जाऊँ।

गोविन्दी–हाँ, अवश्य जाओ; अगर सोमदत्त कुछ खरी–खोटी भी कहे, तो सुन लेना।

ज्ञानचन्द ने गोविन्दी को गले लगा कर कहा–तुम्हारे हृदय में बड़ी दया है, गोविन्दी! लो जाता हूँ, अगर सोमदत्त ने न माना तो कालिन्दी ही को लेता आऊँगा। अभी बहुत दूर न गयी होगी।

२

तीन वर्ष बीत गए। गोविन्दी एक बच्चे की माँ हो गयी। कालिंदी अभी तक इसी घर में है। उसके पति ने दूसरा विवाह कर लिया है। गोविन्दी और कालिन्दी में बहनों का सा प्रेम है। गोविंदी सदैव उसकी दिलजोई करती रहती है। वह इसकी कल्पना भी नहीं करती कि यह कोई गैर है और मेरी रोटियों पर पड़ी हुई है। लेकिन सोमदत्त को कालिंदी का यहाँ रहना एक आँख नहीं भाता। वह कोई कानूनी कार्यवाही करने की तो हिम्मत नहीं रखता। और इस परिस्थिति में कर ही क्या सकता है। लेकिन ज्ञानचन्द का सिर नीचा करने के लिए अवसर खोजता रहता है।

संध्या का समय था। ग्रीष्म की उष्ण वायु अभी तक बिल्कुल शांत नहीं हुई थी। गोविन्दी गंगा–जल भरने गयी थी। और जल–तट की शीतल निर्जनता का आनन्द उठा रही थी। सहसा उसे सोमदत्त आता हुआ दिखाई दिया। गोविन्दी ने आँचल से मुँह छिपा लिया और कलसा ले कर चलने को ही थी कि सोमदत्त ने सामने आ कर कहा–जरा ठहरो, गोविंदी, तुमसे एक बात कहनी है। तुमसे यह पूछना चाहता हूँ कि तुमसे कहूँ या ज्ञानू से?

गोविन्दी ने धीरे से कहा–उन्हीं से कह दीजिए।

सोमदत्त–जी तो मेरा यही चाहता है। लेकिन तुम्हारी दीनता पर दया आती है। जिस दिन मैं ज्ञानचन्द से यह बात कह दूँगा, तुम्हें इस घर से निकलना पड़ेगा। मैंने सारी बातों का पता लगा लिया है। तुम्हारा बाप कौन था।क्या तुम समझती हो कि

ज्ञानचन्द यह कथा सुनकर तुम्हें अपने घर में रखेगा ? उसके विचार कितने ही स्वाधीन हों। पर जीती मक्खी नहीं निगल सकता।

गोविन्दी ने थर–थर काँपते हुए कहा–जब आप सारी बातें जानते हैं, तो मैं क्या कहूँ? आप जैसा उचित समझें करें! लेकिन मैंने तो आपके साथ कभी कोई बुराई नहीं की।

सोमदत्त– तुम लोगों ने गाँव में मुझे कहीं मुँह दिखाने के योग्य नहीं रखा। तिस पर कहती हो, मैंने तुम्हारे साथ कोई बुराई नहीं की! तीन साल से कालिन्दी को आश्रय दे कर मेरी आत्मा को जो कष्ट पहुँचाया है, वह मैं ही जानता हूँ। तीन साल से मैं इस फिक्र में था कि इस अपमान का दण्ड दूँ। अब वह अवसर पा कर उसे किसी तरह नहीं छोड़ सकता।

गोविंदी– अगर आपकी यही इच्छा है कि मैं यहाँ न रहूँ, तो मैं चली जाऊँगी, आज ही चली जाऊँगी! लेकिन उनसे आप कुछ न कहिए। आपके पैरों पड़ती हूँ।

सोमदत्त– नहीं गोविंदी, मैं इतना निर्दयी नहीं हूँ। मैं केवल इतना चाहता हूँ कि तुम कालिन्दी को अपने घर से निकाल दो और मैं कुछ नहीं चाहता। तीन दिन का समय देता हूँ, खूब सोच विचार लो। अगर कालिन्दी तीसरे दिन तुम्हारे घर से न निकली, तो तुम जानोगी।

सोमदत्त वहाँ से चला गया। गोविन्दी कलसा लिए मूर्ति की भाँति खड़ी रह गयी! उसके सम्मुख कठिन समस्या आ खड़ी हुई थी, वह थी कालिंदी! घर में एक ही रह सकती थी! दोनों के लिए उस घर में स्थान न था। क्या कालिंदी के लिए वह अपना घर, अपना स्वर्ग त्याग देगी? कालिन्दी अकेली है, पति ने उसे पहले ही छोड़ दिया है, वह जहाँ चाहे जा सकती है, पर वह अपने प्राणाधार और प्यारे बच्चे को छोड़ कर कहाँ जायगी?

लेकिन कालिन्दी से वह क्या कहेगी? जिसके साथ इतने दिनों तक बहनों की तरह रही, उसे क्या अपने घर से निकाल देगी? उसका बच्चा कालिन्दी से कितना हिला हुआ था, कालिंदी उसे कितना चाहती थी? क्या उस परित्यक्ता दीना को वह अपने घर से निकाल देगी? इसके सिवा और उपाय ही क्या था ? उसका जीवन अब एक स्वार्थी, दम्भी व्यक्ति की दया पर अवलम्बित था। क्या अपने पति के प्रेम पर वह भरोसा कर सकती थी ! ज्ञानचन्द सहृदय थे, उदार थे, विचारशील थे, पर क्या उनका प्रेम अपमान, व्यंग्य और बहिष्कार जैसे आघातों को सहन कर सकता था!

३

उसी दिन से गोविन्दी और कालिन्दी में कुछ पार्थक्य–सा दिखायी देने लगा। दोनों अब बहुत कम साथ बैठतीं। कालिन्दी पुकारती–बहन, आ कर खाना

खा लो। गोविंदी कहती–तुम खा लो, मैं फिर खा लूँगी। पहले कालिन्दी बालक को सारे दिन खिलाया करती थी, माँ के पास केवल दूध पीने जाता था। मगर अब गोविन्दी हर दम उसे अपने ही पास रखती है। दोनों के बीच में कोई दीवार खड़ी हो गयी है। कालिन्दी बार–बार सोचती है, आजकल मुझसे यह क्यों रूठी हुई है? पर उसे कोई कारण नहीं दिखायी देता। उसे भय हो रहा है कि कदाचित् यह अब मुझे यहाँ नहीं रखना चाहतीं। इसी चिंता में वह गोते खाया करती है; किन्तु गोविन्दी भी उससे कम चिंतित नहीं है। कालिन्दी से वह स्नेह तोड़ना चाहती है; पर उसकी म्लान मूर्ति देख कर उसके हृदय के टुकड़े हो जाते हैं। उससे कुछ कह नहीं सकती! अवहेलना के शब्द मुँह से नहीं निकलते। कदाचित् उसे घर से जाते देख कर वह रो पड़ेगी। और जबरदस्ती रोक लेगी। इसी हैस–बैस में तीन दिन गुजर गये। कालिंदी घर से न निकली।

तीसरे दिन संध्या–समय सोमदत्त नदी के तट पर बड़ी देर तक खड़ा रहा। अंत को चारों ओर अँधेरा छा गया। फिर भी पीछे फिर–फिर कर जल–तट की ओर देखता जाता था!

रात के दस बज गये हैं। अभी ज्ञानचन्द घर नहीं आये। गोविंदी घबरा रही है। उन्हें इतनी देर तो कभी नहीं होती थी। आज इतनी देर कहाँ लगा रहे हैं? शंका से उसका हृदय काँप रहा है।

सहसा मरदाने कमरे का द्वार खुलने की आवाज आयी। गोविन्दी दौड़ी हुई बैठक में आई; लेकिन पति का मुख देखते ही उसकी सारी देह शिथिल पड़ गयी उस मुख पर हास्य था, पर उस हास्य में भाग्य–तिरस्कार झलक रहा था। विधि–वाम ने ऐसे सीधे–सादे मनुष्य को भी अपने क्रीड़ा–कौशल के लिए चुन लिया। क्या वह रहस्य रोने के योग्य था ? रहस्य रोने की वस्तु नहीं, हँसने की वस्तु है।

ज्ञानचन्द ने गोविन्दी की ओर नहीं देखा। कपड़े उतार कर सावधानी से अलगनी पर रखे, जूता उतारा और फर्श पर बैठ कर एक पुस्तक के पन्ने उलटने लगा।

गोविन्दी ने डरते–डरते कहा–आज इतनी देर कहाँ की? भोजन ठंडा हो रहा है।

ज्ञानचन्द ने फर्श की ओर ताकते हुए कहा–तुम लोग भोजन कर लो, मैं एक मित्र के घर खा कर आया हूँ।

गोविन्दी इसका आशय समझ गयी। एक क्षण के बाद फिर बोली–चलो, थोड़ा–सा ही खा लो।

ज्ञानचन्द–अब बिलकुल भूख नहीं है।

गोविन्दी–तो मैं भी जाकर सो रहती हूँ।

ज्ञानचन्द ने अब गोविन्दी की ओर देखकर कहा–क्यों ? तुम क्यों न खाओगी?

वह और कुछ न कह सकी। गला भर आया।

ज्ञानचन्द ने समीप आकर कहा—मैं सच कहता हूँ, गोविंदी, एक मित्र के घर भोजन कर आया हूँ। तुम जा कर खा लो।

४

गोविन्दी पलँग पर पड़ी हुई चिंता, नैराश्य और विषाद के अपार सागर में गोते खा रही थी। यदि कालिन्दी का उसने बहिष्कार कर दिया होता, तो आज उसे इस विपत्ति का सामना न करना पड़ता; किन्तु यह अमानुषिक व्यवहार उसके लिए असाध्य था और इस दशा में भी उसे इसका दुःख न था। ज्ञानचन्द की ओर से यों तिरस्कृत होने का भी उसे दुःख न था। जो ज्ञानचन्द नित्य धर्म और सज्जनता की डींगे मारा करता था। वही आज इसका इतनी निर्दयता से बहिष्कार करता हुआ जान पड़ता था, उस पर उसे लेशमात्र भी दुःख क्रोध या द्वेष न था। उसके मन को केवल एक ही भावना आंदोलित कर रही थी। वह अब इस घर में कैसे रह सकती है। अब तक वह इस घर की स्वामिनी थी! इसलिए न कि वह अपने पति के प्रेम की स्वामिनी थी; पर अब वह प्रेम से वंचित हो गयी थी। अब इस घर पर उसका क्या अधिकार था ? वह अब अपने पति को मुँह ही कैसे दिखा सकती थी। वह जानती थी, ज्ञानचन्द अपने मुँह से इसके विरुद्ध एक शब्द भी न निकालेंगे; पर उसके विषय में ऐसी बातें जान कर क्या वह उससे प्रेम कर सकते थे? कदापि नहीं! इस वक्त न–जाने क्या समझ कर चुप रहे। सबेरे तूफान उठेगा। कितने ही विचारशील हों; पर अपने समाज से निकल जाना कौन पसन्द करेगा ? स्त्रियों की संसार में कमी नहीं। मेरी जगह हजारों मिल जायेंगी। मेरी किसी को क्या परवा? अब यहाँ रहना बेहयाई है। आखिर कोई लाठी मार कर थोड़े ही निकाल देगा। हयादार के लिए आँख का इशारा बहुत है। मुँह से न कहें, मन की बात और भाव छिपे नहीं रहते; लेकिन मीठी निद्रा की गोद में सोये हुए शिशु को देख कर ममता ने उसके अशक्त हृदय को और भी कातर कर दिया। इस अपने प्राणों के आधार को वह कैसे छोड़ेगी ?

शिशु को उसने गोद में उठा लिया और खड़ी रोती रही। तीन साल कितने आनंद से गुजरे। उसने समझा था कि इसी भाँति सारा जीवन कट जायगा; लेकिन उसके भाग्य में इससे अधिक सुख भोगना लिखा ही न था। करुण वेदना में डूबे हुए ये शब्द उसके मुख से निकल आये—भगवान्! अगर तुम्हें इस भाँति मेरी दुर्गति करनी थी, तो तीन साल पहले क्यों न की? उस वक्त यदि तुमने मेरे जीवन का अंत कर दिया होता, तो मैं तुम्हें धन्यवाद देती। तीन साल तक सौभाग्य के सुरम्य उद्यान में

सौरभ, समीर और माधुर्य का आनन्द उठाने के बाद इस उद्यान ही को उजाड़ दिया। हाँ! जिस पौधे को उसने अपने प्रेम-जल से सींचा था वे अब निर्मम दुर्भाग्य के पैरों-तले कितनी निष्ठुरता से कुचले जा रहे थे। ज्ञानचन्द के शील और स्नेह का स्मरण आया, तो वह रो पड़ी। मृदु स्मृतियाँ आ-आकर हृदय को मसोसने लगीं।

सहसा ज्ञानचन्द के आने से वह सँभल बैठी। कठोर से कठोर बातें सुनने के लिए उसने अपने हृदय को कड़ा कर लिया; किन्तु ज्ञानचन्द के मुख पर रोष का चिह्न भी न था। उन्होंने आश्चर्य से पूछा-क्या तुम अभी तक सोयी नहीं? जानती हो, कै बजे हैं? बारह के ऊपर हैं।

गोविन्दी ने सहमते हुए कहा-तुम भी तो अभी नहीं सोये।

ज्ञानचन्द-मैं न सोऊँ, तो तुम भी न सोओ? मैं न खाऊँ, तो तुम भी न खाओ? मैं बीमार पड़ूँ, तो तुम भी बीमार पड़ो? यह क्यों? मैं तो एक जन्म-पत्री बना रहा था। कल देनी होगी। तुम क्या करती रहीं, बोलो?

इन शब्दों में कितना सरल स्नेह था!क्या तिरस्कार के भाव इतने ललित शब्दों में प्रकट हो सकते हैं? प्रवंचकता क्या इतनी निर्मल हो सकती है? शायद सोमदत्त ने अभी वज्र का प्रहार नहीं किया। अवकाश न मिला होगा; लेकिन ऐसा है, तो आज घर में इतनी देर में क्यों आये? भोजन क्यों न किया, मुझसे बोले तक नहीं, आँखें लाल हो रही थीं। मेरी ओर आँख उठा कर देखा तक नहीं। क्या यह संभव है कि इनका क्रोध शांत हो गया हो? यह संभावना की चरम सीमा से भी बाहर है। तो क्या सोमदत्त को मुझ पर दया आ गयी? पत्थर पर दूब जमी? गोविन्दी कुछ निश्चय न कर सकी, ओर जिस भाँति गृह-सुख विहीन पथिक वृक्ष की छाँह में भी आनन्द से पाँव फैला कर सोता है, उसकी अव्यवस्था ही उसे निश्चिंत बना देती है, उसी भाँति गोविन्दी मानसिक व्यग्रता में भी स्वस्थ हो गई। मुस्करा कर स्नेह-मृदुल स्वर में बोली-तुम्हारी ही राह तो देख रही थी।

यह कहते-कहते गोविन्दी का गला भर आया। व्याध के जाल में फड़फड़ाती हुई चिड़िया क्या मीठे राग गा सकती है? ज्ञानचन्द ने चारपाई पर बैठकर कहा-झूठी बात, रोज तो तुम अब तक सो जाया करती थी।

५

एक सप्ताह बीत गया; पर ज्ञानचन्द ने गोविन्दी से कुछ न पूछा, और न उनके बर्ताव ही से उनके मनोगत भावों का कुछ परिचय मिला। अगर उनके व्यवहार में कोई नवीनता थी, तो यह कि वह पहले से भी ज्यादा स्नेहशील, निर्दन्द्र और प्रफुल्लवदन हो गये। गोविन्दी का इतना आदर और मान उन्होंने कभी नहीं किया

था। उनके प्रयत्नशील रहने पर भी गोविन्दी उनके मनोभावों को ताड़ रही थी। और उसका चित्त प्रतिक्षण शंका से चंचल और क्षुब्ध रहता था। अब उसे इसमें लेशमात्र भी संदेह नहीं था कि सोमदत्त ने आग लगा दी है। गीली लकड़ी में पड़ कर वह चिनगारी बुझ जायगी, या जंगल की सूखी पत्तियाँ हाहाकार करके जल उठेंगी, यह कौन जान सकता है। लेकिन इस सप्ताह के गुजरते ही अग्नि का प्रकोप होने लगा। ज्ञानचन्द एक महाजन के मुनीम थे। उस महाजन ने कह दिया–मेरे यहाँ, अब आपका काम नहीं। जीविका का दूसरा साधन यजमानी है। यजमान भी एक–एक करके उन्हें जवाब देने लगे। यहाँ तक कि उनके द्वार पर आना–जाना बन्द हो गया। आग सूखी पत्तियों में लग कर अब हरे वृक्ष के चारों ओर मँडराने लगी। पर ज्ञानचंद के मुख में गोविन्दी के प्रति एक भी कटु, अमृदु शब्द न था। वह इस सामाजिक दंड की शायद कुछ न परवा करते, यदि दुर्भाग्यवश इसने उनकी जीविका के द्वार न बंद कर दिये होते। गोविन्दी सब कुछ समझती थी; पर संकोच के मारे कुछ न कह सकती थी। उसी के कारण उसके प्राणप्रिय पति की यह दशा हो रही है, यह उसके लिए डूब मरने की बात थी। पर, कैसे प्राणों का उत्सर्ग करे। कैसे जीवन–मोह से मुक्त हो। इस विपत्ति में स्वामी के प्रति उसके रोम–रोम से शुभ कामनाओं की सरिता–सी बहती थी; पर मुँह से एक शब्द भी न निकलता था। भाग्य की सबसे निष्ठुर लीला उस दिन हुई, जब कालिन्दी भी बिना कुछ कहे–सुने सोमदत्त के घर जा पहुँची। जिसके लिए यह सारी यातनाएँ झेलनी पड़ीं, उसी ने अन्त में बेवफाई की। ज्ञानचंद ने सुना, तो केवल मुस्करा दिये; पर गोविन्दी इस कुटिल आघात को इतनी शांति से सहन न कर सकी। कालिन्दी के प्रति उसके मुख से अप्रिय शब्द निकल ही आये। ज्ञानचन्द ने कहा–उसे व्यर्थ ही कोसती हो प्रिये, उसका कोई दोष नहीं। भगवान् हमारी परीक्षा ले रहे हैं। इस वक्त धैर्य के सिवा हमें किसी से कोई आशा न रखनी चाहिए।

जिन भावों को गोविन्दी कई दिनों से अन्तस्तल में दबाती चली आती थी, वे धैर्य का बाँध टूटते ही बड़े वेग से बाहर निकल पड़े। पति के सम्मुख अपराधियों की भाँति हाथ बाँध कर उसने कहा–स्वामी, मेरे ही कारण आपको यह सारे पापड़ बेलने पड़ रहे हैं। मैं ही आपके कुल की कलंकिनी हूँ। क्यों न मुझे किसी ऐसी जगह भेज दीजिए, जहाँ कोई मेरी सूरत तक न देखे। मैं आपसे सत्य कहती हूँ. .

ज्ञानचन्द ने गोविन्दी को और कुछ न कहने दिया। उसे हृदय से लगाकर बोले–प्रिये, ऐसी बातों से मुझे दुखी न करो। तुम आज भी उतनी ही पवित्र हो, जितनी उस समय थीं, जब देवताओं के समक्ष मैंने आजीवन पत्नीव्रत लिया था, तब मुझसे तुम्हारा परिचय न था। अब तो मेरी देह और आत्मा का एक–एक परमाणु

तुम्हारे अक्षय प्रेम से आलोकित हो रहा है। उपहास और निंदा की तो बात ही क्या है, दुर्दैव का कठोरतम आघात भी मेरे व्रत को भंग नहीं कर सकता। अगर डूबेंगे तो साथ–साथ डूबेंगे; तरेंगे तो साथ–साथ तरेंगे। मेरे जीवन का मुख्य कर्त्तव्य तुम्हारे प्रति है। संसार इसके पीछे, बहुत पीछे है।

गोविन्दी को जान पड़ा, उसके सम्मुख कोई देव–मूर्ति खड़ी है। स्वामी में इतनी श्रद्धा; इतनी भक्ति, उसे आज तक कभी न हुई थी। गर्व से उसका मस्तक ऊँचा हो गया और मुख पर स्वर्गीय आभा झलक पड़ी। उसने फिर कुछ कहने का साहस न किया।

६

सम्पन्नता अपमान और बहिष्कार को तुच्छ समझती है। उनके अभाव में ये बाधायें प्राणांतक हो जाती हैं। ज्ञानचन्द दिन के दिन घर में पड़े रहते। घर से बाहर निकलने का उन्हें साहस न होता था। जब तक गोविन्दी के पास गहने थे, तब तक भोजन की चिंता न थी। किन्तु जब यह आधार भी न रह गया, तो हालत और भी खराब हो गई। कभी–कभी निराहार रह जाना पड़ता। अपनी व्यथा किससे कहें, कौन मित्र था ? कौन अपना था ?

गोविन्दी पहले भी हृष्ट–पुष्ट न थी; पर अब तो अनाहार और अन्तर्वेदना के कारण उसकी देह और भी जीर्ण हो गई थी। पहले शिशु के लिए दूध मोल लिया करती थी। अब इसकी सामर्थ्य न थी। बालक दिन पर दिन दुर्बल होता जाता था। मालूम होता था, उसे सूखे का रोग हो गया है। दिन के दिन बच्चा खुर्रा खाट पर पड़ा माता को नैराशय–दृष्टि से देखा करता। कदाचित् उसकी बाल बुद्धि भी अवस्था को समझती थी। कभी किसी वस्तु के लिए हठ न करता। उसकी बालोचित सरलता, चंचलता और क्रीडाशीलता ने अब तक दीर्घ, आशाविहीन प्रतीक्षा का रूप धारण कर लिया था। माता–पिता उसकी दशा देखकर मन ही मन कुढ़–कुढ़ कर रह जाते थे।

संध्या का समय था। गोविन्दी अँधेरे घर में बालक के सिरहाने चिंता में मग्न बैठी थी। आकाश पर बादल छाये हुए थे और हवा के झोंके उसके अर्द्धनग्न शरीर में शर के समान लगते थे। आज दिन भर बच्चे ने कुछ न खाया था। घर में कुछ था ही नहीं। क्षुधाग्नि से बालक छटपटा रहा था; पर या तो रोना न चाहता था, या उसमें रोने की शक्ति ही न थी।

इतने में ज्ञानचन्द तेली के यहाँ से तेल लेकर आ पहुँचे। दीपक जला। दीपक के क्षीण प्रकाश में माता ने बालक का मुख देखा, तो सहम उठी बालक का मुख

पीला पड़ गया था और पुतलियाँ ऊपर चढ़ गयी थीं। उसने घबरा कर बालक को गोद में उठाया। देह ठण्डी थी। चिल्ला कर बोली–हा भगवान्! मेरे बच्चे को क्या हो गया ? ज्ञानचन्द ने बालक के मुख की ओर देखकर एक ठण्डी साँस ली और बोले–ईश्वर क्या सारी दया–दृष्टि हमारे ही ऊपर करोगे?

गोविन्दी–हाय! मेरा लाल मारे भूख के शिथिल हो गया है। कोई ऐसा नहीं, जो इसे दो घूँट दूध पिला दे।

यह कह कर उसने बालक को पति की गोद में दे दिया और एक लुटिया लेकर कालिन्दी के घर दूध माँगने चली। जिस कालिन्दी ने आज छ: महीने से इस घर की ओर ताका न था, उसी के द्वार पर दूध की भिक्षा माँगने जाते हुए उसे कितनी ग्लानि, कितना संकोच हो रहा था, वह भगवान् के सिवा और कौन जान सकता है। यह वही बालक है, जिस पर एक दिन कालिन्दी प्राण देती थी; पर उसकी ओर से अब उसने अपना हृदय इतना कठोर कर लिया था कि घर में कई गौएँ लगने पर भी एक चिल्लू दूध न भेजा। उसी की दया–भिक्षा माँगने आज, अँधेरी रात में, भीगती हुई गोविन्दी दौड़ी जा रही है। माता! तेरे वात्सल्य को धन्य है।

कालिन्दी दीपक लिये दालान में खड़ी गाय दुहा रही थी। पहले स्वामिनी बनने के लिए वह सौत से लड़ा करती थी। सेविका का पद उसे स्वीकार न था। अब सेविका का पद स्वीकार करके स्वामिनी बनी हुई थी। गोविन्दी को देख कर तुरंत निकल आयी और विस्मय से बोली–क्या है बहन, पानी–बूँदी में कैसे चली आज?

गोविन्दी ने सकुचाते हुए कहा–लाला बहुत भूखा है, कालिन्दी! आज दिन भर कुछ नहीं मिला। थोड़ा–सा दूध लेने आई हूँ।

कालिन्दी भीतर जाकर दूध का मटका लिये बाहर निकल आयी और बोली–जितना चाहो, ले लो गोविंदी! दूध की कौन कमी है। लाला तो अब चलता होगा! बहुत जी चाहता है कि जाकर उसे देख आऊँ। लेकिन जाने का हुकुम नहीं हैं। पेट पालना हे, तो हुकुम मानना ही पड़ेगा। तुमने बतलाया ही नहीं, नहीं तो लाला के लिए दूध का तोड़ा थोड़ा है। मैं चली क्या आई कि तुमने उसका मुँह देखने को तरसा डाला। मुझे कभी पूछता है ?

यह कहते हुए कालिन्दी ने दूध का मटका गोविंदी के हाथ में रख दिया। गोविन्दी की आँखों में आँसू बहने लगे। कालिन्दी इतनी दया करेगी, इसकी उसे आशा नहीं थी। अब उसे ज्ञान हुआ कि यह वही दयाशीला, सेवा–परायण रमणी है, जो पहले थी। लेशमात्र भी अन्तर न था। बोली–इतना दूध लेकर क्या करूँगी, बहन। इस लोटिया में डाल दो।

कालिन्दी–दूध छोटे–बड़े सभी पीते हैं। ले जाओ, (धीरे) यह मत समझो कि मैं

तुम्हारे घर से चली आई तो बिरानी हो गई। भगवान की दया से अब यहाँ किसी बात की चिंता नहीं है। मुझसे कहने भर की देर है। हाँ, मैं आऊँगी नहीं। इससे लाचार हूँ। कल किसी बेला लाला को लेकर नदी किनारे आ जाना। देखने को बहुत जी चाहता है।

गोविन्दी दूध की हाँड़ी लिए घर चली, गर्व–पूर्ण आनन्द के मारे उसके पैर उड़े जाते थे। ड्योढ़ी में पैर रखते ही बोली–जरा दिया दिखा देना, यहाँ कुछ सुझायी नहीं देता। ऐसा न हो कि दूध गिर पड़े।

ज्ञानचन्द ने दीपक दिखा दिया। गोविन्दी ने बालक को अपनी गोद में लेटा कर कटोरी से दूध पिलाना चाहा! पर एक घूँट से अधिक दूध कंठ में न गया। बालक ने हिचकी ली और अपनी जीवन–लीला समाप्त कर दी।

करुण रोदन से घर गूँज उठा। सारी बस्ती के लोग चौंक पड़े; पर जब मालूम हो गया कि ज्ञानचन्द के घर से आवाज आ रही है, तो कोई द्वार पर न आया। रात भर भग्न हृदय दम्पति रोते रहे। प्रातःकाल ज्ञानचन्द ने शव उठा लिया और श्मशान की ओर चले। सैंकड़ों आदमियों ने उन्हें जाते देखा; पर कोई समीप न आया।

७

कुला–मर्यादा संसार की सबसे उत्तम वस्तु है | उस पर प्राण तक न्योछावर कर दिये जाते हैं। ज्ञानचन्द के हाथ से वह वस्तु निकल गयी, जिस पर उन्हें गौरव था, वह आत्म–बल, वह तेज, जो परम्परा ने उनके हृदय में कूट–कूट कर भर दिया था, उसका कुछ अंश तो पहले ही मिट चुका था, बचा–खुचा पुत्र शोक ने मिटा दिया। उन्हें विश्वास हो गया कि उनके अविचार का ईश्वर ने यह दण्ड दिया। दुरवस्था, जीर्णता और मानसिक दुर्बलता सभी इस विश्वास को दृढ़ करती थी। वह गोविन्दी को अब भी निर्दोष समझते थे। उसके प्रति एक कटु शब्द उनके मुँह से न निकलता था, न कोई कटु भाव ही उनके दिल में जगह पाता था। विधि की क्रूर–क्रीड़ा ही उनका सर्वनाश कर रही है; इसमें उन्हें लेशमात्र भी संदेह न था।

अब यह घर उन्हें फाड़े खाता था। घर के प्राण–से निकल गये थे। अब माता किसे गोद में लेकर चाँद मामा को बुलायेगी, किसे उबटन मलेगी, किसके लिए प्रातःकाल हलुवा पकायेगी। अब सब कुछ शून्य था, मालूम होता था कि उनके हृदय निकाल लिये गये हैं। अपमान, कष्ट, अनाहार, इन सारी विडंबनाओं के होते हुए भी बालक की बालक्रीड़ाओं में वे सब–कुछ भूल जाते थे। उसके स्नेहमय लालन–पालन में ही अपना जीवन सार्थक समझते थे। अब चारों ओर अन्धकार था।

यदि ऐसे मनुष्य हैं, जिन्हें विपत्ति में उत्तेजना और साहस मिलता है, तो ऐसे भी मनुष्य हैं, जो आपत्ति–काल में कर्त्तव्यहीन, पुरुषार्थहीन और उद्यमहीन हो जाते हैं। ज्ञानचन्द शिक्षित थे, योग्य थे। यदि शहर में जाकर दौड़–धूप करते, तो उन्हें कहीं न कहीं काम मिल जाता। वेतन कम ही सही, रोटियों को तो मुहताज न रहते; किन्तु अविश्वास उन्हें घर से निकलने न देता था। कहाँ जायें, शहर में कौन जानता है? अगर दो–चार परिचित प्राणी हैं भी, तो उन्हें मेरी क्यों परवाह होने लगी? फिर इस दशा में जायें कैसे? देह पर साबित कपड़े भी नहीं। जाने के पहले गोविन्दी के लिए कुछ न कुछ प्रबन्ध करना आवश्यक था। उसका कोई सुभीता न था। इन्हीं चिंताओं में पड़े–पड़े उनके दिन कटते जाते थे। यहाँ तक कि उन्हें घर से बाहर निकलते भी बड़ा संकोच होता था। गोविंदी ही पर अन्नोपार्जन का भार था। बेचारी दिन को बच्चों के कपड़े सीती, रात को दूसरों के लिए आटा पीसती। ज्ञानचन्द सब कुछ देखते थे और माथा ठोंक कर रह जाते थे।

एक दिन भोजन करते हुए ज्ञानचन्द ने आत्म–धिक्कार के भाव से मुस्करा कर कहा–मुझ–सा निर्लज्ज पुरुष भी संसार में दूसरा न होगा, जिसे स्त्री की कमाई खाते भी मौत नहीं आती!

गोविंदी ने भौं सिकोड़ कर कहा–तुम्हारे पैरों पड़ती हूँ, मेरे सामने ऐसी बातें मत किया करो। है तो सब मेरे ही कारन?

ज्ञानचन्द–तुमने पूर्वजन्म में कोई बड़ा. पाप किया था गोविन्दी, जो मुझ–जैसे निखट्टू के पाले पड़ी। मेरे जीते जी ही तुम विधवा हो। धिक्कार है ऐसे जीवन को!
गोविंदी–तुम मेरा ही खून पियो; अगर फिर इस तरह की कोई बात मुँह से निकालो। तुम्हारी दासी बन कर मेरा जन्म सुफल हो गया। मैं इसे पूर्वजन्म की तपस्या का पुनीत फल समझती हूँ। दुःख–सुख किस पर नहीं आता। तुम्हें भगवान् कुशल से रखें, यही मेरी अभिलाषा है।

ज्ञानचन्द–भगवान् तुम्हारी अभिलाषा पूर्ण करें! खूब चक्की पीसो।

गोविन्दी–तुम्हारी बला से चक्की पीसती हूँ।

ज्ञानचन्द–हाँ–हाँ, पीसो। मैं मना थोड़े करता हूँ। तुम न चक्की पीसोगी, तो यहाँ मूँछों पर ताव देकर खायेगा कौन। अच्छा, आज दाल में घी भी है। ठीक है, अब मेरी चाँदी है, बेड़ा पार लग जायगा। इसी गाँव में बड़े–बड़े उच्च–कुल की कन्याएँ हैं। अपने वस्त्राभूषण के सामने उन्हें और किसी की परवाह नहीं। पति महाशय चाहे चोरी करके लायें, चाहे डाका मार कर लायें, उन्हें इसकी परवाह नहीं। तुममें वह गुण नहीं है। तुम उच्च–कुल की कन्या नहीं हो। वाह री दुनिया! ऐसी पवित्र देवियों का अनादर होता है! उन्हें कुल–कलंकिनी समझा जाता है! धन्य है तेरा

व्यापार! तुमने कुछ और सुना? सोमदत्त ने मेरे असामियों को बहका दिया है कि लगान मत देना। देखें क्या करते हैं। बताओ, जमींदार को रकम कैसे चुकाऊँगा?

गोविन्दी–मैं सोमदत्त से जाकर पूछती हूँ न ? मना क्या करेंगे, कोई दिल्लगी है!

ज्ञानचन्द–नहीं गोविन्दी, तुम उस दुष्ट के पास मत जाना। मैं नहीं चाहता कि तुम्हारे ऊपर उसकी छाया भी पड़े। उसे खूब अत्याचार करने दो। मैं भी देख रहा हूँ कि भगवान् कितने न्यायी हैं।

गोविन्दी–तुम असामियों के पास क्यों नहीं जाते ? हमारे घर न आयें, हमारा छुआ पानी न पियें, या हमारे रुपये भी मार लेंगे?

ज्ञानचन्द–वाह! इससे सरल तो कोई काम ही नहीं है। कह देंगे–हम रुपये दे चुके। सारा गाँव उनकी तरफ हो जायगा। मैं तो अब गाँव भर का द्रोही हूँ न। आज खूब डट कर भोजन किया। अब मैं भी रईस हूँ। बिना हाथ–पैर हिलाये गुलछर्रे उड़ाता हूँ। सच कहता हूँ, तुम्हारी ओर से अब मैं निश्चिन्त हो गया। देश–विदेश भी चला जाऊँ तो तुम अपना निर्वाह कर सकती हो।

गोविंदी–कहीं जाने का काम नहीं है।

ज्ञानचन्द–तो यहाँ जाता ही कौन है। किसे कुत्ते ने काटा है जो यह सेवा छोड़कर मेहनत–मजदूरी करने जाये। तुम सचमुच देवी हो, गोविन्दी!

भोजन करके ज्ञानचन्द बाहर निकले। गोविन्दी भोजन करके कोठरी में आई, तो ज्ञानचन्द न थे। समझी–कहीं बाहर चले गये होंगे। आज पति की बातों में उसका चित्त कुछ प्रसन्न था। शायद अब वह नौकरी–चाकरी की खोज में कहीं जानेवाले हैं। यह आशा बँध रही थी। हाँ, उनकी व्यंगोक्तियों का भाव उसकी समझ में न आता था। ऐसी बातें वह कभी न करते थे। आज क्या सूझी!

कुछ कपड़े सीने थे। जाड़ों के दिन थे। गोविन्दी धूप में बैठकर सीने लगी। थोड़ी देर में शाम हो गयी। अभी तक ज्ञानचन्द नहीं आये। तेल–बत्ती का समय आया, फिर भोजन की तैयारी करने लगी। कालिंदी थोड़ा–सा दूध दे गयी थी। गोविंदी को तो भूख न थी, अब वह एक ही बेला खाती थी। हाँ, ज्ञानचन्द के लिए रोटियाँ सेंकनी थीं। सोचा–दूध है ही, दूध–रोटी खा लेंगे।

भोजन बनाकर निकली ही थी कि सोमदत्त ने आँगन में आकर पूछा–कहाँ है ज्ञानू ?

गोविंदी–कहीं गये हैं।

सोमदत्त–कपड़े पहन कर गये हैं ?

गोविंदी–हाँ, काली मिर्जई पहने थे।

सोमदत्त–जूता भी पहने थे?

गोविंदी की छाती धड़–धड़ करने लगी। बोली–हाँ, जूता तो पहने थे। क्यों पूछते हो?

सोमदत्त ने जोर से हाथ मार कर कहा–हाय ज्ञानू! हाय!

गोविंदी घबराकर बोली–क्या हुआ, दादा जी? हाय! बतांते क्यों नहीं? हाय!

सोमदत्त–अभी थाने से आ रहा हूँ। वहाँ उनकी लाश मिली है। रेल के नीचे दब गये! हाय ज्ञानू। मुझ हत्यारे को क्यों न मौत आ गई ?

गोविन्दी के मुँह से फिर कोई शब्द न निकला। अंतिम 'हाय' के साथ बहुत दिनों तक तड़पता हुआ प्राण–पक्षी उड़ गया।

एक क्षण में गाँव की कितनी ही स्त्रियाँ जमा हो गयीं। सब कहती थीं–देवी थी! सती थी!

प्रातःकाल दो अर्थियाँ गाँव से निकलीं। एक पर रेशमी चुँदरी का कफन था, दूसरी पर रेशमी शाल का। गाँव के द्विजों में से केवल सोमदत्त साथ था। शेष गाँव के नीच जाति वाले आदमी थे। सोमदत्त ही ने दाहक्रिया का प्रबन्ध किया था। वह रह–रह कर दोनों हाथों से अपनी छाती पीटता था और जोर–जोर से चिल्लाता था– हाय! हाय ज्ञानू !!

चोरी

हाय बचपन! तेरी याद नहीं भूलती! यह कच्चा, टूटा घर, यह पुवाल का बिछौना; वह नंगे बदन, नंगे पाँव खेतों में घूमना; आम के पेड़ों पर चढ़ना– सारी बातें आँखों के सामने फेर रही हैं। चमरौधे जूते पहन कर उस वक्त कितनी खुशी होती थी, अब 'फ्लेक्स' के बूटों में भी नहीं होती। गरम पनुए रस में जो मजा था, वह गुलाब के शर्बत में भी नहीं; चबेने और कच्चे बेरों में जो रस था, वह अब अंगूर और खीर–मोहन में भी नहीं मिलता।

मैं अपने चचेरे भाई हलधर के साथ दूसरे गाँव में एक मौलवी साहब के यहाँ पढ़ने जाया करता था। मेरी उम्र आठ साल थी, हलधर (वह स्वर्ग में निवास कर रहे हैं) मुझसे दो साल जेठे थे। हम दोनों प्रातःकाल बासी रोटियाँ खा, दोपहर के लिये मटर और जौ का चबेना ले कर चल देते थे। फिर तो सारा दिन अपना था। मौलवी साहब के यहाँ कोई हाजिरी का रजिस्टर तो था नहीं, और न गैरहाजिरी का जुर्माना ही देना पड़ता था। फिर डर किस बात का! कभी रेलवे स्टेशन की ओर निकल जाते और गाड़ियों की बहार देखते, गाड़ियों के समय का जितना ज्ञान हमको था, उतना शायद टाइम–टेबिल को भी न था। रास्ते में शहर के महाजन ने एक बाग लगवाना शुरू किया था। वहाँ एक कुआँ खुद रहा था। वह भी हमारे लिए एक दिलचस्प तमाशा था। बूढ़ा माली हमें अपनी झोंपड़ी में बड़े प्रेम से बैठाता था, हम उससे झगड़–झगड़ कर उसका काम करते! कहीं बाल्टी लिए पौदों को सींच रहे हैं, कहीं खुरपी से क्यारियाँ गोड़ रहे हैं, कहीं कैंची से बेलों की पत्तियाँ छाँट रहे हैं। उन कामों में कितना आनन्द था! माली बाल–प्रकृति का पंडित था। हमसे काम लेता, पर इस तरह मानो हमारे ऊपर कोई अहसान कर रहा है। जितना काम वह दिन भर में करता, हम घंटे में निबटा देते थे। अब वह माली नहीं है; लेकिन बाग हरा–भरा है। उसके पास से होकर गुजरता हूँ, तो जी चाहता है, उन पेड़ों को गले मिल कर रोऊँ, और कहूँ–प्यारे, तुम मुझे भूल गये; लेकिन मैं तुम्हें नहीं भूला; मेरे हृदय में तुम्हारी याद अभी तक हरी है–उतनी ही हरी, जितने तुम्हारे पत्ते। निःस्वार्थ

प्रेम के तुम जीते-जागते स्वरूप हो।

कभी-कभी हम हफ्तों गैरहाजिर रहते; पर मौलवी साहब से ऐसा बहाना कर देते कि उनकी बढ़ी हुई त्यौरियाँ उतर जातीं। उतनी कल्पना-शक्ति आज होती तो ऐसा उपन्यास लिख मारता कि लोग चकित रह जाते। अब तो यह कि बहुत सिर खपाने के बाद कोई कहानी सूझती। खैर, हमारे मौलवी साहब दर्जी थे। मौलवीगीरी केवल शौक से करते थे। हम दोनों भाई अपने गाँव के कुरमी-कुम्हारों के उनकी खूब बड़ाई करते थे। यों कहिए कि हम मौलवी साहब से सफरी एजेंट थे। हमारे उद्योग से जब मौलवी साहब को कुछ काम मिल जाता, तो हम फूले न समाते! जिस दिन कोई अच्छा बहाना न सूझता, मौलवी साहब के लिए कोई-न-कोई सौगात ले जाते। कभी सेर-आधासेर फलियाँ तोड़ लीं, तो कभी दस-पाँच ऊख; कभी जौ या गेहूँ की हरी-हरी बालें ले लीं। उन सौगातों को देखते ही मौलवी साहब का क्रोध शांत हो जाता। जब इन चीजों की फसल न होती, तो हम सजा से बचने का कोई और ही उपाय सोचते। मौलवी साहब को चिड़ियों का शौक था। मक़तब में श्यामा, बुलबुल, दहियल और चंडूलों के पिंजरे लटकते रहते थे। हमें सबक याद हो या न हो पर चिड़ियों को याद हो जाते थे। हमारे साथ ही वे पढ़ा करती थीं। इन चिड़ियों के लिए बेसन पीसने में हम लोग खूब उत्साह दिखाते थे। मौलवी साहब सब लड़कों को पतिंगे पकड़ लाने की ताकीद करते रहते थे। इन चिड़ियों की पतिंगों में विशेष रुचि थी। कभी-कभी हमारी बला पतिंगों ही के सिर चली जाती थी। उनका बलिदान करके हम मौलवी साहब के रौद्र रूप को प्रसन्न कर लिया करते थे।

एक दिन सबेरे हम दोनों भाई तालाब में मुँह धोने गये, हलधर ने कोई सफेद-सी चीज मुट्ठी में ले कर दिखायी। मैंने लपक कर मुट्ठी खोली; तो उसमें एक रुपया था। विस्मित हो कर पूछा-यह रुपया तुम्हें कहाँ मिला?

हलधर-अम्माँ ने ताक पर रखा था; चारपाई खड़ी करके निकाल लाया।

घर में कोई संदूक या आलमारी तो थी नहीं; रुपये-पैसे एक ऊँचे ताक पर रख दिये जाते थे। एक दिन पहले चचा जी ने सन बेचा था। उसी के रुपये जमींदार को देने के लिए रखे हुए थे। हलधर को न जाने क्योंकर पता लग गया। जब घर के सब लोग काम-धंधे में लग गये, तो अपनी चारपाई खड़ी की और उस पर चढ़ कर एक रुपया निकाल लिया।

उस वक्त तक हमने कभी रुपया छुआ तक न था। वह रुपया देख कर आनन्द और भय की जो तरंगें दिल में उठी थीं, वे अभी तक याद हैं; हमारे लिए एक रुपया एक अलभ्य वस्तु थी। मौलवी साहब को हमारे यहाँ से सिर्फ बारह आने मिला

करते थे। महीने के अन्त में चचा जी खुद जाकर पैसे दे आते थे। भला, कौन हमारे गर्व का अनुमान कर सकता है ! लेकिद मार का भय आनन्द में विघ्न डाल रहा था। रुपये अनगिनत थे नहीं। चोरी का खुल जाना मानी हुई बात थी। चचा जी के क्रोध का भी, मुझे तो नहीं; हलधर को प्रत्यक्ष अनुभव हो चुका था। यों उनसे ज्यादा सीधा–सादा आदमी दुनिया में न था। चची ने उनकी रक्षा का भार सिर पर न लिया होता, तो कोई बनिया उन्हें बाजार में बेच सकता था; पर जब क्रोध आ जाता, तो फिर उन्हें कुछ न सूझता। और तो और, चची भी उनके क्रोध का सामना करते डरती थी। हम दोनों ने कई मिनट तक इन्हीं बातों पर विचार किया, और आखिर यही निश्चय हुआ कि आई हुई लक्ष्मी को न जाने देना चाहिए। एक तो हमारे ऊपर संदेह होगा ही नहीं, अगर हुआ भी तो हम साफ इनकार कर जायेंगे। कहेंगे, हम रुपया लेकर क्या करते। थोड़ा सोच–विचार करते, तो यह निश्चय पलट जाता, और वह वीभत्स लीला न होती, जो आगे चलकर हुई; पर उस समय हममें शांति से विचार करने की क्षमता ही न थी।

मुँह–हाथ धो कर हम दोनों घर आये और डरते–डरते अन्दर कदम रखा। अगर कहीं इस वक्त तलाशी की नौबत आयी, तो फिर भगवान् ही मालिक है। लेकिन सब लोग अपना–अपना काम कर रहे थे। कोई हमसे न बोला। हमने नाश्ता भी न किया, चबेना भी न लिया; किताब बगल में दबायी और मदरसे का रास्ता लिया।

बरसात के दिन थे। आकाश पर बादल छाये हुए थे। हम दोनों खुश–खुश मक़तब चले जा रहे थे। आज काउन्सिल की मिनिस्ट्री पा कर भी शायद उतना आनन्द न होता। हजारों मंसूबे बाँधते थे, हजारों हवाई किले बनाते थे, यह अवसर बड़े भाग्य से मिला था। जीवन में फिर शायद ही वह अवसर मिले। इसलिए रुपये को इस तरह खर्च करना चाहते थे कि ज्यादा से ज्यादा दिनों तक चल सके। यद्यपि उन दिनों पाँच आने सेर बहुत अच्छी मिठाई मिलती थी और शायद आधा सेर मिठाई में हम दोनों अफर जाते; लेकिन यह ख्याल हुआ कि मिठाई खायेंगे तो रुपया आज ही गायब हो जायेगा। कोई सस्ती चीज खानी चाहिए, जिसमें मजा भी आये, पेट भी भरे और पैसे भी कम खर्च हों। आखिर अमरूदों पर हमारी नजर गयी। हम दोनों राजी हो गये। दो पैसे के अमरूद लिये। सस्ता समय था, बड़े–बड़े बारह अमरूद मिले। हम दोनों के कुर्तों के दामन भर गये। जब हलधर ने खटकिन के हाथ में रुपया रखा तो उसने संदेह से देख कर पूछा–रुपया कहाँ पाया लाला, चुरा तो नहीं लाये ?

जवाब हमारे पास तैयार था। ज्यादा नहीं, तो दो–तीन किताबें पढ़ ही चुके थे। विद्या का कुछ–कुछ असर हो चला था। मैंने झट से कहा–मौलवी साहब को फीस

देनी है। घर में पैसे न थे, तो चचा जी ने रुपया दे दिया।

इस जवाब से खटकिन का संदेह दूर कर दिया। हम दोनों ने एक पुलिया पर बैठ कर खूब अमरूद खाये। मगर अब साढ़े पन्द्रह आने पैसे कहाँ ले जायँ। एक रुपया छिपा लेना इतना मुश्किल काम न था। पैसों का ढेर कहाँ–छिपाते। न कमर में इतनी जगह थी और न जेब में इतनी गुंजाइश। उन्हें अपने पास रखना चोरी का ढिंढोरा पीटना था। बहुत सोचने के बाद निश्चय किया कि बारह आने मौलवी साहब को दे दिये जायें, शेष साढ़े तीन आने की मिठाई उड़े। यह फैसला करके हम लोग मक़तब पहुँचे। आज कई दिन के बाद गये। मौलवी साहब ने बिगड़ कर पूछा–इतने दिन कहाँ थे ?

मैंने कहा–मौलवी साहब, घर में गमी हो गयी।

यह कहते–कहते बारह आने उनके सामने रख दिये। फिर क्या पूछना था? पैसे देखते ही मौलवी साहब की बाँछें खिल गयीं। महीना खत्म होने में अभी कई दिन बाकी थे। साधारणत: महीना चढ़ जाने और बार–बार तकाजे करने पर कहीं पैसे मिलते थे। अबकी इतनी जल्दी पैसे पा कर उनका खुश होना कोई अस्वाभाविक बात न थी। हमने अन्य लड़कों की ओर सर्व नेत्रों से देखा, मानो कह रह हों–एक तुम हो कि माँगने पर भी पैसे नहीं देते, एक हम हैं कि पेशगी देते हैं।

हम अभी सबक पढ़ ही रहे थे कि मालूम हुआ, आज तालाब का मेला है, दोपहर में छुट्टी हो जायगी। मौलवी साहब मेले में बुलबुल लड़ाने जायेंगे। यह खबर सुनते ही हमारी खुशी का ठिकाना न रहा। बारह आने तो बैंक में जमा ही कर चुके थे; साढ़े तीन आने में मेला देखने की ठहरी। खूब बहार रहेगी॥ मजे में रेवड़ियाँ, खायेंगे, गोल–गप्पे उड़ायेंगे, झूले पर चढ़ेंगे और शाम को घर पहुँचेंगे; लेकिन मौलवी साहब ने एक कड़ी शर्त यह लगा दी थी कि सब लड़के छुट्टी के पहले अपना–अपना सबक सुना दें। जो सबक न सुना सकेगा, उसे छुट्टी न मिलेगी। नतीजा यह हुआ कि मुझे तो छुट्टी मिल गयी; पर हलधर कैद कर लिये गये। और कई लड़कों ने भी सबक सुना दिये थे, वे सभी मेला देखने चल पड़े। मैं भी उनके साथ हो लिया। पैसे मेरे ही पास थे; इसलिए मैंने हलधर को साथ लेने का इंतजार न किया। तय हो गया था कि वह छुट्टी पाते ही मेले में आ जायें, और दोनों साथ–साथ मेला देखें। मैंने वचन दिया था कि जब तक वह न आएंगे, एक पैसा भी खर्च न करूँगा; लेकिन क्या मालूम था कि दुर्भाग्य कुछ और ही लीला रच रहा है! मुझे मेला पहुँचे एक घंटे से ज्यादा गुजर गया; पर हलधर का कहीं पता नहीं। क्या अभी तक मौलवी साहब ने छुट्टी नहीं दी, या रास्ता भूल गये? आँखें फाड़–फाड़कर सड़क की ओर देखता था। अकेले मेला देखने में जी भी न लगता था। यह संशय भी हो रहा था

कि कहीं चोरी खुल तो नहीं गयी और चचा जी हलधर को पकड़कर घर तो नहीं ले गये? आखिर जब शाम हो गयी, तो मैंने कुछ रेवड़ियाँ खायीं और हलधर के हिस्से के पैसे जेब में रख कर धीरे–धीरे घर चला। रास्ते में ख्याल आया, मक़तब होता चलूँ। शायद हलधर अभी वहीं हो; मगर वहाँ सन्नाटा था। हाँ, एक लड़का खेलता हुआ मिला। उसने मुझे देखते ही जोर से कहकहा मारा और बोला–बचा, घर जाओ, तो कैसी मार पड़ती है। तुम्हारे चचा आये थे। हलधर को मारते–मारते ले गये हैं। अजी, ऐसा तान कर घूँसा मारा कि मियाँ हलधर मुँह के बल गिर पड़े। यहाँ से घसीटते ले गये हैं। तुमने मौलवी साहब की तनख्वाह दे दी थी; वह भी ले ली। अभी कोई बहाना सोच लो, नहीं तो बेभाव की पड़ेगी।

मेरी सिट्टी–पिट्टी भूल गयी, बदन का लहू सूख गया। वही हुआ, जिसका मुझे शक हो रहा था। पैर मन–मन भर के हो गये। घर की ओर एक–एक कदम चलना मुश्किल हो गया। देवी–देवताओं के जितने नाम याद थे सभी की मानता मानी–किसी को लड्डू, किसी को पेड़े, किसी को बतासे। गाँव के डीह का सुमिरन किया; क्योंकि अपने हलके में डीह ही की इच्छा सर्व–प्रधान होती है।

यह सब कुछ किया, लेकिन ज्यों–ज्यों घर निकट आता, दिल की धड़कन बढ़ती जाती थी। घटाएँ उमड़ी आती थीं। मालूम होता था–आसमान फटकर गिरा चाहता है। देखता था–लोग अपने–अपने काम छोड़–छोड़ भागे जा रहे हैं, गोरू भी पूँछ उठाये घर की ओर उछलते–कूदते चले जाते थे। चिड़ियाँ अपने घोंसलों की ओर उड़ी चली आती थीं, लेकिन मैं उसी मंद गति से चला जाता था; मानो पैरों में शक्ति नहीं। जी चाहता था–जोर का बुखार चढ़ आये, या कहीं चोट लग जाये; लेकिन कहने से धोबी गधे पर नहीं चढ़ता। बुलाने से मौत नहीं आती। बीमारी का तो कहना ही क्या! कुछ न हुआ, और धीरे–धीरे चलने पर भी घर सामने आ ही गया। अब क्या हो ? हमारे द्वार पर इमली का एक घना वृक्ष था। मैं उसी की आड़ में छिप गया कि जरा और अँधेरा हो जाय, तो चुपके से घुस जाऊँ और अम्मा के कमरे में चारपाई के नीचे जा बैठूँ। जब सब लोग सो जाएँगे, तो अम्मा से सारी कथा कह सुनाऊँगा। अम्मा कभी नहीं मारतीं। जरा उनके सामने झूठ–मूठ रोऊँगा तो वह और भी पिघल जायेंगी। रात कट जाने पर फिर कौन पूछता है! सुबह तक सबका गुस्सा ठंडा हो जायगा। अगर ये मंसूबे पूरे हो जाते, तो इसमें संदेह नहीं कि मैं बेदाग बच जाता। लेकिन वहाँ तो विधाता को कुछ और मंजूर था। मुझे एक लड़के ने देख लिया, और मेरे नाम की रट लगाते हुए सीधे मेरे घर में भागा। अब मेरे लिए कोई आशा न रही। लाचार घर में दाखिल हुआ, तो सहसा मुँह से एक चीख निकल गयी, जैसे मार खाया हुआ कुत्ता किसी को अपनी ओर आता हुआ देखकर भय से

चिल्लाने लगता है। बरोठे में पिता जी बैठे थे। पिता जी का स्वास्थ्य इन दिनों कुछ खराब हो गया था। छुट्टी ले कर घर आये हुए थे। यह तो नहीं कह सकता कि उन्हें शिकायत क्या थी; पर वह मूँग की दाल खाते थे, और संध्या समय शीशे के ग्लास में एक बोतल में से कुछ उँड़ेल–उँड़ेल कर पीते थे। शायद वह किसी तजुरबेकार हकीम की बतायी हुई दवा थी। दवाएँ सब बसानेवाली और कड़वी होती हैं। यह दवा भी बुरी ही थी; पर पिता जाने क्यों इस दवा को खूब मजा ले–ले कर पीते थे। हम जो दवा पीते हैं, तो आँखें बन्द करके एक ही घूँट में गटक जाते हैं; पर शायद इस दवा का असर धीरे–धीरे पीने में ही होता हो। पिता जी के पास गाँव के दो–तीन और कभी–कभी चार–पाँच और रोगी भी जमा हो जाते; और घंटों दवा पीते रहते थे। इस समय भी वह दवा पी रहे थे। रोगियों की मंडली जमा थी, मुझे देखते ही पिता जी ने लाल–लाल आँखें करके पूछा–कहाँ थे अब तक ?

मैंने दबी जबान से कहा–कहीं तो नहीं।

'अब चोरी की आदत सीख रहा है! बोल, तूने रुपया चुराया कि नहीं?'

मेरी जबान बंद हो गयी। सामने नंगी तलवार नाच रही थी। शब्द भी निकालते हुए डरता था।

पिता जी ने जोर से डाँट कर पूछा–बोलता क्यों नहीं? तूने रुपया चुराया कि नहीं ?

मैंने जान पर खेल कर कहा–मैंने कहाँ . . . .

मुँह से पूरी बात भी न निकल पायी थी कि पिता जी विकराल रूप धारण किये, दाँत पीसते, झपट कर उठे और हाथ उठाये मेरी ओर चले। मैं जोर से चिल्ला कर रोने लगा। ऐसा चिल्लाया कि पिता जी भी सहम गये। उनका हाथ उठा ही रह गया। शायद समझे कि जब अभी इसका यह हाल है, तब तमाचा पड़ जाने पर कहीं इसकी जान ही न निकल जाय। मैंने जो देखा कि मेरी हिकमत काम कर गयी, तो और भी गला फाड़–फाड़कर रोने लगा। इतने में मंडली के दो–तीन आदमियों ने पिता जी को पकड़ लिया और मेरी ओर इशारा किया कि भाग जा! बच्चे ऐसे मौके पर और भी मचल जाते हैं, और व्यर्थ मार खा जाते हैं। मैंने बुद्धिमानी से काम लिया।

लेकिन अन्दर का दृश्य इससे कहीं भयंकर था। मेरा तो खून सर्द हो गया, हलधर के दोनों हाथ एक खंभे से बँधे थे, सारी देह धूलि–धूसरित हो रही थी, और वह अभी तक सिसक रहे थे। शायद वह आंगन भर में लोटे थे। ऐसा मालूम हुआ कि सारा आँगन उसके आँसुओं से भर गया है। चची हलधर को डाँट रही थीं और अम्मा बैठी मसाला पीस रही थीं। सबसे पहले मुझ पर चची की निगाह पड़ी।

बोलीं–लो, वह भी आ गया। क्यों रे, रुपया तूने चुराया था कि इसने ?

मैंने निःशंक होकर कहा–हलधर ने।

अम्मा बोलीं–अगर उसी ने चुराया था, तो तूने घर आ कर किसी से कहा क्यों नहीं!

अब झूठ बोले बगैर बचना मुश्किल था। मैं तो समझता हूँ कि जब आदमी को जान का खतरा हो, तो झूठ बोलना क्षम्य है। हलधर मार खाने के आदी थे, दो–चार घूँसे और पड़ने से उनका कुछ न बिगड़ सकता था। मैंने मार कभी न खायी थी। मेरा तो दो ही घूँसों में काम तमाम हो जाता। फिर हलधर ने भी तो अपने को बचाने के लिए मुझे फँसाने की चेष्टा की, नहीं तो चची मुझसे यह क्यों पूछतीं–रुपया तूने चुराया या हलधर ने ? किसी भी सिद्धांत से मेरा झूठ बोलना इस समय स्तुत्य नहीं तो क्षम्य जरूर था। मैंने छूटते ही कहा–हलधर कहते थे, किसी से बताया, तो मार ही डालूँगा।

अम्मा–देखा, वही बात निकली न! मैं तो कहती थी कि बच्चा की ऐसी आदत नहीं; पैसा तो वह हाथ से छूता ही नहीं, लेकिन सब लोग मुझी को उल्लू बनाने लगे।

हलधर–मैंने तुमसे कब कहा था कि बताओगे, तो मारूँगा ?

मैं–वहीं, तालाब के किनारे तो !

हलधर–अम्मा बिलकुल झूठे हैं!

चची–झूठ नहीं, सच है। झूठा तो तू है और तो सारा संसार सच्चा है, तेरा नाम निकल गया है न! तेरा बाप नौकरी करता, बाहर से रुपये कमा लाता, चार जने उसे भला आदमी कहते, तो तू भी सच्चा होता। अब तो तू ही झूठा है। जिसके भाग में मिठाई लिखी थी, उसने मिठाई खायी। तेरे भाग में तो लात खाना ही लिखा था।

यह कहते हुए चची ने हलधर को खोल दिया और हाथ पकड़ कर भीतर ले गयीं। मेरे विषय में स्नेह–पूर्ण आलोचना करके अम्मा ने पाँसा पलट दिया था, नहीं तो अभी बेचारे पर न–जाने कितनी मार पड़ती। मैंने अम्मा के पास बैठ कर अपनी निर्दोषिता का राग खूब अलापा। मेरी सरल हृदया माता मुझे सत्य का अवतार समझती थीं। उन्हें पूरा विश्वास हो गया कि सारा अपराध हलधर का है। एक क्षण बाद मैं गुड़–चबेना लिए कोठरी से बाहर निकला। हलधर भी उसी वक्त चिउड़ा खाते हुए बाहर निकले। हम दोनों साथ–साथ बाहर आए और अपनी–अपनी बीती सुनाने लगे। मेरी कथा सुखमय थी, हलधर की दुःखमय। पर अन्त दोनों का एक था–गुड़ और चबेना।

• •

लांछन

मुंशी श्यामकिशोर के द्वार पर मुन्नू मेहतर ने झाड़ू लगायी, गुसलखाना धो–धो कर साफ किया और तब द्वार पर आ कर गृहिणी से बोला–माँजी, देख लीजिए, सब साफ कर दिया। आज कुछ खाने को मिल जाय, सरकार।

देवीरानी ने द्वार पर आकर कहा–अभी तो तुम्हें महीना पाये दस दिन भी नहीं हुए। फिर इतनी जल्द माँगने लगे ?

मुन्नू–क्या करूँ, माँ जी, खर्च नहीं चलता। अकेला आदमी, घर देखूँ कि काम करूँ ?

देवी–तो ब्याह क्यों नहीं कर लेते ?

मुन्नू–रुपये माँगते हैं, सरकार! यहाँ खाने से ही नहीं बचता, थैली कहाँ से लाऊँ?

देवी–अभी तो तुम जवान हो, कब तक अकेले बैठे रहोगे ?

मुन्नू–हुजूर की इतनी निगाह है, तो कहीं न कहीं ठीक हो ही जायगी; सरकार कुछ मदद करेंगी न ?

देवी–हाँ–हाँ, तुम ठीक–ठाक करो; मुझसे जो कुछ हो सकेगा, मैं दे दूँगी।

मुन्नू–सरकार का मिजाज बड़ा अच्छा है। हुजूर इतना ख्याल करती हैं। दूसरे घरों में तो मालकिन बात भी नहीं पूछतीं। सरकार को अल्लाह ने जैसी शक्ल–सूरत दी है, वैसा दिल भी दिया है। अल्लाह जानता है, हुजूर को देख कर भूख–प्यास जाती रहती है। बड़े–बड़े घर की औरतें देखी हैं, आपके तलुओं की बराबरी भी नहीं कर सकतीं।

देवी–चल झूठे,! मैं ऐसी कौन खूबसूरत हूँ।

मुन्नू–अब सरकार से क्या कहूँ। बड़ी–बड़ी खत्रानियों को देखता हूँ। मगर गोरेपन के सिवा और कोई बात नहीं। उनमें यह नमक कहाँ, सरकार!

देवी–एक रुपये में तुम्हारा काम चल जायगा?

मुन्नू–भला सरकार! दो रुपये तो दे दें।

देवी–अच्छा, यह लो और जाओ।

मुन्नू–जाता हूँ, सरकार! आप नाराज न हों, तो एक बात पूछूँ ?

देवी–क्या पूछते हो, पूछो। मगर जल्दी, मुझे चूल्हा जलाना है।

मुन्नू–तो सरकार जायें। फिर कभी कहूँगा।

देवी–नहीं–नहीं। कहो, क्या बात है? अभी कुछ ऐसी जल्दी नहीं है।

मुन्नू–दालमण्डी में सरकार के कोई रहते हैं क्या ?

देवी–नहीं, यहाँ तो कोई नातेदार नहीं है।

मुन्नू–तो कोई दोस्त होंगे। सरकार को अकसर एक कोठे पर से उतरते देखता हूँ।

देवी–दालमण्डी तो रंडियों का मुहल्ला है ?

मुन्नू–हाँ सरकार, रंडियाँ बहुत हैं यहाँ। लेकिन सरकार सीधे–सादे आदमी मालूम होते हैं। यहाँ रात को देर से नहीं आते ?

देवी–नहीं, शाम से पहले ही आ जाते हैं और फिर कहीं नहीं जाते। हाँ, कभी–कभी लाइब्रेरी अलबत्ता जाते हैं।

मुन्नू–बस–बस, यही बात है हुजूर ? मौका मिले तो, तो इशारे से समझा दीजिएगा सरकार, कि रात को उधर न जाया करें। आदमी दिल का कितना ही साफ हो. लेकिन देखने वाले तो शक करने लगते हैं।

इतने में बाबू श्यामकिशोर आ गये। मुन्नू ने उन्हें सलाम किया, बाल्टी उठाई और चलता हुआ।

श्यामकिशोर ने पूछा–मुन्नू क्या कह रहा था ?

देवी–कुछ नहीं अपने दुखड़े रो रहा था। खाने को माँगता था। दो रुपये दे दिये हैं। बात–चीत बड़े ढंग से करता है।

श्याम–तुम्हें तो बातें करने का मरज–है। और कोई न सही तो मेहतर ही सही। इस भुतने से न जाने तुम कैसे बातें करती हो!

देवी–मुझे उसकी सूरत लेकर क्या करना है ? गरीब आदमी है। अपना दुःख सुनाने लगता है, तो केसे न सुनूँ ?

बाबू साहब ने बेले का गजरा रूमाल से निकाल देवी के गले में डाल दिया। किंतु देवी के मुख पर प्रसन्नता का कोई चिहन न दिखाई दिया। तिरछी निगाहों से देखकर बोलीं–आप आजकल दालमण्डी की सैर किया करते हैं ?

श्यामकिशोर–कौन ? मैं ?

देवी–जी हाँ, तुम। मुझसे तो लाइब्रेरी का बहाना करके जाते हो, और वहाँ जलसे होते हैं।

श्यामकिशोर–बिल्कुल झूठ; सोलहों आने झूठ। तुमसे कौन कहता था ? यही

मुन्नू?

देवी–मुन्नू ने मुझसे कुछ नहीं कहा; पर मुझे तुम्हारी टोह मिलती रहती है।

श्यामकिशोर–तुम मेरी टोह मत लिया करो। शक करने से आदमी शक्की हो जाता हैं, और तब बड़े–बड़े अनर्थ हो जाते हैं। भला, मैं दालमण्डी क्यों जाने लगा? तुमसे बढ़कर दालमण्डी में और कौन है ? मैं तो तुम्हारी इन मदभरी आँखों का आशिक हूँ। अगर अप्सरा भी सामने आ जाय, तो भी आँख उठाकर न देखूँ। आज शारदा कहाँ है ?

देवी–नीचे खेलने चली गयी है।

श्यामकिशोर–नीचे मत जाने दिया करो। इक्के, मोटरें, बग्घियाँ दौड़ती रहती हैं। न जाने कब क्या हो जाय। आज ही अरदली बाजार में एक वारदात हो गयी। तीन लड़के एक साथ दब गये।

देवी–तीन लड़के!! बड़ा गजब हो गया। किसकी मोटर थी ?

श्यामकिशोर–इसका अभी तक पता नहीं चला। ईश्वर जानता है, तुम्हें यह गजरा बहुत खिल रहा है!

देवी–(मुस्कराकर) चलो, बातें न बनाओ!

२

तीसरे दिन मुन्नू ने देवी से कहा–सरकार, एक जगह सगाई ठीक हो गई है; देखिए कौल से फिर न जाइएगा। मुझे आपका बड़ा भरोसा है।

देवी–देख ली औरत ? कैसी है ?

मुन्नू–सरकार जैसी तकदीर में है, वैसी है। घर की रोटियाँ तो मिलेंगी, नहीं अपने हाथों ठोकना पड़ता था। है क्या कि मिजाज की सीधी है। हमारे जात की औरतें बड़ी चंचल होती हैं, हुजूर! सैंकड़े पीछे एक भी पाक न मिलेगी।

देवी–मेहतर लोग अपनी औरतों को कुछ कहते नहीं ?

मुन्नू–क्या कहें हुजूर! डरते हैं कि कहीं अपने आशना से चुगली खा कर हमारी नौकरी–चाकरी न छुड़ा दे। मेहतरानियों पर बाबू साहबों की बहुत निगाह रहती है, सरकार!

देवी–(हँसकर) चल झूठे! बाबू साहबों की औरतें क्या मेहतरानियों से भी गयी–गुजरी होती हैं!

मुन्नू–अब सरकार कुछ न कहलायें, हुजूर को छोड़कर और तो कोई ऐसी बबुआइन नहीं देखता, जिसका कोई बखान करे। बहुत ही छोटा आदमी हूँ, सरकार; पर बबुआइनों की तरह मेरी औरत होती, तो उससे बोलने को जी न चाहता। हुजूर

के चेहरे–मोहरे की कोई औरत मैंने तो नहीं देखी।

देवी–चल झूठे, इतनी खुशामद करना किससे सीखा ?

मुन्नू–खुशामद नहीं करता, सरकार; सच्ची बात कहता हूँ। हुजूर एक दिन खिड़की के सामने खड़ी थीं। रजा मियाँ की निगाह आप पर पड़ गयी। जूते की बड़ी दूकान है उनकी। अल्लाह ने जैसे धन दिया है वैसा ही दिल भी। आपको देखते ही आँखें नीची कर लीं। आज बातों–बातों में हुजूर की सकल–सूरत को सराहने लगे। मैंने कहा–जैसी सूरत है वैसा सरकार को अल्लाह ने दिल भी दिया है।

देवी–अच्छा यह लाँबा–सा साँवले रंग का जवान है ?

मुन्नू–हाँ हुजूर; वही। मुझसे कहने लगे कि किसी तरह एक बार फिर उन्हें देख पाता; लेकिन मैंने डाँट कर कहा–खबरदार मियाँ, जो मुझसे ऐसी बातें की! वहाँ तुम्हारी दाल न गलेगी।

देवी–तुमने बहुत अच्छा किया। निगोड़े की आँख फूट जाय। जब इधर से जाता है, खिड़की की ओर उसकी निगाह रहती है। कह देना–इधर भूल कर भी न ताके!

मुन्नू–कह दिया है, हुजूर, हुकुम हो तो चलूँ। और तो कुछ साफ नहीं करना है? सरकार के आने की बेला हो गयी है। मुझे देखेंगे तो कहेंगे–यह क्या बातें कर रहा है।

देवी–ये रोटियाँ लेते जाओ। आज चूल्हे से बच जाओगे।

मुन्नू–अल्ला हुजूर को सलामत रखे! मेरा तो यही जी चाहता है कि इसी दरवाजे पर पड़ा रहूँ और एक टुकड़ा खा लिया करूँ। सच कहता हूँ, हुजूर को देख कर भूख–प्यास जाती रहती है।

मुन्नू जा ही रहा था कि बाबू श्यामकिशोर ऊपर आ पहुँचे। मुन्नू की पिछली बात उनके कान में पड़ गयी थी। मुन्नू ज्यों ही नीचे गया, बाबू साहब देवी से बोले–मैंने तुमसे कह दिया था कि मुन्नू को मुँह न लगाओ, पर तुमने मेरी बात न मानी। छोटे आदमी एक घर की बात दूसरे घर पहुंचा देते हें, इन्हें कभी मुँह न लगाना चाहिए। भूख–प्यास बन्द होने की क्या बात थी ?

देवी–क्या जाने, भूख–प्यास कैसी? ऐसी तो कोई बात न थी?

श्यामकिशोर–थी क्यों नहीं, मैंने साफ सुना ?

देवी–मुझे तो ख्याल नहीं आता। होगी कोई बात। मैं कौन उस की सब बातें बैठी सुना करती हूँ!

श्यामकिशोर–तो क्या यह दीवार से बातें करता है ? देखो, नीचे एक आदमी इस खिड़की की तरफ ताकता चला जाता है। इसी मुहल्ले का मुसलमान का लौंडा

है। जूते की दूकान करता है। तुम क्यों इस खिड़की पर खड़ी रहा करती हो?

देवी–चिक तो पड़ी हुई है।

श्यामकिशोर–चिक के पास खड़ी होने से बाहर का आदमी तुम्हें साफ देख सकता है।

देवी–यह मुझे मालूम न था। अब कभी खिड़की खोलूँगी ही नहीं।

श्यामकिशोर–हाँ, फायदा क्या ? मुन्नू को अन्दर मत आने दिया करो।

देवी–गुसलखाना कौन साफ करेगा ?

श्यामकिशोर–खैर आये, मगर उससे बातें न करनी चाहिए। आज एक नया थिएटर आया है। चलो देख आयें। सुना है; इसके एक्टर बहुत अच्छे हैं।

इतने में शारदा नीचे से मिठाई का दोना लिए दौड़ती हुई आयी। देवी ने पूछा–अरी, यह मिठाई किसने दी।

शारदा–राजा भैया ने तो दी है। कहते थे–तुमको अच्छे–अच्छे खिलौने ला दूँगा।

श्यामकिशोर–राजा भैया कौन है ?

शारदा–वही तो है, जो अभी इधर से गये हैं ?

श्यामकिशोर–वही तो नहीं, जो लम्बा–सा साँवले रंग का आदमी है ?

शारदा–हाँ–हाँ, वही– वही। मैं अब उनके घर रोज जाऊँगी।

देवी–क्या तू उसके घर गयी थी ?

शारदा–वही तो गोद में उठाकर ले गये थे।

श्यामकिशोर–तू नीचे खेलने मत जाया कर। किसी दिन मोटर के नीचे दब जायगी। देखती नहीं, कितनी मोटरें आती रहती हैं।

शारदा–राजा भैया कहते थे, तुम्हें मोटर पर हवा खिलाने ले चलेंगे।

श्यामकिशोर–तुम बैठी–बैठी क्या करती हो, जो तुमसे एक लड़की की निगरानी भी नहीं हो सकती ?

देवी–इतनी बड़ी लड़की को संदूक में बंद करके नहीं रखा जा सकता।

श्यामकिशोर–तुम जवाब देने में तो बहुत तेज हो, यह मैं जानता हूँ। यह क्यों नहीं कहती कि बातें करने से फुरसत नहीं मिलती।

देवी–बातें मैं किससे करती हूँ ? यहाँ तो कोई पड़ोसिन भी नहीं ?

श्यामकिशोर–मुन्नू तो हई है।

देवी–(ओठ दबाकर) मुन्नू क्या मेरा कोई सगा है, जिससे बैठी बातें किया करती रहूँ? गरीब आदमी है, अपना दुःख रोता है, तो क्या कह दूँ ? मुझसे तो दुत्कारते नहीं बनता।

श्यामकिशोर–खैर, खाना बना लो, नौ बजे तमाशा शुरू हो जायगा। सात बज

गए हैं।

देवी–तुम जाओ, देख आओ, मैं न जाऊँगी।

श्यामकिशोर–तुम्हीं तो महीनों से रट लगाये हुए थीं। अब क्या हो गया ? क्या तुमने कसम खा ली है कि यह जो बात कहें, वह कभी न मानूँगी।

देवी–जाने क्यों तुम्हारा ऐसा ख्याल है। मैं तो तुम्हारी इच्छा पा कर ही कोई काम करती हूँ। मेरे जाने से कुछ और पैसे खर्च हो जायेंगे और रुपये कम पड़ जायेंगे तो तुम मेरी जान खाने लगोगे, यही सोच कर मैंने कहा था। अब तुम कहते हो तो चली चलूँगी। तमाशा देख किसे बुरा लगता है।

३

नौ बजे श्यामकिशोर एक ताँगे पर बैठ कर देवी और शारदा के साथ थियेटर देखने चले। सड़क पर थोड़ी ही दूर गये थे कि पीछे से एक और तांगा आ पहुँचा, इस पर रजा बैठा हुआ था, और उसके बगल में–हाँ, उसके बगल में–बैठा था मुन्नू मेहतर, जो बाबू साहब के घर में सफाई करता था। देवी ने उन दोनों को देखते ही सिर झुका लिया। उसे आश्चर्य हुआ कि रजा और मुन्नू में इतनी गाढ़ी मित्रता है कि रजा उसे ताँगे पर बैठा कर सैर कराने ले जाता है। शारदा रजा को देखते ही बोल उठी–बाबूजी, देखो, वह राजा भैया आ रहे हैं। (ताली बजा कर) राजा भैया, इधर देखो, हम लोग तमाशा देखने जा रहे हैं।

रजा मुस्करा दिया; मगर बाबू साहब मारे क्रोध के तिलमिला उठे। उन्हें ऐसा मालूम हुआ कि ये दुष्ट केवल मेरा पीछा करने के लिए आ रहे हैं। इन दोनों में जरूर साँठ–गाँठ है। नहीं तो रजा मुन्नू को साथ क्यों लेता? उनसे पीछा छुड़ाने के लिए उन्होंने ताँगेवाले से कहा–और तेज ले चलो, देर हो रही है। ताँगा तेज हो गया। रजा ने भी अपना ताँगा तेज किया। बाबू साहब ने जब ताँगे को धीमा करने को कहा, तो रजा का ताँगा भी धीमा हो गया। आखिर बाबू साहब ने झुँसला कर कहा–तुम ताँगे को छावनी की ओर ले चलो, हम थियेटर देखने नहीं जायेंगे। ताँगेवाले ने उनकी ओर कुतूहल से देखा और ताँगा फेर दिया। रजा का ताँगा भी फिर गया। बाबू साहब को इतना क्रोध आ रहा था कि रजा को ललकारूँ, पर डरते थे कि कहीं झगड़ा हो गया, तो बहुत–से आदमी जमा हो जाएंगे और व्यर्थ ही झेंप होगी। लहू का घूँट पी कर रह गये। अपने ही. ऊपर झुँझलाने लगे कि नाहक आया। क्या जानता था कि ये दोनों शैतान सिर पर सवार हो जायेंगे, मुन्नू को तो कल ही निकाल दूँगा। बारे रजा का ताँगा कुछ दूर चल कर दूसरी तरफ मुड़ गया, और बाबू साहब का क्रोध कुछ शांत हुआ; किंतु अब थियेटर जाने का समय न था। छावनी से घर

लौट आये।

देवी ने कोठे पर आ कर कहा–मुफ्त में ताँगेवाले को दो रुपये देने पड़े।

श्यामकिशोर ने उसकी ओर रक्त–शोषक दृष्टि से देखकर कहा–और मुन्नू से बातें करो, और खिड़की पर खड़ी हो–हो कर रजा को छवि दिखाओ। तुम न जाने क्या करने पर तुली हुई हो।

देवी–ऐसी बातें मुँह से निकालते तुम्हें शर्म नहीं आती ? तुम मेरा व्यर्थ ही अपमान करते हो, इसका फल अच्छा न होगा। मैं किसी मर्द को तुम्हारे पैरों की धूल के बराबर भी नहीं समझती, उस अभागे मेहतर की कया हकीकत है! तुम मुझे इतनी नीच समझते हो ?

श्यामकिशोर–नहीं, तुम्हें इतना नीच नहीं समझता; मगर बेसमझ जरूर समझता हूँ। तुम्हें इस बदमाश को कभी मुँह न लगाना चाहिए था। अब तो तुम्हें मालूम हो गया कि वह छँटा हुआ शोहदा है। या अब भी कुछ शक है ?

देवी–मैं उसे कल ही निकाल दूँगी।

मुंशी जी लेटे; पर चित्त अशांत था। वह दिन भर दफ्तर में रहते थे। क्या जान सकते थे कि उनके पीछे देवी क्या करती हैं। वह यह जानते थे कि देवी पतिव्रता हैं; पर यह भी जानते थे कि अपनी छवि दिखाने का सुंदरियों को मरज होता है। देवी जरूर बन कर खिड़की पर खड़ी होती है, और मुहल्ले के शोहदे उसको देख–देख कर मन में न जाने क्या–क्या कल्पना करते होंगे। इस व्यापार को बंद काना उन्हें अपने काबू से बाहर मालूम होता था। शोहदे वशीकरण की कला में निपुण होते हैं। ईश्वर न करे, इन बदमाशों की निगाह किसी भले घर की बहू–बेटी पर पड़े! इनसे पिंड कैसे छुड़ाऊँ ?

बहुत सोचने के बाद अन्त में उन्होंने वह मकान छोड़ देने का निश्चय किया। इसके सिवा उन्हें दूसरा कोई उपाय न सूझा। देवी से बोले–कहो तो ये घर छोड़ दूँ। इन शोहदों के बीच में रहने से आबरू बिगड़ने का भय है। देवी ने आपत्ति के भाव से कहा–जैसी तुम्हारी इच्छा!

श्यामकिशोर–आखिर तुम्हीं कोई उपाय बताओ।

देवी–मैं कौन–सा उपाय बताऊँ और किस बात का उपाय ? मुझे तो घर छोड़ने की कोई जरूरत नहीं मालूम होती। एक–दो नहीं, लाख–दो लाख शोहदे हों, तो क्या। कुत्तों के भूंकने के भय से भला कोई अपना मकान छोड़ देता है ?

श्यामकिशोर–कभी–कभी कुत्ते काट भी लेते हैं।

देवी ने इसका कोई जवाब न दिया और तर्क करने से पति की दुश्चिंताओं के बढ़ जाने का भय था। यह शक्की तो हैं ही, न जाने उसका क्या आशय समझ बैठें।

तीसरे ही दिन श्याम बाबू ने वह मकान छोड़ दिया।

४

इस नये मकान में आने के एक सप्ताह पीछे एक दिन मुन्नू सिर में पट्टी इठ बांधे, लाठी टेकता हुआ आया और आवाज दी। देवी उसकी आवाज पहचान गयी, पर उसे दुत्कारा नहीं। जा कर किवाड़ खोल दिये। पुराने घर के समाचार जानने के लिए उसका चित्त लालायित हो रहा था। मुन्नू ने अन्दर आकर कहा–सरकार, जब से आपने वह मकान छोड़ दिया, कसम ले लीजिए जो उधर एक बार भी गया हूँ। उस घर को देख कर रोना आने लगता है। मेरा भी जी चाहता है कि इसी मुहल्ले में आऊँ। पागलों की तरह इधर–उधर मारा–मारा फिरा करता हूँ, सरकार किसी काम में जी नहीं लगता। बस, हर घड़ी आप ही की याद आती रहती है। हुजूर जितनी परवरिस करती थीं, उतनी अब कौन करेगा ? यह मकान तो बहुत छोटा है।

देवी–तुम्हारे ही कारन तो वह मकान छोड़ना पड़ा।

मुन्नू–मेरे कारन! मुझसे कौन–सी खता हुई, सरकार ?

देवी–तुम्हीं तो ताँगे पर रजा के साथ बेठे मेरे पीछे–पीछे जा रहे थे। ऐसे आदमी पर आदमी का शक होता ही है!

मुन्नू–अरे सरकार, उस दिन की बात न पूछिए। रजा मियाँ को एक वकील साहब से मिलने जाना था। वह छावनी में रहते थे। मुझे भी साथ बिठा लिया। उनका साईस कहीं गया हुआ था। मारे लिहाज के आपके ताँगे के आगे न निकलते थे। सरकार उसे शोहदा कहती हैं। उसका–सा भला आदमी मुहल्ले भर में नहीं है। पाँचों बखत की नमाज पढ़ता है हुजूर, तीसों रोजे रखता है। घर, बीबी–बच्चे सभी मौजूद हैं। क्या मजाल कि किसी पर बद निगाह हो।

देवी–खैर होगा, तुम्हारे सिर में पट्टी क्यों बँधी है ?

मुन्नू–इसका माजरा न पूछिए हुजूर। आपकी बुराई करते किसी को देखता हूँ, तो बदन में आग लग जाती है। दरवाजे पर जो हलवाई रहता था, कहने लगा–मेरे कुछ पैसे बाबूजी पर आते हैं। मैंने कहा–वह ऐसे आदमी नहीं हैं कि तुम्हारे पैसे हजम कर जाते। बस, हुजूर इसी बात पर तकरार हो गयी। मैं तो दुकान के नीचे नाली धो रहा था। वह ऊपर से कूद कर आया और मुझे ढकेल दिया। मैं बेखबर खड़ा था, चारों खाने चित्त सड़क पर गिर पड़ा। चोट तो आती; मगर मैंने भी दूकान के सामने बच्चा को इतनी गालियाँ सुनायीं कि याद ही करते होंगे। अब घाव अच्छा हो रहा है, हुजूर।

देवी–राम! राम! नाहक लड़ाई लेने गये। सीधी–सी बात तो थी। कह देते–तुम्हारे से आते हैं; तो जा कर माँग लाओ। हैं शहर ही में, दूसरे देश में तो नहीं भाग ये?

मुन्नू–हुजूर, आपकी बुराई सुन के नहीं रहा जाता, फिर चाहे वह अपने घर लाट ही क्यों न हो, भिड़ पड़ूँगा। वह महाजन होगा, तो अपने घर का होगा। यहाँ कौन उसका दिया खाते हैं।

देवी–उस घर में अभी कोई आया ही नहीं ?

मुन्नू–कई आदमी देखने आये, हुजूर; मगर जहाँ आप रह चुकी हैं, वहाँ अब दूसरा कौन रह सकता है ? हम लोगों ने उन लोगों को भड़का दिया। रजा मियाँ तो हुजूर, उसी दिन से खाना–पीना छोड़ बैठे हैं। बिटिया को याद कर–कर के रोया करते हैं। हुजूर को हम गरीबों की याद काहे को आती होगी ?

देवी–याद क्यों नहीं आती ? मैं आदमी नहीं हूँ। जानवर तक थान छूटने पर दो चार दिन नहीं खाते। यह पैसे लो, कुछ बाजार से ला कर खा लो, भूखे होगे।

मुन्नू–हुजूर की दुआ से खाने की तंगी नहीं है। आदमी का दिल देखा जाता है, हुजूर। पैसे की कौन बात है। आपका दिया तो खाते ही हैं। हुजूर का मिजाज ऐसा है कि आदमी बिना कौड़ी का गुलाम हो जाता है। तो अब चलूँगा, हुजूर बाबू जी आते होंगे। कहेंगे–यह शैतान यहाँ फिर आ पहुँचा।

देवी–अभी उनके आने में बड़ी देर है।

मुन्नू–ओ हो, एक बात तो भूला ही जाता था। रजा मियाँ ने बिटिया के लिए ये खिलौने दिये थे, बातों में कैसा भूल गया कि इनकी सुध ही न रही। कहाँ है बिटिया?

देवी–अभी तो मदरसे से नहीं आयी, मगर इतने खिलौने लाने की क्या जरूरत थी ? अरे ! रजा ने तो गजब ही कर दिया। भेजना ही था, तो दो–चार आने के खिलौने भेज देते। अकेली मेम तीन–चार रुपये से कम की न होगी। कुल मिला कर तीस–पैंतीस रुपये से कम के खिलौने नहीं हैं।

मुन्नू–क्या जाने सरकार, मैंने तो कभी खिलौने नहीं खरीदे। तीस–पैंतीस रुपये के ही होंगे, तो उनके लिए कौन–सी बड़ी बात है ? अकेली दुकान से पचास रुपये रोज की आमदनी है, हुजूर !

देवी–नहीं, इनको लौटा ले जाओ। इतने खिलौने ले कर वह क्या करेगी ? मैं सिर्फ एक मेम रखे लेती हूँ।

मुन्नू–हुजूर, रजा मियाँ को बड़ा रंज होगा। मुझे तो जीता ही न छोड़ेंगे। बड़े ही मुहब्बती आदमी हैं हुजूर! बीबी दो–चार दिन के लिए मैके चली जाती है, तो बेचैन हो जाते हैं।

सहसा शारदा पाठशाला से आ गयी और खिलौने देखते ही उन पर टूट पड़ी। देवी ने डाँट कर कहा–क्या करती है, क्या करती है ? मेम ले ले, और सब ले कर क्या करोगी ?

शारदा–मैं तो सब लूँगी। मेम को मोटर पर बैठा कर दौड़ाऊँगी। कुत्ता पीछे-पीछे दौड़ेगा। इन बरतनों में गुड़िया के खाने बनाऊँगी। कहाँ से आये हैं, अम्मा ? बता दो।

देवी–कहीं से नहीं आये, मैंने देखने को मँगवाये थे। तू इनमें से कोई एक ले ले।

शारदा–मैं सब लूंगी, मेरी अम्मा, सब ले लीजिए ना। कौन लाया है, अम्मा ?

देवी–मुन्नू तुम खिलौने लेकर जाओ। सिर्फ एक मेम रहने दो।

शारदा–कहाँ से लाये हो मुन्नू, बता दो ?

मुन्नू–तुम्हारे राजा भैया ने तुम्हारे लिए भेजे हैं।

शारदा–राजा भैया ने भेजे हैं। ओ हो! (नाच कर) राजा भैया बड़े अच्छे हैं। कल अपनी सहेलियों को दिखाऊँगी। किसी के पास ऐसे खिलौने न निकलेंगे।

देवी–अच्छा, मुन्नू तुम अब जाओ। रजा मियाँ से कह देना, फिर यहाँ खिलौने न भेजें।

मुन्नू चला गया, तो देवी ने शारदा से कहा–ला बेटी, तेरे खिलौने रख दूँ। बाबू जी देखेंगे तो बिगड़ेंगे और कहेंगे कि रजा मियाँ के खिलौने क्यों लिये ? तोड़-वोड़ कर फेंक देंगे। भूल कर भी उनसे खिलौनों की चर्चा न करना।

शारदा–हाँ अम्मा, रख दो। बाबू जी तोड़ देंगे।

इतने में बाबू श्यामकिशोर भी दफ्तर से आ गये, भौंहें चढ़ी हुई थीं। आते ही बोले–वह शैतान मुन्नू इस मोहल्ले में आने लगा। मैंने आज उसे देखा। क्या यहाँ भी आया था?

देवी ने हिचकिचाते हुए कहा–हाँ, आया तो था।

श्यामकिशोर–और तुमने आने दिया? मैंने मना न किया था उसे कभी अन्दर कदम न रखने देना।

देवी–आकर द्वार खटखटाने लगा, तो क्या करती ?

श्यामकिशोर–उसके साथ वह शोहदा भी रहा होगा ?

देवी–उसके साथ और कोई नहीं था।

श्यामकिशोर–तुमने आज भी न कहा होगा, यहाँ मत आया कर!

देवी–मुझे तो इतना ख्याल न रहा। और अब वह यहाँ क्या करने आयेगा ?

श्यामकिशोर–जो करने आज आया था, वही करने फिर आयेगा। तुम मेरे मुँह

में कालिख लगाने पर तुली हो।

देवी ने क्रोध से ऐंठ कर कहा–मुझसे तुम ऐसी ऊटपटाँग बातें मत किया करो, समझ गये? तुम्हें ऐसी बातें मुँह से निकालते शर्म भी नहीं आती ? एक बार पहले भी तुमने कुछ ऐसी ही बातें कही थीं। आज फिर तुम वही बात कर रहे हो। अगर तीसरी बार ये शब्द मैंने सुने, तो नतीजा बुरा होगा, इतना कहे देती हूँ। तुमने मुझे कोई वेश्या समझ लिया है ?

श्यामकिशोर–मैं नहीं चाहता कि वह मेरे घर आये।

देवी–तो मना क्यों नहीं कर देते ? मैं तुम्हें रोकती हूँ ?

श्यामकिशोर–तुम क्यों नहीं मना कर देतीं ?

देवी–तुम्हें कहते क्या शर्म आती है ?

श्यामकिशोर–मेरा मना करना व्यर्थ है। मेरे मना करने पर भी तुम्हारी इच्छा पाकर उसका आना–जाना होता रहेगा।

देवी ने ओठ चबाकर कहा–अच्छा, अगर वह आता ही रहे, तो क्या हानि है? मेहतर सभी घरों में आया–जाया करते हैं।

श्यामकिशोर–अगर मैंने मुन्नू को कभी अपने द्वार पर फिर देखा, तो तुम्हारी कुशल नहीं, इतना समझाये देता हूँ।

यह कहते हुए श्यामकिशोर नीचे चले गए, और देवी स्तम्भित खड़ी रह गई। तब उसका हृदय इस अपमान, लांछन और अविश्वास के आघात से पीड़ित हो उठा। वह फूट–फूटकर रोने लगी। उसको सबसे बड़ी चोट जिस बात से लगी, वह यह थी कि मेरे पति मुझे इतनी नीच, इतनी निर्लज्ज समझते हैं। जो काम वेश्या भी न करेगी, उसका सन्देह मुझ पर कर रहे हैं।

५

श्यामकिशोर के आते ही शारदा अपने खिलौने उठाकर भाग गई थी कि कहीं बाबू जी तोड़ न डालें। नीचे जाकर वह सोचने लगी कि इन्हें कहाँ छिपा कर रखूँ। वह इसी सोच में थी कि उसकी एक सहेली आँगन में आ गयी। शारदा उसे अपने खिलौने दिखाने के लिए आतुर हो गयी। इस प्रलोभन को वह किसी तरह न रोक सकी। अभी तो बाबू जी ऊपर हैं; कौन इतनी जल्दी आए जाते हैं। तब तक क्यों न सहेली को अपने खिलौने दिखा दूँ ? उसने सहेली को बुला लिया और दोनों नये खिलौने देखने में मग्न हो गयीं, कि बाबू श्यामकिशोर ने नीचे आने की भी उन्हें खबर न हुई। श्यामकिशोर खिलौने देखते ही झपट कर शारदा के पास जा पहुँचे और पूछा–तूने ये खिलौने कहाँ पाये ?

शारदा की घिग्गी बँध गयी। मारे भय के थर–थर काँपने लगी। मुँह से एक शब्द भी न निकला।

श्यामकिशोर ने फिर गरज कर पूछा–बोलती क्यों नहीं, तुझे किसने खिलौने दिये?

शारदा रोने लगी। तब श्यामकिशोर ने उसे फुसला कर कहा–रो मत, हम तुझे मारेंगे नहीं। तुझसे इतना ही पूछते हैं, तूने ऐसे सुन्दर खिलौने कहाँ पाये ?

इस तरह दो–चार बार दिलासा देने से शारदा को कुछ धैर्य बँधा। उसने सारी कथा कह सुनायी। हा अनर्थ! इससे कहीं अच्छा होता कि शारदा मौन ही रहती। उसका गूँगी हो जाना भी इससे अच्छा था। देवी कोई बहाना करके बला सिर से टाल देती; पर होनहार को कौन टाल सकता है ? श्यामकिशोर के रोम–रोम से ज्वाला निकलने लगी। खिलौने वहीं छोड़कर वह धम–धम करते हुए ऊपर गये और देवी के कंधे दोनों हाथों से झंझोड़ कर बोले–तुम्हें इस घर में रहना है या नहीं ? साफ–साफ कह दो। देवी अभी तक खड़ी सिसकियाँ ले रही थी। यह निर्मम प्रश्न सुनकर उसके आँसू गायब हो गए। किसी भारी विपत्ति की आशंका ने इस हल्के से आघात को भुला दिया, जैसे घातक की तलवार देखकर कोई प्राणी रोग–शय्या से उठ कर भागे। श्यामकिशोर की ओर भयातुर नेत्रों से देखा; पर मुँह से कुछ न बोली। उसका एक–एक रोम मौन भाषा में पूछ रहा था–इस प्रश्न का क्या मतलब है?

श्यामकिशोर ने फिर कहा–तुम्हारी जो इच्छा हो, साफ–साफ कह दो। अगर मेरे साथ रहते–रहते तुम्हारा जी ऊब गया हो, तो तुम्हें अख्त्यार है। मैं तुम्हें कैद करके नहीं रखना चाहता। मेरे साथ तुम्हें छल, कपट करने की जरूरत नहीं। मैं सहर्ष तुम्हें विदा करने को तैयार हूँ। जब तुमने मन में एक बात निश्चय कर ली, तो मैंने भी निश्चय कर लिया। तुम इस घर में अब नहीं रह सकतीं; रहने के योग्य नहीं हो।

देवी ने आवाज को सँभाल कर कहा–तुम्हें आजकल क्या हो गया है, जो हर वक्त जहर उगलते रहते हो ? अगर मुझसे जी ऊब गया है, तो जहर दे दो, जला–जलाकर क्यों जान मारते हो ? मेहतर से बातें करना तो ऐसा अपराध न था। जब उसने आकर पुकारा, तो मैंने आकर द्वार खोल दिया। अगर मैं जानती कि जरा–सी बात का बतंगड़ हो जायगा, तो उसे दूर ही से दुत्कार देती।

श्यामकिशोर–जी चाहता है, तालू से जबान खींच लें। बातें होने लगीं, इशारे होने लगे, तोहफे आने लगे। अब बाकी क्या रहा?

देवी–क्यों नाहक घाव पर नमक छिड़कते हो ? एक अबला की जान लेकर

कुछ पा न जाओगे।

श्यामकिशोर–मैं झूठ कहता हूँ ?

देवी–हाँ झूठ कहते हो।

श्यामकिशोर–ये खिलौने कहाँ से आए ?

देवी का कलेजा धक्–से हो गया। काटो, तो बदन में लहू नहीं। समझ गयी, इस वक्त ग्रह बिगड़े हुए हैं, सर्वगाश के सभी संयोग मिलते जाते हैं। वे निगोड़े खिलौने न जाने किस बुरी साइत में आये! मैंने लिए ही क्यों, उसी वक्त लौटा क्यों न दिये! बात बना कर बोली–आग लगे, वही खिलौने तोहफे हो गये! बच्चों को कोई कैसे रोके, किसी की मानते हैं। कहती रही, मत ले, मगर न मानी, तो मैं क्या करती ? हाँ, यह जानती कि इन खिलौनों पर मेरी जान मारी जायगी तो जबरदस्ती छीन कर फेंक देती।

श्यामकिशोर–इनके साथ और कौन–कौन–सी चीजें आयी हैं, भला चाहती हो तो अभी लाओ।

देवी–जो कुछ आया होगा, इसी घर ही में होगा। देख क्यों नहीं लेते ? इतना बड़ा घर भी नहीं है कि चार दिन देखते लग जाएँ ?

श्यामकिशोर–मुझे इतनी फुरसत नहीं है। खैरियत इसी में है कि जो चीजें आयी हों, लाकर मेरे सामने रख दो। यह तो हो नहीं सकता कि लड़की के लिए खिलौने आयें और तुम्हारे लिए कोई सौगात न आये। तुम भरी गंगा में कसम खाओ, तो भी मुझे विश्वास न आयेगा।

देवी–तो घर में देख क्यों नहीं लेते ?

श्यामकिशोर ने घूँसा तान कर कहा–कह दिया, मुझे फुरसत नहीं है। सीधे से सारी चीजें लाकर रख दो। नहीं तो इसी दम गला दबाकर मार डालूँगा।

देवी–मारना हो, तो मार डालो। जो चीजें आईं ही नहीं, उन्हें में दिखा कहाँ से दूँ।

श्यामकिशोर ने क्रोध से उन्मत्त होकर देवी को इतनी जोर से धक्का दिया कि वह चारों खाने चित्त जमीन पर गिर पड़ी। तब उसके गले पर हाथ रख कर बोले–दबा दूँ गला! न दिखलायेगी तू उन चीजों को ?

देवी–जो अरमान हों पूरे कर लो।

श्यामकिशोर–खून पी जाऊँगा ! तूने समझा क्या है ?

देवी–अगर दिल की प्यास बुझती हो, तो पी जाओ।

श्यामकिशोर–फिर तो उस मेहतर से बातें न करोगी ? अगर अब कभी मुन्नू या उस शोहदे को द्वार पर देखा, तो गला काट लूँगा।

यह कह कर बाबू जी ने देवी को छोड़ दिया, और बाहर चले गये। लेकिन देवी उसी दशा में बड़ी देर तक पड़ी रही। उसके मन में इस समय पति–प्रेम की मर्यादा–रक्षा का लेश भी न था। उसका अन्त:करण प्रतिकार के लिए विकल हो रहा था। इस वक्त अगर वह सुनती कि श्यामकिशोर को किसी ने बाजार में जूतों से पीटा, तो कदाचित् वह खुश होती। कई दिनों तक पानी में भीगने के बाद आज यह झोंका पा कर प्रेम की दीवार भूमि पर गिर पड़ी, और मान की रक्षा करनेवाली कोई साधना न रही। आज केवल संकोच और लोक–लाज की हलकी–सी रस्सी रह गई, जो एक झटके में टूट सकती है।

६

श्यामकिशोर बाहर चले गए, तो शारदा भी अपने खिलौने लिये हुए घर से बाहर निकली। बाबू जी खिलौनों को देख कर कुछ बोले नहीं, तो अब उसे किसकी चिन्ता और किसका भय! अब वह क्यों न अपनी सहेलियों को खिलौने दिखाये। सड़क के उस पार एक हलवाई का मकान था। हलवाई की लड़की अपने द्वार पर खड़ी थी। शारदा उसे खिलौने दिखाने चली। बीच में सड़क थी, सवारी–गाड़ियों और मोटरों का ताँता बँधा हुआ। शारदा को अपनी धुन में किसी बात का ध्यान न रहा। बालोचित उत्सुकता से भरी हुई वह खिलौने लिए दौड़ी! वह क्या जानती थी कि मृत्यु भी उसी तरह प्राणों का खिलौना देखने के लिये दौड़ी आ रही है। सामने एक मोटर आती हुई दिखायी दी। दूसरी ओर से एक बग्घी आ रही थी। शारदा ने चाहा, दौड़ कर उस पार निकल जाय। मोटर ने बिगुल बजाया। शारदा ने जोर मारा कि सामने से निकल जाय। पर होनहार को कौन टालता! मोटर बालिका को रौंदती हुई चली गयी। सड़क पर एक माँस की लोथ पड़ी रह गयी। खिलौने ज्यों के त्यों थे। उनमें से एक भी न टूटा था! खिलौने रह गए, खेलने वाला चला गया। दोनों में कौन स्थायी है और कौन अस्थायी, इसका फैसला कौन करे!

चारों ओर से लोग दौड़ पड़े। अरे! यह तो बाबू जी की लड़की है, जो ऊपरवाले मकान में रहते हैं। लोथ कौन उठाये ? एक आदमी ने लपक कर द्वार पर पुकारा–बाबू जी, आपकी लड़की तो सड़क पर नहीं खेल रही थी! जरा नीचे तो आ जाइए। देवी ने छज्जे पर खड़े होकर सड़क की ओर देखा, तो शारदा की लोभ पड़ी हुई थी। चीख मार कर बेतहाशा नीचे दौड़ी, और सड़क पर आकर बालिका को गोद में उठा लिया। उसके पैर काँपने लगे। इस वज्रपात ने उसे स्तम्भित कर दिया! रोना भी न आया।

मुहल्ले के कई आदमी पूछने लगे–बाबू जी कहाँ गये हैं? उनको कैसे बुलाया जाय ?

देवी क्या जवाब देती ? वह तो संज्ञाहीन हो गई थी। लड़की की लाश गोद में लिए, उसके रक्त से अपने वस्त्रों को भिगोती आकाश की ओर ताक रही थी, मानो देवता से पूछ रही हो–क्या सारी विपत्तियाँ मुझी पर ?

अँधेरा होता जाता था। पर बाबू जी का पता नहीं। कुछ मालूम भी नहीं, वह कहाँ गए हैं। धीरे–धीरे नौ बजे। पर अब तक बाबू जी न लौटे। इतनी देर तक बाहर न रहते थे। क्या आज ही उन्हें भी गायब होना था ? दस बज गये, अब देवी रोने लगी। उसे लड़की की मृत्यु का इतना दुःख न था, जितना अपनी असमर्थता का। वह कैसे शव की दाहक्रिया करेगी ? कौन उसके साथ जायगा ? क्या इतनी रात गये कोई उसके साथ चलने पर तैयार होगा ? अगर कोई न गया, तो क्या उसे अकेले ही जाना पड़ेगा ? क्या रात भर लोथ पड़ी रहेगी ?

ज्यों–ज्यों सन्नाटा होता जाता था, देवी को भय होता था। वह पछता रही थी कि शाम को क्यों न इसे ले कर चली गयी।

ग्यारह बजे थे। सहसा किसी ने द्वार खोला। देवी उठ कर खड़ी हो गयी। समझी, बाबू जी आ गये। उसका हृदय उमड़ आया और वह रोती हुई बाहर आयी; पर आह! बाबू जी न थे, ये पुलिस के आदमी थे, जो इस मामले की तहकीकात करने आये थे। पाँच बजे की घटना थी। तहकीकात होने लगी ग्यारह बजे। आखिर थानेदार भी तो आदमी है; वह भी तो संध्या समय घूमने–फिरने जाता ही है।

घंटे–भर तक तहकीकात होती रही। देवी ने देखा, अब संकोच से काम न चलेगा। थानेदार ने उससे जो कुछ पूछा उसका उत्तर उसने निस्संकोच भाव से दिया। जरा भी न शरमायी, जरा भी न झिझकी। थानेदार भी दंग रह गया।

जब सब के बयान लिख कर दारोगा जी चलने लगे, तो देवी ने कहा–आप उस मोटर का पता लगायेंगे ?

दारोगा–अब तो शायद ही उसका पता लगे।

देवी–तो उसको कुछ सजा न होगी ?

दारोगा–मजबूरी है। किसी को नम्बर भी तो मालूम नहीं।

देवी–सरकार इसका कुछ इन्तजाम नहीं करती ? गरीबों के बच्चे इसी तरह कुचले जाते रहेंगे ?

दारोगा–इसका क्या इंतजाम हो सकता है ? मोटरें तो बंद नहीं हो सकतीं ?

देवी– कम –से–कम पुलिसवालों को यह तो देखना चाहिए कि शहर में कोई बहुत तेज न चलाये ? मगर आप लोग ऐसा क्यों करने लगे ? आपके अफसर भी

तो मोटरों पर बैठते हैं। आप उनकी मोटरें रोकेंगे, तो नौकरी कैसे रहेगी ?

थानेदार लज्जित हो चला गया। जब लोग सड़क पर पहुंचे, तो एक सिपाही ने कहा–मेहरिया बड़ी टनमन दिखात है।

थानेदार–अजी, इसने तो मेरा नातका बंद कर दिया। किस गजब का हुस्न पाय! है! मगर कसम ले लो, जो मैंने एक बार को भी उसकी तरफ निगाह की हो ताकने की हिम्मत ही न पड़ती थी!

बाबू श्यामकिशोर बारह बजे के बाद नशे में चूर घर पहुँचे। उन्हें यह खबर रास्ते में ही मिल गयी थी। रोते हुए घर में दाखिल हुए। देवी भरी बैठी थी, सोच रखा था–आज चाहे जो हो जाये, पर फटकारूँगी जरूर। पर उनको रोते देखा, तो सारा गुस्सा गायब हो गया। खुद भी रोने लगी। दोनों बड़ी देर रोते रहे। इस विपत्ति ने दोनों के हृदय को एक दूसरे की ओर बड़े जोर से खींचा। उन्हें ऐसा ज्ञात हुआ कि उनमें फिर पहले का–सा प्रेम जाग्रत हो गया है।

प्रातःकाल जब लोग दाह–क्रिया करके लौटे तो श्यामकिशोर ने देवी की ओर स्नेह से देखकर करुण स्वर में कहा–तुम्हारा जी अकेले कैसे लगेगा ?

देवी–तुम दस–पाँच दिन की छुट्टी न ले सकोगे ?

श्यामकिशोर–यही तो मैं भी सोच रहा हूँ। पन्द्रह दिन की छुट्टी ले लूँ। श्याम बाबू दफ्तर छुट्टी लेने चले गये। इस विपत्ति में भी आज देवी का हृदय जितना प्रसन्न था, उतना इधर महीनों से न हुआ। बालिका को खो कर वह विश्वास और प्रेम पा गयी थी, और यह उसके आँसू पोंछने के लिए कुछ कम न था।

आह! अभागिनी! खुश मत हो। तेरे जीवन का वह अन्तिम कांड होना अभी बाकी है, जिसकी आज तू कल्पना भी नहीं कर सकती।

७

दूसरे दिन बाबू श्यामकिशोर घर ही पर थे कि मुन्नू ने आकर सलाम किया। श्यामकिशोर ने जरा कड़ी आवाज में पूछा–क्या है जी, तुम क्यों बार–बार यहां आया करते हो ?

मुन्नू बड़े दीन भाव से बोला–मालिक, कल की बात जो सुनता है, उसी को रंज होता है। मैं तो हुजूर का गुलाम ठहरा। अब नौकर नहीं हूँ तो क्या, सरकार का नमक तो खा चुका हूँ। भला, वह कभी हड्डियों से निकल सकता है। कभी–कभी हाल–हवाल पूछने आ जाता हूँ। जब से कल वाली बात सुनी है हुजूर, ऐसा कलक हो रहा है कि क्या कहूँ। कैसी प्यारी–प्यारी बच्ची थी कि देख कर दुख दूर हो जाता था। मुझे देखते ही मुन्नू–मुन्नू करके दौड़ती थी; जब गैरों का यह हाल है,

तो हुजूर के दिल पर जो कुछ बीत रही होगी, हुजूर ही जानते होंगे।

श्याम बाबू कुछ नर्म होकर बोले–ईश्वर की मरजी में इन्सान का क्या चारा ? मेरा तो घर ही अँधेरा हो गया। अब यहाँ रहने को जी नहीं चाहता।

मुन्नू–मालकिन तो और भी बेहाल होंगी !

श्यामकिशोर–हुआ ही चाहें। मैं तो उसे शाम–सबेरे खिला लिया करता था। माँ तो दिन भर साथ रहती थी। मैं तो काम–धंधों में भूल भी जाऊँगा। वह कहाँ भूल सकती हैं। उनको तो सारी जिन्दगी रोना है।

पति को मुन्नू से बातें करते सुन कर देवी ने कोठे पर से आँगन की ओर देखा। मुन्नू को देखकर उसकी आँखों में बे–अख्तियार आँसू भर आये! बोली–मुन्नू, मैं तो लुट गई !

मुन्नू–हुजूर, अब सबर कीजिए, रोने–धोने से क्या फायदा ? यही सब अंधेर देख कर तो कभी–कभी अल्लाह मियाँ को जालिम कहना पड़ता है। जो बेईमान हैं, दूसरों का गला काटते फिरते हैं, उनसे अल्लाह मियाँ भी डरते हैं। जो सीधे और सच्चे हैं उन्हीं पर आफत आती है।

मुन्नू देवी को दिलासा देता रहा। श्याम बाबू भी उसकी बातों का समर्थन करते जाते थे। जब वह चला गया, तो बाबू साहब ने कहा–आदमी तो कुछ बुरा नहीं मालूम होता।

देवी ने कहा–मोहब्बती आदमी है। रंज न होता, तो यहाँ क्यों आता ?

८

पन्द्रह दिन गुजर गये। बाबू साहब फिर दफ्तर जाने लगे। मुन्नू इस बीच में फिर कभी न आया। अब तक तो देवी का दिन पति से बातें करने में कट जाता था; लेकिन अब उनके चले जाने पर उसे बार–बार शारदा की याद आती। प्राय: सारा दिन रोते ही कटता था। मुहल्ले की दो–चार नीच जाति की औरतें आती थीं: लेकिन देवी का उनसे मन न मिलता था, वे झूठी सहानुभूति दिखा कर देवी से कुछ ऐंठना चाहती थीं!

एक दिन कोई चार बजे मुन्नू फिर आया, और आँगन में खड़ा हो कर बोला–मालकिन, मैं हूँ मुन्नू, जरा नीचे आ जाइएगा।

देवी ने ऊपर से ही पूछा–क्या काम है ? कहो तो।

मुन्नू–जरा आइए तो!

देवी नीचे आयी, तो मुन्नू ने कहा–रजा मियाँ बाहर खड़े हैं; और हुजूर से मातमपुरसी करते हैं।

देवी ने कहा–जा कर कह दो, ईश्वर की जो मरजी थी, वह हुई।

रजा दरवाजे पर खड़ा था। ये बातें उसने साफ सुनीं। बाहर ही से बोला–खुदा जानता है, जब से यह खबर सुनी है दिल के टुकड़े हुए जाते हैं। मैं जरा दिल्ली चला गया था। आज ही लौट कर आया हूँ। अगर मेरी मौजूदगी में यह वारदात हुई होती, तो और तो क्या कर सकता था; मगर मोटरवाले को बिना सजा कराये न छोड़ता, चाहे वह किसी राजा की ही मोटर होती। सारा शहर छान डालता। बाबू साहब चुपके होके बैठे रहे, यह भी कोई बात है। मोटर चला कर क्या कोई किसी की जान ले लेगा ? फूल–सी मासूम बच्ची को जालिमों ने मार डाला। हाय ! अब कौन मुझे राजा भैया कह कर पुकारेगा ! खुदा की कसम, उसके लिए दिल्ली से टोकरी भर खिलौने ले आया हूँ। क्या जानता था कि यहाँ यह सितम हो गया। मुन्नू, देख, यह ताबीज ले जा कर बहू जी को दे दो। इसे अपने जूड़े में बाँध लेंगी। खुदा ने चाहा, तो उन्हें किसी तरह की दहशत या खटका न रहेगा। उन्हें बुरे–बुरे ख्वाब दिखायी देते होंगे, रात को नींद उचट जाती होगी, दिल घबराया करता होगा। ये सारी शिकायतें इस ताबीज से दूर हो जायेंगी। मैंने एक पहुँचे हुए फकीर से यह ताबीज लिखाया है।

इसी तरह से रजा और मुन्नू उस वक्त तक एक न एक बहाने से द्वार से न टले, जब तक बाबू साहब आते न दिखायी दिए। श्यामकिशोर ने उन दोनों को जाते देख लिया। ऊपर जाकर गंभीर भाव से बोले–रजा क्या करने आया था ?

देवी–यों ही मातमपुरसी करने आया था। आज दिल्ली से आया है। यह खबर सुनकर दौड़ा आया था।

श्यामकिशोर–मर्द मर्दों से मातमपुरसी करते हैं या औरतों से?

देवी–तुम न मिले तो मुझी से शोक प्रकट करके चला गया।

श्यामकिशोर–इसके यह माने हैं कि जो आदमी मुझसे मिलने आयें, वह मेरे न रहने पर तुमसे मिल सकता है। इसमें कोई हरज नहीं, क्यों ?

देवी–सबसे मिलने मैं थोड़े ही जा रही हूँ

श्यामकिशोर–तो रजा क्या मेरा साला है या ससुरा ?

देवी–तुम तो जरा–जरा–सी बात पर झल्लाने लगते हो।

श्यामकिशोर–यह जरा–सी बात है ! एक भले घर की स्त्री एक शोहदे से बातें करे, यह जरा–सी बात है! तो बड़ी–सी बात किसे कहते हैं? यह जरा–सी बात नहीं है कि यदि मैं तुम्हारी गरदन घोंट दूँ तो भी मुझे पाप न लगेगा। देखता हूँ, फिर तुमने वही रंग पकड़ा। इतनी बड़ी सजा पा कर भी तुम्हारी आँखें नहीं खुलीं। अबकी क्या मुझे ले बीतना चाहती हो ?

देवी सन्नाटे में आ गयी। एक तो लड़की का शोक ! उस पर यह अपशब्दों की बौछार और भीषण आक्षेप ! उसके सिर में चक्कर-सा आ गया। बैठ कर रोने लगी। इस जीवन से तो मौत कहीं अच्छी! केवल वही शब्द उसके मुँह से निकले।

बाबू साहब गरज कर बोले-यही होगा, मत घबराओ, मत घबराओ, यही होगा। तुम मरना चाहती हो, तो मुझे भी तुम्हारे अमर होने की आकांक्षा नहीं है। जितनी जल्द तुम्हारे जीवन का अंत हो जाय उतना ही अच्छा। कुल में कलंक तो न लगेगा?

देवी ने सिसकियाँ लेते हुए कहा-क्यों एक अबला पर इतना अन्याय करते हो? तुम्हें जरा भी दया नहीं आती ?

श्यामकिशोर-मैं कहता हूँ, चुप रह!

देवी-क्यों चुप रहूँ। क्या किसी की जबान बंद कर दोगे ?

श्यामकिशोर-फिर बोली जाती है ? मैं उठ कर सिर तोड़ दूँगा !

देवी-क्या सिर तोड़ दोगे, कोई जबरदस्ती है ?

श्यामकिशोर-अच्छा तो बुला, देखें तेरा कौन हिमायती है ?

यह कहते हुए बाबू साहब झल्ला कर उठे और देवी को कई थप्पड़ और घूँसे लगा दिये। मगर वह न रोयी न चिल्लायी, न जबान से एक शब्द निकला, केवल अर्थ-शून्य नेत्रों से पति की ओर ताकती रही, मानो यह निश्चय करना चाहती थी के यह आदमी है या कुछ और।

जब श्यामकिशोर मार-पीट कर अलग खड़े हो गये, तो देवी ने कहा-दिल के अरमान अभी न निकले हों तो और निकाल लो। फिर शायद यह अवसर न मिले।

श्यामकिशोर ने जवाब दिया, सिर काट लूँगा, सिर, तू है किस फेर में ? यह कहते हुए नीचे चले गये, झटके के साथ किवाड़ खोले, धमाके के साथ बंद किये और कहीं चले गये।

अब देवी की आँखों से आँसू की नदी बहने लगी।

रात के दस बज गये। पर श्यामकिशोर घर न लौटे। रोते-रोते देवी की आँखें सूज आयीं। क्रोध में मधुर स्मृतियों का लोप हो जाता है। देवी को ऐसा ज्ञात होता है कि श्यामकिशोर को उसके साथ कभी प्रेम ही न था। हाँ, कुछ दिनों वह उसका मुँह अवश्य जोहते रहते थे। लेकिन वह बनावटी प्रेम था। उसके यौवन का आनन्द लूटने ही के लिए उससे मीठी-मीठी प्यार की बातें की जाती थीं। उसे छाती से लगाया जाता था, उसे कलेजे पर सुलाया जाता था। वह सब दिखावा था, स्वांग था। उसे याद ही न आता था कि कभी उससे सच्चा प्रेम किया गया हो। अब वह रूप नहीं रहा, वह यौवन नहीं रहा, वह नवीनता नहीं रही! फिर उसके साथ क्यों न अत्याचार किये जायें ? उसने सोचा-कुछ नहीं! अब इनका दिल मुझसे फिर गया

है, नहीं तो क्या इस जरा-सी बात पर यों मुझ पर टूट पड़ते। कोई न कोई लांछन लगा कर मुझसे गला छुड़ाना चाहते हैं। यही बात है, तो मैं क्यों इनकी रोटियाँ और इनकी मार खाने के लिए इस घर में पड़ी रहूँ ? जब प्रेम ही नहीं रहा तो मेरे यहाँ रहने को धिक्कार है ! मैके में कुछ न सही, यह दुर्गति तो न होगी। इनकी यही इच्छा है, तो यही सही। मैं भी समझ लूँगी कि विधवा हो गयी।

ज्यों-ज्यों रात गुजरती थी, देवी के प्राण सूखे जाते थे। उसे यह धड़का समाया हुआ था कि कहीं वह आकर फिर से मार-पीट शुरू कर दें। कितने क्रोध में भरे हुए यहाँ से गये। वाह री तकदीर! अब मैं इतनी नीच हो गयी कि मेहतरों से, जूते वालों से आशनाई करने लगी! इस भले आदमी को ऐसी बातें मुँह से निकालते शर्म नहीं आती ! ना जाने इनके मन में ऐसी बातें कैसे आती हैं। कुछ नहीं, यह स्वभाव के नीच, दिल के मैले, स्वार्थी आदमी हैं। नीचों के साथ नीच ही बनना चाहिए। मेरी भूल थी कि इतने दिनों से इनकी घुड़कियाँ सहती रही। जहाँ इज्जत नहीं, प्रेम नहीं, विश्वास नहीं, वहाँ रहना बेहयायी है। कुछ मैं इनके हाथ बिक तो गयी ही नहीं कि यह जो चाहे करें, मारें या काटें, पड़ी सहा करूँ। सीता-जैसी पत्नियाँ होती थीं, तो राम-जैसे पति भी होते थे!

देवी को ऐसी शंका होने लगी कि कहीं श्यामकिशोर आते ही आते सचमुच उसका गला न दबा दें, या छुरी भोंक दें। वह समाचार-पत्रों में ऐसी कई हरजाइयों की खबरें पढ़ चुकी थी। शहर ही में ऐसी कई घटनाएँ हो चुकी थीं। मारे भय के थरथरा उठी। यहाँ रहने से प्राणों की कुशल न थी।

देवी ने कपड़ों की एक छोटी-सी बकुची बाँधी और सोचने लगी-यहाँ से कैसे निकलूँ? और फिर यहाँ से निकल कर जाऊँ कहाँ? कहीं इस वक्त मुन्नू का पता लग जाता, तो बड़ा काम निकलता। वह मुझे क्या मैके न पहुँचा देता ? एक बार मैके पहुँच भर जाती। फिर तो लाला सिर पटक कर रह जायँ, भूल कर भी न आऊँ। यह भी क्या याद करेंगे। रुपये क्यों छोड़ दूँ, जिसमें यह मजे से गुलछर्रे उड़ायें ? मैंने ही तो काट-छाँट कर जमा किये हैं। इनकी कौन-सी ऐसी बड़ी कमाई थी। खर्च करना चाहती, तो कौड़ी न बचती। पैसा-पैसा बचाती रहती थी।

देवी ने जा कर नीचे के किवाड़ बंद कर दिये। फिर संदूक खोल कर अपने सारे जेवर और रुपये निकाल कर बकुची में बाँध लिये। सब के सब करेंसी नोट थे; विशेष बोझ भी न हुआ।

एकाएक किसी ने सदर दरवाजे में जोर से धक्का मारा। देवी सहम उठी। ऊपर से झाँक कर देखा, तो श्याम बाबू थे। उसकी हिम्मत न पड़ी कि जाकर द्वार खोल दे। फिर तो बाबू साहब ने इतनी जोर से धक्के मारने शुरू किये, मानो किवाड़ ही

तोड़ डालेंगे। इस तरह द्वार खुलवाना ही उनके चित्त की दशा को साफ प्रकट कर रहा था। देवी शेर के मुँह में जानो का साहस न कर सकी।

आखिर श्यामकिशोर ने चिल्ला कर कहा–ओ डैम! किवाड़ खोल, ओ ब्लाडी! किवाड़ खोल, अभी खोल !

देवी की रही–सही हिम्मत जाती रही। श्यामकिशोर नशे में चूर थे। होश में शायद दया आ जाती, इसलिए शराब पीकर आये हैं। किवाड़ तो न खोलूँगी चाहे तोड़ ही डालो। अब तुम मुझे इस घर में पाओगे ही नहीं, मारोगे कहाँ से ? तुम्हें खूब पहचान गई।

श्यामकिशोर पंद्रह–बीस मिनट तक शोर मचाने और किंवाड़ हिलाने के बाद ऊल–जलूल बकते चले गये। दो–चार पड़ोसियों ने फटकारें भी सुनायीं! आप भी तो पढ़े–लिखे आदमी हो कर आधी रात को घर चलते हैं। नींद ही तो है, नहीं खुलती, तो क्या कीजिएगा ? जाइए, किसी यार–दोस्त के घर लेट रहिए; सबेरे आइएगा।

श्यामकिशोर के जाते ही देवी ने बकुची उठायी और धीरे–धीरे नीचे उतरी। जरा देर उसने कान लगा कर आहट ली कि कहीं श्यामकिशोर खड़े तो नहीं हैं। जब विश्वास हो गया कि वह चले गये, तो धीरे से द्वार खोला और बाहर निकल आयी। उसे जरा भी क्षोभ, जरा भी दुःख न था। बस केवल एक इच्छा कि यहाँ से बच कर भाग जाऊँ। कोई ऐसा आदमी न था, जिस पर वह भरोसा कर सके जो इस संकट में काम आ सके। था तो बस वही मुन्नू मेहतर। अब उसी के मिलने पर उसकी सारी आशाएँ अवलंबित थीं। उसी से मिलकर वह निश्चय करेगी कि कहाँ जाय, कैसे जाय, कैसे रहे ? मैके जाने का अब उसका इरादा न था। उसे भय होता था कि मैके में श्यामकिशोर से अपनी जान न बचा सकेगी। उसे यहाँ न पा कर वह अवश्य उसके मैके जाऐंगे, और उसे जबरदस्ती खींच लाएंगे। वह सारी यातनाएँ सारे अपमान सहने को तैयार थी, केवल श्यामकिशोर की सूरत नहीं देखना चाहती थी। प्रेम अपमानित हो कर द्वेष में बदल जाता है।

थोड़ी ही दूर पर चोराहा था, कई ताँगेवाले खड़े थे, देवी ने एक इक्का किया और उससे स्टेशन चलने को कहा।

१०

देवी ने रात स्टेशन पर कांटी। प्रातःकाल उसने एक ताँगा किराए पर किया और परदे में बेठ चौक पर जा पहुँची। अभी दुकानें न खुली थीं; लेकिन पूछने से रजा मियाँ का पता चल गया। उसकी दूकान पर एक लौड़ा झाड़ू दे रहा

था। देवी ने उसे बुलाकर कहा–जाकर रजा मियाँ से कह दे कि शारदा की अम्मा तुमसे मिलने आई हैं, अभी चलिए।

दस मिनट में रजा और मुन्नू आ पहुँचे।

देवी ने सजल नेत्र होकर कहा–तुम लोगों के–पीछे मुझे घर छोड़ना पड़ा। कल रात को तुम्हारा मेरे घर जाना गजब हो गया। जो कुछ हुआ, वह फिर कहूँगी। मुझे कहीं एक घर दिला दो। घर ऐसा हों कि बाबू साहब को मेरा पता न मिले। नहीं तो वह मुझे जीती न छोड़ेंगे।

रजा ने मुन्नू की ओर देखा, मानो कह रहा है–देखो, चाल कैसी ठीक थी! देवी से बोला–आप निसाखातिर रहें, ऐसा घर दिला दूँगा कि बाबू साहब के बाबा साहब के बाबा साहब को भी पता न चलेगा। आपको किसी बात की तकलीफ न होगी। हम आपके पसीने की जगह खून बहा देंगे। सच पूछो तो बहूजी, बाबू साहब आपके लायक थे नहीं।

मुन्नू–कहाँ की बात भैया, आप रानी होने लायक हैं। मैं मालकिन से कहता था कि बाबू जी को तो दालमंडी की हवा लग गई है, पर आप मानती ही न थीं। आज रात ही को मैंने गुलाबजान के कोठे पर से उतरते देखा। नशे में चूर थे।

देवी–झूठी बात। उनकी यह आदत नहीं। गुस्सा उन्हें जरूर बहुत है, और गुस्से–में आकर उन्हें नेक–बद कुछ नहीं सूझता; लेकिन निगाह के बुरे नहीं।

मुन्नू–हुजूर मानती ही नहीं, तो क्या करूँ। अच्छा कभी दिखा दूँगा, तब तो मानिएगा।।

रजा–अबे दिखाना पीछे, इस वक्त आपको मेरे घर पहुँचा दे। ऊपर ले जाना। तब तक मैं एक मकान देखने जाता हूँ। आपके लायक बहुत ही अच्छा है।

देवी–तुम्हारे घर में बहुत–सी औरतें होंगी।

रजा–कोई नहीं है, बहू जी, सिर्फ एक बुढ़िया मामी हैं। वह आपके लिए एक कहारिन बुला देगी। आपको किसी बात की तकलीफ न होगी। मैं मकान देखने जा रहा हूँ।

देवी–जरा बाबू साहब की तरफ भी होते आना। देखना घर आये कि नहीं।
रजा–बाबू साहब से तो मुझे चिढ़ हो गई है। शायद नजर में आ जायें तो मेरी उनसे लड़ाई हो जाय। जो मर्द आप–जैसी हुस्न की देवी की कदर नहीं कर सकता, वह आदमी नहीं।

मुन्नू–बहुत ठीक कहते हो, भैया। ऐसी सरीफज, दी को न जाने किस मुँह से डांटते हैं! मुझे इतने दिन हुजूर की गुलामी करते हो गए, कभी एक बात न कही।

रजा मकान देखने गया और ताँगा रजा के घर की तरफ चला।

देवी के मन में इस समय एक शंका का आभास हुआ–कहीं ये दोनों सचमुच शोहदे तो नहीं हैं ? लेकिन कैसे मालूम हो ? यह सत्य है कि देवी ने जीवन–पर्यन्त के लिए स्वामी का परित्याग किया था। पर इतनी ही देर में उसे कुछ पश्चात्ताप होने लगा था। अकेली घर में कैसे रहेगी। बैठी–बैठी क्या करेगी, यह कुछ उसकी समझ में न आता था। उसने दिल में कहा–क्यों न घर लोट चलूँ ? ईश्वर करे, वह अभी घर न आए हों मुन्नू से बोली–तुम जरा दौड़ कर देखो तो, बाबू जी घर आए कि नहीं ?

मुन्नू–आप चल कर आराम से बैठें, मैं देख आता हूँ।

देवी–मैं अन्दर न जाऊँगी।

मुन्नू–खुदा की कसम खाके कहता हूँ, घर बिलकुल खाली है। आप हम लोगों पर शक करती हैं। हम वह लोग हैं कि आपका हुक्म पायें, तो आग में कूद पड़ें।

देवी इक्के से उतर कर अन्दर चली गई। चिड़िया एक बार पकड़ जाने पर भी फड़फड़ायी; किन्तु पैरों में लासा लगे होने के कारण उड़ न सकी, और शिकारी ने उसे अपनी झोली में रख लिया। वह अभागिनी क्या फिर कभी आकाश में उड़ेगी? क्या उसे डालियों पर चहकना नसीब होगा ?

११

श्यामकिशोर सबेरे घर लौटे, तो उनका चित्त शांत हो गया था। उन्हें शंका हो रही थी कि कदाचित् देवी घर न होगी। द्वार के दोनों पट खुले देखे तो कलेजा सन्–से हो गया। इतने सबेरे किवाड़ों का खुला रहना अमंगल–सूचक था। एक क्षण द्वार पर खड़े होकर अन्दर की आहट ली। कोई आवाज न सुनाई दी। आँगन में गए, वहाँ भी सन्नाटा, ऊपर चारों तरफ सूना! घर काटने को दौड़ रहा था। श्यामकिशोर ने अब जरा सतर्क होकर देखना शुरू किया। संदूक में रुपए नदारत। गहने का सन्दूक भी खाली। अब क्या भ्रम हो सकता था। कोई गंगा–स्नान के लिए जाता है, तो घर के रुपए नहीं उठा ले जाता। वह चली गयी। अब इसमें लेशमात्र भी सन्देह नहीं था। यह भी मालूम था कि वह कहाँ गई है। शायद इसी वक्त लपक कर जाने से वह वापस भी लाई जा सकती है! लेकिन दुनिया क्या कहेगी?

श्यामकिशोर ने अब चारपाई पर बैठ कर ठंडे दिल से इस घटना की विवेचना करनी शुरू की। इसमें तो संदेह न था कि रजा और उसके पिट्टू मुन्नू ने ही बहकाया है। आखिर बाबू जी का कर्त्तव्य क्या था ? उन्होंने वह पुराना मकान छोड़ दिया, देवी को बार–बार समझाया। इसके उपरान्त वह क्या कर सकते थे ? क्या मारना

अनुचित था ? अगर एक क्षण के लिए अनुचित ही मान लिया जाय, तो क्या देवी को इसी तरह घर से निकल जाना चाहिए था? कोई दूसरी स्त्री, जिसके हृदय में पहले ही से विष न भर गया हो, केवल मार खा कर घर से निकल जाती। अवश्य ही देवी का हृदय कलुषित हो गया है।

बाबू साहब ने फिर सोचा–अभी जरा देर में महरी आयेगी। वह देवी को घर में न देख कर पूछेगी, तो क्या जवाब दूँगा ? दम के दम में सारे मुहल्ले में यह खबर फैल जायगी। हाय भगवान् ! क्या करूँ ? श्यामकिशोर के मन में इस वक्त जरा भी पश्चात्ताप, जरा भी दया न थी। अगर देवी किसी तरह उन्हें मिल सकती, तो वह उसकी हत्या कर डालने में जरा भी पसोपेश न करते। उसका घर से निकल जाना, चाहे आवेश के सिवा और कोई कारण न हो, उनकी निगाह में अक्षम्य था, क्रोध बहुधा विरक्ति का रूप धारण कर लिया करता है। श्यामकिशोर को संसार से घृणा हो गयी। जब अपनी पत्नी ही दगा कर जाय तो किसी से क्या आशा की जाय? जिस स्त्री के लिए हम जीते भी हैं और मरते भी, जिसको सुखी रखने के लिए हम अपने प्राणों का बलिदान कर देते हैं, जब वह अपनी न हुई, तो फिर दूसरा कौन अपना हो सकता है ? इसी स्त्री को प्रसन्न रखने के लिए उन्होंने क्या नहीं किया। घरवालों से लड़ाई की, भाइयों से नाता तोड़ा, यहाँ तक कि वे अब उनकी सूरत भी नहीं देखना चाहते। उसकी कोई ऐसी इच्छा न थी, जो उन्होंने पूरी न की हो! उसका जरा–सा सिर भी दुखता था, तो उनके हाथों के तोते उड़ जाते थे। रात की रात उसकी सेवा–सुश्रूषा में बैठे रह जाते थे। वही स्त्री आज उनसे दगा कर गयी, केवल एक गुंडे के बहकाने में आ कर उनके मुँह में कालिख लगा गयी। गुंडों पर इलजाम लगाना तो एक प्रकार से मन को समझाना है! जिसके दिल में खोट न हो, उसे कोई क्या बहका सकता है ? जब इस स्त्री ने धोखा दिया, तो फिर समझना चाहिए कि संसार में प्रेम और विश्वास का अस्तित्व ही नहीं। यह केवल भावुक प्राणियों की कल्पना–मात्र है। ऐसे संसार में रह कर दुःख और दुराशा के सिवा और क्या मिलता है। हा दुष्टा ! ले आज से तू स्वतंत्र है, जो चाहे कर। अब कोई तेरा हाथ पकड़ने वाला नहीं रहा। जिसे तू 'प्रियतम' कहते नहीं थकती थी, उसके साथ तूने यह कुटिल व्यवहार किया ! चाहूँ, तो तुझे अदालत में घसीट कर इस पाप का दंड दे सकता हूँ। मगर क्या फायदा ! इसका फल तुझे ईश्वर देंगे। श्यामकिशोर चुपचाप नीचे उतरे, न किसी से कुछ कहा न सुना; द्वार खुले छोड़ दिये और गंगा–तट की ओर चले।

कजाकी

मेरी बाल–स्मृतियों में 'कजाकी' एक न मिटने वाला व्यक्ति है। आज चालीस साल गुजर गये; कजाकी की मूर्ति अभी तक आँखों के सामने नाच रही है। मैं उन दिनों अपने पिता के साथ आज़मगढ़ की एक तहसील में था। कजाकी जाति का पासी था, बड़ा ही हँसमुख, बड़ा ही साहसी, बड़ा ही जिंदादिल। वह रोज शाम को डाक का थैला लेकर आता, रात–भर रहता और सबेरे डाक लेकर चला जाता। शाम को फिर उधर से डाक लेकर आ जाता। मैं दिन भर एक उद्विग्न दशा में उसकी राह देखा करता। ज्यों ही चार बजते, व्याकुल होकर, सड़क पर आकर, खड़ा हो जाता, दूर से दौड़ता हुआ आता दिखलायी देता। वह साँवले रंग का गठीला, लम्बा जवान था। शरीर साँचे में ऐसा ढला हुआ कि चतुर मूर्तिकार भी उसमें कोई दोष न निकाल सकता। उसकी छोटी–छोटी मूँछें, उसके सुडौल चेहरे पर बहुत ही अच्छी मालूम होती थीं। मुझे देख कर वह और तेज दौड़ने लगता, उसकी झुँझुनी और तेजी से बजने लगती, और मेरे ह्दय में और जोर से खुशी की धड़कन होने लगती। हर्षातिरेक में मैं भी दौड़ पड़ता और एक क्षण में कजाकी का कंधा मेरा सिंहासन बन जाता। वह स्थान मेरी अभिलाषाओं का स्वर्ग था। स्वर्ग के निवासियों को भी शायद वह आंदोलित आनंद न मिलता होगा जो मुझे कजाकी के विशाल कंधों पर मिलता था। संसार मेरी आँखों में तुच्छ हो जाता और जब कजाकी मुझे कंधे पर लिये हुए दौड़ने लगता, तब तो ऐसा मालूम होता, मानो मैं हवा के घोड़े पर उड़ा जा रहा हूँ।

कजाकी डाकखाने में पहुँचता, तो पसीने से तर रहता; लेकिन आराम करने की आदत न थी। थैला रखते ही वह हम लोगों को ले कर किसी मैदान में निकल जाता, कभी हमारे साथ खेलता, कभी बिरहे गा कर सुनाता और कभी कहानियाँ सुनाता। उसे चोरी और डाके, मारपीट, भूत–प्रेत की सैंकड़ों कहानियाँ याद थीं। मैं ये कहानियाँ सुनकर विस्मयपूर्ण आनंद में मग्न हो जाता; उसकी कहानियों के चोर और डाकू सच्चे योद्धा होते थे, जो अमीरों को लूट कर दीन–दुखी प्राणियों का

पालन करते थे। मुझे उन पर घृणा के बदले श्रद्धा होती थी।

२

एक दिन कजाकी को डाक का थैला ले कर आने में देर हो गयी। सूर्यास्त हो गया और वह दिखलायी न दिया। मैं खोया हुआ–सा सड़क पर दूर तक आँखें फाड़–फाड़ कर देखता था; पर वह परिचित रेखा न दिखलायी पड़ती थी। कान लगा कर सुनता था; 'झुन–झुन' की वह आमोदमय ध्वनि न सुनायी देती थी। प्रकाश के साथ मेरी आशा भी मलिन होती जाती थी। उधर से किसी को आते देखता, तो पूछता–कजाकी आता है? पर या तो कोई सुनता ही न था, या केवल सिर हिला देता था।

सहसा 'झुन–झुन' की आवाज कानों में आयी। मुझे अँधेरे में चारों ओर भूत ही दिखलायी देते थे। यहाँ तक कि माता जी के कमरे में ताक पर रखी हुई मिठाई भी अँधेरा हो जाने के बाद, मेरे लिए त्याज्य हो जाती थी; लेकिन वह आवाज सुनते ही मैं उसकी तरफ जोर से दौड़ा। हाँ, कजाकी ही था। उसे देखते ही मेरी विकलता क्रोध में बदल गयी। मैं उसे मारने लगा, फिर रूठ करके अलग खड़ा हो गया।

कजाकी ने हँस कर कहा–मारोगे, तो मैं एक चीज लाया हूँ, वह न दूँगा।

मैंने साहस करके कहा–जाओ मत देना, मैं लूंगा ही नहीं।

कजाकी–अभी दिखा दूँ, तो दौड़ कर गोद में उठा लोगे।

मैंने पिघल कर कहा–अच्छा, दिखा दो।

कजाकी–तो आकर मेरे कंधे पर बैठ जाओ, भाग चलूँ। आज बहुत देर हो गयी है। बाबू जी बिगड़ रहे होंगे।

मैंने अकड़ कर कहा–पहिले दिखा दो।

मेरी विजय हुई। अगर कजाकी को देर का डर न होता और वह एक मिनट भी और रुक सकता, तो शायद पाँसा पलट जाता। उसने कोई चीज दिखलायी, जिसे वह एक हाथ से छाती से चिपटाये हुए था, लम्बा मुँह था, और दो आँखें चमक रही थीं।

मैंने उसे दौड़ कर कजाकी की गोद से ले लिया। यह हिरन का बच्चा था। आह! मेरी उस खुशी का कौन अनुमान करेगा? तब से कठिन परीक्षाएँ पास कीं, अच्छा पद भी पाया, रायबहादुर भी हुआ; पर वह खुशी फिर न हासिल हुई। मैं उसे गोद में लिये, उसके कोमल स्पर्श का आनंद उठाता घर की ओर दौड़ा। कजाकी को आने में क्यों इतनी देर हुई इसका ख्याल ही न रहा।

मैंने पूछा–यहाँ कहाँ मिला कजाकी ?

कजाकी–भैया, यहाँ से थोड़ी दूर पर एक छोटा–सा जंगल है। उसमें बहुत–से हिरन हैं। मेरा बहुत जी चाहता था कि कोई बच्चा मिल जाय, तो तुम्हें दूँ। आज यह बच्चा हिरनों के झुंड के साथ दिखलायी दिया। मैं झुंड की ओर दौड़ा तो सब के सब भागे। यह बच्चा भी भागा। लेकिन मैंने पीछा न छोड़ा। और हिरन तो बहुत दूर निकल गये, यही पीछे रह गया। मैंने इसे पकड़ लिया। इसी से इतनी देर हुई।

यों बात करते हम दोनों डाकखाने पहुँचे। बाबू जी ने मुझे न देखा, हिरन के बच्चे को भी न देखा, कजाकी ही पर उनकी निगाह पड़ी। बिगड़ कर बोले–आज इतनी देर कहाँ लगाई? अब थैला लेकर आया है, उसे लेकर क्या करूँ? डाक तो चली गयी। बता, तूने इतनी देर कहाँ लगाई ?

कजाकी के मुँह से आवाज न निकली।

बाबूजी ने कहा–तुझे शायद अब नौकरी नहीं करनी है। नीच है न, पेट भरा तो मोटा हो गया! जब भूखों मरने लगेगा, तो आँखें खुलेंगी।

कजाकी चुपचाप खड़ा रहा।

बाबूजी का क्रोध और बढ़ा। बोले–अच्छा, थैला रख दे और अपने घर की राह ले। सूअर, अब डाक लेकर आया है। तेरा क्या बिगड़ेगा, जहाँ चाहेगा, मजूरी कर लेगा। माथे तो मेरे आयगी, जवाब तो मुझसे तलब होगा। कजाकी ने रुआँसे हो कर कहा–सरकार, अब कभी देर न होगी।

बाबू जी–आज क्यों देर की, इसका जवाब दे ?

कजाकी के पास इसका कोई जवाब न था। आश्चर्य तो यह था कि मेरी भी जबान बंद हो गयी। बाबूजी बड़े गुस्सेवर थे। उन्हें काम करना पड़ता था, इसी से बात–बात पर झुंझला पड़ते थे। मैं तो उनके सामने कभी जाता ही न था। वह भी मुझे कभी प्यार न करते थे। घर में केवल दो बार घंटे–घंटे भर के लिए भोजन करने आते थे, बाकी सारे दिन दफ्तर में लिखा करते थे। उन्होंने बार–बार एक सहकारी के लिए अफसरों से विनय की थी। पर इसका कुछ असर न हुआ था। यहाँ तक कि तातील के दिन भी बाबू जी दफ्तर ही में रहते थे। केवल माता जी उनका क्रोध शांत करना जानती थीं। पर वह दफ्तर में कैसे आतीं। बेचारा कजाकी उसी वक्त मेरे देखते–देखते निकाल दिया गया। उसका बल्लम, चपरास और साफा छीन लिया गया और उसे डाकखाने से निकल जाने का नादिरी हुक्म सुना दिया। आह! उस वक्त मेरा ऐसा जी चाहता था कि मेरे पास सोने की लंका होती, तो कजाकी को दे देता और बाबूजी को दिखा देता कि आपके निकाल देने से कजाकी का बाल भी बाँका नहीं हुआ। किसी योद्धा को अपनी तलवार पर जितना घमंड

होता है उतना ही घंमड कजाकी को अपनी चपरास पर था। जब वह चपरास खोलने लगा, तो उसके हाथ काँप रहे थे और आँखों से आँसू बह रहे थे। और इस सारे उपद्रव की जड़ वह कोमल वस्तु थी, जो मेरी गोद में मुँह छिपाये ऐसे चैन से बैठी हुई थी मानो माता की गोद में हो। जब कजाकी चला तो मैं धीरे-धीरे उसके पीछे-पीछे चला। मेरे घर के द्वार पर आकर कजाकी ने कहा-भैया, अब घर जाओ। साँझ हो गयी।

मैं चुपचाप खड़ा अपने आँसुओं के वेग को सारी शक्ति से दबा रहा था। कजाकी फिर बोला-भैया, मैं कहीं बाहर थोड़े ही चला जाऊँगा, फिर आऊँगा और तुम्हें कंधे पर बैठा कर कुदाऊँगा, बाबूजी ने नौकरी ले ली है तो क्या इतना भी न करने देंगे! तुमको छोड़ कर मैं कहीं न जाऊँगा, भैया! जाकर अम्मा से कह दो, कजाकी जाता है। उसका कहा-सुना माफ करें।

मैं दौड़ा हुआ घर गया, लेकिन अम्मा जी से कुछ कहने के बदले बिलख-बिलख कर रोने लगा। अम्मा जी रसोई के बाहर निकल कर पूछने लगीं-क्या हुआ बेटा? किसने मारा! बाबू जी ने कुछ कहा है? अच्छा; रह तो जाओ, आज घर आते हैं, पूछती हूँ। जब देखो, मेरे लड़के को मारा करते हैं। चुप रहो बेटा, अब तुम उनके पास कभी मत जाना।

मैंने बड़ी मुश्किल से आवाज सँभाल कर कहा-कजाकी . . .

अम्माँ ने समझा, कजाकी ने मारा है; बोलीं-अच्छा आने दो कजाकी को देखो, खड़े-खड़े निकलवा देती हूँ। हरकारा होकर मेरे राजा बेटा को मारे! आज ही तो साफा, बल्लम, सब छिनवाये लेती हूँ। वाह !

मैंने जल्दी से कहा-नहीं, कजाकी ने नहीं मारा। बाबू जी ने उसे निकाल दिया है। उसका साफा, बल्लम छीन लिया, चपरास भी ले ली।

अम्मा-यह तुम्हारे बाबू जी ने बहुत बुरा किया। वह बेचारा अपने काम में इतना चौकस रहता है। फिर उसे क्यों निकाला ?

मैंने कहा-आज उसे देर हो गई थी।

यह कह कर मैंने हिरन के बच्चे को गोद से उतार दिया। घर में उसके भाग जाने का भय न था। अब तक अम्मा जी की निगाह भी उस पर न पड़ी थी। उसे फुदकते देख कर वह सहसा चौंक पड़ीं और लपक कर मेरा हाथ पकड़ लिया कि कहीं यह भयंकर जीव मुझे काट न खाय! मैं कहाँ तो फूट-फूट कर रो रहा था और कहाँ अम्मा की घबराहट देख कर खिलखिला कर हँस पड़ा।

अम्मा-अरे, यह तो हिरन का बच्चा है ! कहाँ मिला ?

मैंने हिरन के बच्चे का इतिहास और उसका भीषण परिणाम आदि से अन्त तक

कह सुनाया–अम्मा, यह इतना तेज भागता था कि कोई दूसरा होता, तो पकड़ ही न सकता। सन्–सन् हवा की तरह उड़ता चला जाता था। कजाकी पाँच–छ: घंटे तके इसके पीछे दौड़ता रहा, तब कहीं जाकर बचा मिले। अम्मा जी, कजाकी की तरह कोई दुनिया भर में नहीं दौड़ सकता, इसी से तो देर हो गई। इसलिए बाबू जी ने बेचारे को निकाल दिया–चपरास, साफा, बल्लम, सब छीन लिया। अब बेचारा क्या करेगा ? भूखों मर जायगा।

अम्मा ने पूछा–कहाँ है कजाकी, जरा उसे बुला तो लाओ।

मैंने कहा–बाहर तो खड़ा है। कहता था, अम्मा जी से मेरा कहा–सुना माफ करवा देना।

अब तक अम्मा जी मेरे वृत्तांत को दिल्लगी समझ रही थीं। शायद वह समझती थीं कि बाबू जी ने कजाकी को डाँटा होगा। लेकिन मेरा अन्तिम वाक्य सुनकर संशय हुआ कि सचमुच तो कजाकी बरखास्त नहीं कर दिया गया। बाहर आकर 'कजाकी ! कजाकी' पुकारने लगीं, पर कजाकी का कहीं पता न था। मैंने बार–बार पुकारा। लेकिन कजाकी वहाँ न था।

खाना तो मैंने खा लिया–बच्चे शोक में खाना नहीं छोड़ते, खास कर जब रबड़ी भी सामने हो। मगर बड़ी रात तक पड़े–पड़े सोचता रहा–मेरे पास रुपये होते, तो एक लाख रुपए कजाकी को दे देता और कहता–बाबू जी से कभी मत बोलना। बेचारा भूखों मर जाएगा! देखूँ, कल आता है कि नहीं। अब क्या करेगा आकर? मगर आने को तो कह गया है। मैं कल उसे अपने साथ खाना खिलाऊँगा।

यही हवाई किले बनाते–बनाते मुझे नींद आ गयी।

३

दूसरे दिन मैं दिन भर अपने हिरन के बच्चे की सेवा–सत्कार में व्यस्त रहा। पहर पहले उसका नामकरण संस्कार हुआ। 'मुन्नू' नाम रखा गया। फिर मैंने उसका सब हमजोलियों और सहपाठियों से परिचय कराया। दिन ही भर में वह मुझसे इतना हिल गया कि मेरे पीछे–पीछे दौड़ने लगा। इतनी ही देर में मैंने उसे अपने जीवन में एक महत्त्वपूर्ण स्थान दे दिया। अपने भविष्य में बनने वाले विशाल भवन में उसके लिए अलग कमरा बनाने का भी निश्चय कर लिया; चारपाई, सैर करने की फिटन आदि की भी आयोजना कर ली।

लेकिन संध्या होते ही मैं सब कुछ छोड़–छाड़ कर सड़क पर जा खड़ा हुआ और कजाकी की बाट जोहने लगा। जानता था कि कजाकी निकाल दिया गया है,

अब उसे यहाँ आने की कोई जरूरत नहीं रही। फिर न जाने मुझे क्यों यह आशा हो रही थी कि वह आ रहा है। एकाएक मुझे ख्याल आया कि कजाकी भूखों मर रहा होगा। मैं तुरन्त घर आया। अम्मा दिया–बत्ती कर रही थीं। मैंने चुपके से एक टोकरी में आटा निकाला। आटा हाथों में लपेटे, टोकरी से गिरते आटे की एक लकीर बनाता हुआ भागा। जाकर सड़क पर खड़ा हुआ ही था कि कजाकी सामने से आता दिखलाई दिया। उसके पास बल्लम भी था, कमर में चपरास भी थी, सिर पर साफा भी बँधा हुआ था। बल्लभ में डाक का थैला भी बँधा हुआ था। मैं दौड़कर उसकी कमर से चिपट गया और विस्मित होकर बोला–तुम्हें चपरास और बल्लम कहाँ से मिल गया, कजाकी ?

कजाकी ने मुझे उठाकर कंधे पर बैठालते हुए कहा–वह चपरास किस काम की थी, भैया ? वह तो गुलामी की चपरास थी, यह पुरानी खुशी की चपरास है। पहले सरकार का नौकर था, अब तुम्हारा नौकर हूँ।

यह कहते–कहते उसकी निगाह टोकरी पर पड़ी, जो वहीं रखी थी। बोला–यह आटा कैसा है, भैया ?

मैंने सकुचाते हुए कहा–तुम्हारे ही लिए तो लाया हूँ। तुम भूखे होगे, आज क्या खाया होगा ?

कजाकी की आँखें तो मैं न देख सका, उसके कंधे पर बैठा हुआ था। हाँ, उसकी आवाज से मालूम हुआ कि उसका गला भर आया है। बोला–भैया, क्या रूखी ही रोटियाँ खाऊँगा ? दाल, नमक, घी–और तो कुछ नहीं है। मैं अपनी भूल पर बहुत लज्जित हुआ। सच तो है, बेचारा रूखी रोटियाँ खायगा ? लेकिन नमक, दाल, घी कैसे लाऊँ? अब तो अम्मा चौके में होंगी। आटा लेकर तो किसी तरह भाग आया था (अभी तक मुझे न मालूम था कि मेरी चोरी पकड़ ली गई है। आटे की लकीर ने सुराग दे दिया है) अब ये तीन–तीन चीजें कैसे लाऊँगा ? अम्मा से माँगूंगा, तो कभी न देंगी। एक–एक पैसे के लिए तो घंटों रुलाती हैं, इतनी सारी चीजें क्यों देने लगीं? एकाएक मुझे एक बात याद आयी। मैंने अपनी किताबों के बस्तों में कई आने–पैसे रख छोड़े थे। मुझे पैसे जमा करके रखने में बड़ा आनन्द आता था। मालूम नहीं अब वह आदत क्यों बदल गयी। अब भी वही हालत होती तो शायद इतना फाकेमस्त न रहता। बाबू जी मुझे प्यार तो कभी न करते थे। पर पैसे खूब देते थे, शायद अपने काम में व्यस्त रहने के कारण, मुझसे पिंड छुड़ाने के लिए इसी नुस्खे को सब से आसान समझते थे। इनकार करने में मेरे रोने और मचलने का भय था। इस बाधा को वह दूर ही से टाल देते थे। अम्मा जी का स्वभाव इससे ठीक प्रतिकूल था। उन्हें मेरे रोने और मचलने से किसी काम में बाधा पड़ने का

भय न था। आदमी लेटे-लेटे दिन भर रोना सुन सकता है, हिसाब लगाते हुए जोर की आवाज से ध्यान बँट जाता है। अम्मा मुझे प्यार तो बहुत करती थीं, पर पैसे का नाम सुनते ही उनकी त्योरियाँ बदल जाती थीं। मेरे पास किताबें न थीं। हाँ, एक बस्ता था, जिसमें डाकखाने के दो-चार फार्म तह करके पुस्तक रूप में रखे हुए थे। मैंने सोचा- दाल, नमक और घी के लिए क्या उतने पैसे काफी न होंगे? मेरी तो मुट्ठी में नहीं आते। यह निश्चय करके मैंने कहा-अच्छा, मुझे उतार दो तो मैं दाल और नमक ला दूँ, मगर रोज आया करोगे न ?

कजाकी-भैया, खाने को दोगे, तो क्यों न आऊँगा।

मैंने कहा-मैं रोज खाने को दूँगा।

कजाकी बोला-तो मैं रोज आऊँगा।

मैं नीचे उतरा और दौड़ कर सारी पूँजी उठा लाया। कजाकी को रोज बुलाने के लिए उस वक्त मेरे पास कोहनूर हीरा भी होता, तो उसको भेंट करने में मुझे पसोपेश न होता।

कजाकी ने विस्मित हो कर पूछा-ये पैसे कहाँ पाये, भैया ?

मैंने गर्व से कहा-मेरे ही तो हैं।

कजाकी-तुम्हारी अम्मा जी तुमको मारेंगी, कहेंगी; कजाकी ने फुसला कर मँगवा लिये होंगे। भैया, इन पैसों की मिठाई ले लेना और मटके में रख देना। मैं भूखों नहीं मरता। मेरे दो हाथ हैं। मैं भला भूखों मर सकता हूँ ?

मैंने बहुत कहा कि पैसे मेरे हैं, लेकिन कजाकी ने न लिए। उसने बड़ी देर तक इधर-उधर की सैर करायी, गीत सुनाये और मुझे घर पहुँचा कर चला गया। मेरे द्वार पर आटे की टोकरी भी रख दी।

मैंने घर में कदम रखा ही था कि अम्मा जी ने डाँट कर कहा-क्यों रे चोर, तू आटा कहाँ ले गया था ? अब चोरी करना सीखता है ? बता, किसको आटा दे आया, नहीं तो तेरी खाल उधेड़ कर रख दूँगी।

मेरी नानी मर गयी। अम्मा क्रोध में सिंहनी हो जाती थीं। सिटपिटा कर बोला-किसी को तो नहीं दिया।

अम्माँ-तूने आटा नहीं निकाला ? देख, कितना आटा सारे आँगन में बिखरा पड़ा है?

मैं चुप खड़ा था। वह कितना ही धमकाती थी, पुचकारती थी, पर मेरी जबान न खुलती थी। आनेवाली विपत्ति के भय से प्राण सूख रहे थे। यहाँ तक कि यह भी कहने की हिम्मत न पड़ती थी कि बिगड़ती क्यों हो, आटा तो द्वार पर रखा हुआ है, और न उठा कर लात मारते ही बनता था, मानो क्रिया-शक्ति ही लुप्त हो

गई हो, मानो पैरों में हिलने की सामर्थ्य ही नहीं।

सहसा कजाकी ने पुकारा–बहू जी, आटा द्वार पर रखा हुआ है। भैया मुझे देने को ले गये थे।

यह सुनते ही अम्मा द्वार की ओर चली गयीं। कजाकी से वह परदा न करती थीं। उन्होंने कजाकी से कोई बात की या नहीं, यह तो मैं नहीं जानता; लेकिन अम्मा जी खाली टोकरी लिये हुए घर में आयीं। फिर कोठरी में जाकर संदूक से कुछ निकाला और द्वार की ओर गयीं।

मैंने देखा कि उनकी मुट्ठी बंद थी। अब मुझसे वहाँ खड़े न रहा गया।

अम्मा जी के पीछे–पीछे में भी गया। अम्मा ने द्वार पर कई बार पुकारा। मगर कजाकी चला गया था।

मैंने बड़ी धीरता से कहा–मैं जा कर लाऊँ, अम्मा जी ? अम्मा जी ने किवाड़ बंद करते हुए कहा–तुम अँधेरे में कहाँ जाओगे, अभी तो यहीं खड़ा था। मैंने कहा कि यहीं रहना; मैं आती हूँ। तब तक न–जाने कहाँ खिसक गया। बड़ा संकोची है! आटा तो लेता ही न था। मैंने जबरदस्ती उसके अंगौछे में बाँध दिया। मुझे तो बेचारे पर बड़ी दया आती है। न–जाने बेचारे के घर में कुछ खाने को है कि नहीं। रुपये लायी थी कि दे दूँगी। पर न–जाने कहाँ चला गया। अब तो मुझे भी साहस हुआ। मैंने अपनी चोरी की पूरी कथा कह डाली। बच्चों के साथ समझदार बच्चे बन कर माँ–बाप उन पर जितना असर डाल सकते हैं, जितनी शिक्षा दे सकते हैं उतने बूढ़े बन कर नहीं।

अम्मा जी ने कहा–तुमने मुझसे पूछ क्यों न लिया ? क्या मैं कजाकी को थोड़ा–सा आटा न देती ?

मैंने इसका उत्तर न दिया। दिल ने कहा–इस वक्त तुम्हें कजाकी पर दया आ गई है, जो चाहे दे डालो। लेकिन मैं माँगता, तो मारने दौड़तीं। हाँ, यह सोच कर चित्त प्रसन्न हुआ कि अब कजाकी भूखों न मरेगा। अम्मा जी उसे रोज खाने को देंगी और वह रोज मुझे कंधे पर बिठा कर सैर कराएगा।

दूसरे दिन मैं दिन भर मुन्नू के साथ खेलता रहा। शाम को सड़क पर जा कर खड़ा हो गया। मगर अँधेरा हो गया और कजाकी का कहीं पता नहीं। दिये जल गये, रास्ते में सन्नाटा छा गया। पर कजाकी न आया!

मैं रोता हुआ घर आया। अम्मा जी ने पूछा–क्यों रोते हो, बेटा ? क्या कजाकी नहीं आया ?

मैं और जोर से रोने लगा। अम्मा जी ने मुझे छाती से लगा लिया। मुझे ऐसा मालूम हुआ कि उनका भी कंठ गद्गद् हो गया है।

उन्होंने कहा–बेटा, चुप हो जाओ, मैं कल किसी हरकारे को भेज कर कजाकी को बुलाऊँगी।

मैं रोते रोते सो गया। सबेरे ज्यों ही आँखें खुलीं, मैंने अम्मा जी से कहा– कजाकी को बुलवा दो।

अम्मा ने कहा–आदमी गया है, बेटा! कजाकी आता होगा।

खुश हो कर खेलने लगा। मुझे मालूम था कि अम्मा जी जो बात कहती हैं, उसे पूरा जरूर करती हैं। उन्होंने सबेरे ही एक हरकारे को भेज दिया था। दस बजे जब मैं मुन्नू को लिये हुए घर आया, तो मालूम हुआ कि कजाकी अपने घर पर नहीं मिला। वह रात को भी घर न गया था। उसकी स्त्री रो रही थी कि न–जाने कहाँ चले गये। उसे भय था कि वह कहीं भाग गया है।

बालकों का हृदय कितना कोमल होता है, इसका अनुमान दूसरा नहीं कर सकता। उसमें अपने भावों को व्यक्त करने के लिए शब्द नहीं होते। उन्हें यह भी ज्ञात नहीं होता कि कौन–सी बात उन्हें विकल कर रही है, कौन–सा काँटा उनके हृदय में खटक रहा है, क्यों बार–बार उन्हें रोना आता है, क्यों वे मन मारे बैठे रहते हैं, क्यों खेलने में जी नहीं लगता ? मेरी भी यही दशा थी। कभी घर में आता, कभी बाहर जाता, कभी सड़क पर जा पहुँचता। आँख कजाकी को ढूँढ़ रही थीं। वह कहाँ चला गया? कहीं भाग तो नहीं गया ?

तीसरे पहर को मैं खोया हुआ–सा सड़क पर खड़ा था, सहसा मैंने कजाकी को एक गली में देखा। हाँ, कजाकी ही था। मैं उसकी ओर चिल्लाता हुआ दौड़ा। पर गली में उसका पता न था, न–जाने किधर गायब हो गया। मैंने गली के इस सिरे से उस सिरे तक देखा। मगर कहीं कजाकी की गंध तक न मिली।

घर जा कर मैंने अम्मा जी से यह बात कही। मुझे ऐसा जान पड़ा कि वह यह बात सुन कर बहुत चिंतित हो गयीं।

इसके बाद दो–तीन दिन तक कजाकी न दिखायी दिया। मैं भी अब उसे कुछ–कुछ भूलने लगा। बच्चे पहले जितना प्रेम करते हैं, बाद को उतने ही निष्ठुर भी हो जाते हैं। जिस खिलौने पर प्राण देते हैं, उसी को दो–चार दिन के बाद पटक कर फोड़ भी डालते हैं।

दस–बारह दिन और बीत गये। दोपहर का समय था। बाबू जी खाना खा रहे थे। मैं मुन्नू के पैरों में पीनस की पैजनियाँ बाँध रहा था। एक औरत घूँघट निकाले हुए आयी और आँगन में खड़ी हो गयी। उसके कपड़े फटे हुए और मैले थे, पर गोरी, सुन्दर स्त्री थी। उसने मुझसे पूछा–भैया, बहू जी कहाँ है?

मैंने उसके पास जाकर उसका मुँह देखते हुए कहा–तुम कौन हो,क्या बेचती हो?

औरत–कुछ बेचती नहीं हूँ तुम्हारे लिए ये कमलगट्टे लाई हूँ। भैया, तुम्हें तो कमलगट्टे बहुत अच्छे लगते हैं न ?

मैंने उसके हाथ से लटकती हुई पोटली को उत्सुक नेत्रों से देख कर पूछा–कहाँ से लायी हो? देखें।

औरत– तुम्हारे हरकारे ने भेजा है, भैया !

मैंने उछल कर पूछा–कजाकी ने ?

औरत ने सिर हिला कर 'हाँ' कहा और पोटली खोलने लगी। इतने में अम्मा जी भी रसोई से निकल आयी। उसने अम्मा के पैरों का स्पर्श किया। अम्मा ने पूछा–तू कजाकी की घरवाली है ?

औरत ने सिर झुका लिया।

अम्मा–आजकल कजाकी क्या करता है।

औरत ने रो कर कहा–बहू जी, जिस दिन से आपके पास से आटा ले कर गये हैं, उसी दिन से बीमार पड़े हैं। बस भैया–भैया किया करते हैं। भैया ही में उनका मन बसा रहता है। चौंक–चौंक कर भैया–भैया कहते हुए द्वार की ओर दौड़ते हैं। न जाने उन्हें क्या हो गया है, बहू जी ! एक दिन मुझसे कुछ कहा न सुना, घर से चल दिये और एक गली में छिप कर भैया को देखते रहे। जब भैया ने उन्हें देख लिया, तो भागे। तुम्हारे पास आते हुए लजाते हैं।

मैंने कहा–हाँ–हाँ, मैंने उस दिन तुमसे जो कहा था अम्मा जी !

अम्मा–घर में कुछ खाने–पीने को है ?

औरत–हाँ बहू–जी, तुम्हारे आसिरवाद से खाने–पीने का दुःख नहीं है। आज सबेरे उठे और तालाब की ओर चले गये। बहुत कहती रही बाहर मत जाओ, हवा लग जायगी। मगर न माना ! मारे कमजोरी के पैर काँपने लगते हैं, मगर तालाब में घुस कर ये कमलगट्टे तोड़ लाये। तब मुझसे कहा–ले जा, भैया को दे आ। उन्हें कमलगट्टे बहुत अच्छे लगते हैं, कुशल–क्षेम पूछती आना।

मैंने पोटली से कमलगट्टे निकाल लिये थे और मजे से चख रहा था। अम्मा ने बहुत आँखें दिखायीं, मगर यहाँ इतनी सब्र कहाँ !

अम्मा ने कहा–कह देना सब कुशल है।

मैंने कहा–यह भी कह देना कि भैया ने बुलाया है। न जाओगे तो फिर तुमसे कभी न बोलेंगे, हाँ !

बाबू जी खाना खा कर निकल आये थे। तौलिये से हाथ–मुँह पोंछते हुए बोले– और यह भी कह देना कि साहब ने तुम को बहाल कर दिया है। जल्दी जाओ, नहीं तो कोई दूसरा आदमी रख लिया जायगा।

औरत ने अपना कपड़ा उठाया और चली गयी। अम्माँ ने बहुत पुकारा, पर वह न रुकी। शायद अम्मा जी उसे सीधा देना चाहती थीं।

अम्मा ने पूछा–सचमुच बहाल हो गया?

बाबू जी–और क्या झूठे ही बुला रहा हूँ। मैंने तो पाँचवें ही दिन बहाली की रिपोर्ट की थी।

अम्माँ–यह तुमने अच्छा किया।

बाबू जी–उसकी बीमारी की यही दवा है।

४

प्रातःकाल मैं उठा, तो क्या देखता हूँ कि कजाकी लाठी टेकता हुआ चला आ रहा है। वह बहुत दुबला हो गया था, मालूम होता था, बूढ़ा हो गया है। हरा–भरा पेड़ सूख कर ठूँठा हो गया था। मैं उसकी ओर दौड़ा और उसकी कमर से चिपट गया। कजाकी ने मेरे गाल चूमे और मुझे उठा कर कंधे पर बैठालने की चेष्टा करने लगा; पर मैं न उठ सका। तब वह जानवरों की भाँति भूमि पर हाथों और घुटनों के बल खड़ा हो गया। और मैं उसकी पीठ पर सवार होकर डाकखाने की ओर चला। मैं उस वक्त फूला न समाता था और शायद कजाकी मुझसे भी ज्यादा खुश था।

बाबू जी ने कहा–कजाकी, तुम बहाल हो गये। अब कभी देर न करना।

कजाकी रोता हुआ पिता जी के पैरों पर गिर पड़ा; मगर शायद मेरे भाग्य में दोनों सुख भोगना न लिखा था–मुन्नू मिला, तो कजाकी छूटा; कजाकी आया तो मुन्नू हाथ से गया और ऐसा गया कि आज तक उसके जाने का दुःख है। मुन्नू मेरी ही थाली में खाता था। जब तक में खाने न बैठूँ, वह भी कुछ न खाता था। उसे भात से बहुत ही रुचि थी; लेकिन जब तक खूब घी न पड़ा हो, उसे संतोष न होता था। वह मेरे ही साथ सोता था, और मेरे ही साथ उठता भी था। सफाई तो उसे इतनी पसंद थी कि मल–मूत्र त्याग करने के लिए घर से बाहर मैदान में निकल जाता था, कुत्तों को घर में न घुसने देता। कुत्ते को देखते ही थाली से उठ जाता और उसे दौड़ कर घर से बाहर निकाल देता था।

कजाकी को डाकखाने में छोड़ कर जब मैं खाना खाने गया, तो मुन्नू भी आ बैठा। अभी दो–चार ही कौर खाये थे कि एक बड़ा–सा झबरा कुत्ता आँगन में दिखाई दिया। मुन्नू उसे देखते ही दौड़ा। दूसरे घर में जा कर कुत्ता चूहा हो जाता है। झबरा कुत्ता उसे आते देख कर भागा। मुन्नू को अब लौट आना चाहिए था। मगर वह

कुत्ता उसके लिए यमराज का दूत था। मुन्नू को उसे घर से निकाल कर भी संतोष न हुआ। वह उसे घर के बाहर मैदान में भी दौड़ाने लगा। मुन्नू को शायद खयाल न रहा कि यहाँ मेरी अमलदारी नहीं है। वह उस क्षेत्र में पहुँच गया था, जहाँ झबरे का भी उतना ही अधिकार था जितना मुन्नू का। मुन्नू कुत्तों को भगाते-भगाते कदाचित् अपने बाहुबल पर घमंड करने लगा था। वह यह न समझता था कि घर में उसकी पीठ पर घर के स्वामी का भय काम किया करता है। झबरे ने इस मैदान में आते ही उलट कर मुन्नू की गरदन दबा दी। बेचारे मुन्नू के मुँह से आवाज तक न निकली। जब पड़ोसियों ने शोर मचाया तो मैं दौड़ा। देखा, तो मुन्नू मरा पड़ा है और झबरे का कहीं पता नहीं।

• •

आँसुओं की होली

नामों को बिगाड़ने की प्रथा न–जाने कब चली और कहाँ शुरू हुई। इस संसार–व्यापी रोग का पता लगाये तो ऐतिहासिक संसार में अवश्य ही अपना नाम छोड़ जाय। पंडित जी का नाम तो श्री विलास था; पर मित्र लोग सिलबिल कहा करते थे। नामों का असर चरित्र पर कुछ न कुछ पड़ जाता है। बेचारे सिलबिल सचमुच ही सिलबिल थे। दफ्तर जा रहे हैं; मगर पाजामे का इजारबंद नीचे लटक रहा है। सिर पर फेल्ट–कैप है; पर लम्बी–सी चुटिया पीछे झाँक रही है, अचकन बहुत सुन्दर है। न जाने उन्हें त्यौहारों से क्या चिढ़ थी। दिवाली गुजर जाती पर वह भलामानस कौड़ी हाथ में न लेता। और होली का दिन तो उनकी भीषण परीक्षा का दिन था। तीन दिन वह घर से बाहर न निकलते। घर पर ही काले कपड़े पहने बैठे रहते थे। यार लोग टोह में रहते थे कि कहीं बचा फँस जायें मगर घर में घुस कर फौजदारी नहीं की जाती। एक–आध बार फँसे भी, मगर घिघिया–पुदिया कर बेदाग निकल गये।

लेकिन अबकी समस्या बहुत कठिन हो गयी थी। शास्त्रों के अनुसार २५ वर्ष तक ब्रह्मचर्य का पालन करने के बाद उन्होंने विवाह किया था। ब्रह्मचर्य के परिपक्व होने में जो थोड़ी–बहुत कसर रही, वह तीन वर्ष के गौने की मुद्दत ने पूरी कर दी। यद्यपि स्त्री से उन्हें कोई शंका न थी, तथापि वह औरतों को सिर चढ़ाने के हामी न थे। इस मामले में उन्हें अपना वही पुराना–धुराना ढंग पसन्द था। बीवी को जब कस कर डाँट दिया, तो उसकी मजाल है कि रंग हाथ से छुए। विपत्ति यह थी कि ससुराल के लोग भी होली मनाने आनेवाले थे पुरानी मसल है 'बहन अंदर तो भाई सिकन्दर'। इन सिकंदरों के आक्रमण से बचने को उन्हें कोई उपाय न सूझा था। मित्र लोग घर में न जा सकते थे; लेकिन सिकंदरों को कौन रोक सकता है।

स्त्री ने आँख फाड़ कर कहा–अरे भैया! क्या सचमुच रंग न घर लाओगे ? यह कैसी होली है, बाबा ?

सिलबिल ने त्योरियाँ चढ़ा कर कहा–बस, मैंने एक बार कह दिया और बात

दोहराना मुझे पसंद नहीं। घर में रंग नहीं आयेगा और न कोई छुएगा ? मुझे कपड़ों पर लाल छोटे देख कर मचली आने लगती है। हमारे घर में ऐसी ही होली होती है।

स्त्री ने सिर झुका कर कहा–तो न लाना रंग–संग, मुझे रंग ले कर क्या करना है। जब तुम्हीं रंग न छुओगे, तो मैं कैसे छू सकती हूँ। सिलबिल ने प्रसन्न हो कर कहा–निस्संदेह यही साध्वी स्त्री का धर्म है।

'लेकिन भैया तो आने वाले हैं। वह क्यों मानेंगे?'

'उनके लिए भी मैंने एक उपाय सोच लिया है। उसे सफल बनाना तुम्हारा काम है। मैं बीमार बन जाऊँगा। एक चादर ओढ़ कर लेट रहूँगा। तुम कहना इन्हें ज्वर आ गया। बस; चलो छुट्टी हुई।'

स्त्री ने आँख नचा कर कहा–ऐ नौज; कैसी बात मुँह से निकालते हो ! ज्वर आय मुद्दई के घर, यहाँ आये तो मुँह झुलस दूं निगोड़े का।

'तो फिर दूसरा उपाय ही क्या है?'

'तुम ऊपर वाली छोटी कोठरी में छिप रहना, मैं कह दूँगी, उन्होंने जुलाब लिया है। बाहर निकलेंगे तो हवा लग जायगी।'

पंडित जी खिल उठे–बस, बस यही सबसे अच्छा।

२

होली का दिन है। बाहर हाहाकार मचा हुआ है। पुराने जमाने में अबीर और गुलाल के सिवा और कोई रंग न खेला जाता था। अब नीले, हरे, काले सभी रंगों का मेल हो गया है और इस संगठन से बचना आदमी के लिए तो संभव नहीं। हाँ, देवता बचें। सिलबिल के दोनों साले मुहल्ले भर के मर्दों, औरतों, बच्चों और बूढ़ों का निशाना बने हुए थे। बाहर के दिवानखाने के फर्श, दीवारें–यहाँ तक कि तसवीरें भी रंग उठी थीं। परनाला तक रंगीन हो गया था।

बड़े साले ने पूछा–क्यों री चम्पा, क्या सचमुच उनकी तबीयत अच्छी नहीं ? खाना खाने भी न आये ?

चम्पा ने सिर झुका कर कहा–हाँ भैया, रात ही में पेट में कुछ दर्द होने लगा। डाक्टर ने हवा में निकलने को मना कर दिया है।

जरा देर बाद छोटे साले ने कहा–क्यों जीजी जी, क्या भाई साहब नीचे नहीं आयेंगे ? ऐसी भी क्या बीमारी है! कहो तो ऊपर जा कर देख आऊँ।

चम्पा ने उसका हाथ पकड़ कर कहा–नहीं–नहीं, ऊपर मत जैयो! वह रंग–बंग

न खेलेंगे। डाक्टर ने हवा में निकलने को मना कर दिया है।

दोनों भाई हाथ मल कर रह गये।

सहसा छोटे भाई को एक बात सूझी–जीजा जी के कपड़ों के साथ क्यों न होली खेलें। वे तो बीमार नहीं हैं।

बड़े भाई के मन में यह बात बैठ गयी। बहन बेचारी अब क्या करती? सिकंदरों ने कुजियाँ उसके हाथ से लीं और सिलबिल के सारे कपड़े निकाल–निकाल कर रंग डाले। रूमाल तक न छोड़ा। जब चम्पा ने उन कपड़ों को आँगन में अलगनी पर सूखने को डाल दिया तो ऐसा जान पड़ा, मानों किसी रंगरेज ने ब्याह के जोड़े रंगे हों। सिलबिल ऊपर बैठे–बेठे यह तमाशा देख रहे थे; पर जबान न खोलते थे। छाती पर साँप–सा लोट रहा था। सारे कपड़े खराब हो गये, दफ्तर जाने को भी कुछ न बचा। इन दुष्टों को मेरे कपड़ों से न जाने क्या बैर था।

घर में नाना प्रकार के स्वादिष्ट व्यंजन बन रहे थे। मुहल्ले की एक ब्राह्मणी के साथ चम्पा भी जुटी हुई थी। दोनों भाई और कई अन्य सज्जन आँगन में भोजन करने बैठे; तो बड़े साले ने चम्पा से पूछा–कुछ उनके लिए भी खिचड़ी–विचड़ी बनायी है? पूरियाँ तो बेचारे आज खा न सकेंगे!

चम्पा ने कहा–अभी तो नहीं बनायी, अब बना लूँगी।

'वाह री तेरी अकल! अभी तक तुझे इतनी फिक्र नहीं कि वह बेचारे खायेंगे क्या। तू तो इतनी लापरवाह कभी न थी। जा निकाल ला जल्दी से चावल और मूँग की दाल।'

लीजिए–खिचड़ी पकने लगी। इधर मित्रों ने भोजन करना शुरू किया। सिलबिल ऊपर बैठे अपनी किस्मत को रो रहे थे। उन्हें इस सारी विपत्ति का एक ही कारण मालूम होता था–विवाह! चम्पा न आती, तो ये साले क्यों आते, कपड़े क्यों खराब होते, होली के दिन मूँग की खिचड़ी क्यों खाने को मिलती? मगर अब पछताने से क्या होता है। जितनी देर में लोगों ने भोजन किया उतनी देर में खिचड़ी तैयार हो गयी। बड़े साले ने खुद चम्पा को ऊपर भेजा कि खिचड़ी की थाली ऊपर दे आये।

सिलबिल ने थाली की ओर कुपित नेत्रों से देखकर कहा–इसे मेरे सामने से हटा ले जाव।

'क्या आज उपवास ही करोगे?'

'तुम्हारी यही इच्छा है, तो यही सही।'

मैंने क्या किया। सबेरे से जुती हुई हूँ। भैया ने खुद खिचड़ी डलवायी और मुझे यहाँ भेजा।

'हाँ, वह तो मैं देख रहा हूँ कि मैं घर का स्वामी नहीं। सिकंदरों ने उस पर कब्जा जमा लिया है, मगर मैं यह नहीं मान सकता कि तुम चाहतीं तो और लोगों के पहले ही मेरे पास थाली न पहुँच जाती। मैं इसे पतिव्रत धर्म के विरुद्ध समझता हूँ! और क्या कहूँ!'

'तुम तो देख रहे थे कि दोनों जने मेरे सिर पर सवार थे।'

'अच्छी दिल्लगी है कि और लोग तो समोसे और खस्ते उड़ायें और मुझे मूँग की खिचड़ी दी जाय। वाह रे नसीब !'

'तुम इसे दो–चार कौर खा लो, मुझे ज्यों ही अवसर मिलेगा, दूसरी थाली लाऊँगी।

'सारे कपड़े रँगवा डाले, दफ्तर कैसे जाऊँगा ? यह दिल्लगी मुझे जरा भी नहीं भाती।मैं इसे बदमाशी कहता हूँ। तुमने संदूक की कुंजी क्यों दे दी ? क्या मैं इतना पूछ सकता हूँ ?

'जबरदसती छीन ली। तुमने सुना नहीं ? करती क्या ?'

'अच्छा जो हुआ, सो हुआ यह थाली ले जाव। धर्म समझना तो दूसरी थाली लाना, नहीं तो आज व्रत ही सही।'

एकाएक पैरों की आहट पा कर सिलबिल ने सामने देखा, तो दोनों साले आ रहे हैं। उन्हें देखते ही बिचारे ने मुँह बना लिया, चादर से शरीर ढँक लिया और कराहने लगे।

बड़े साले ने कहा–कहिए, कैसी तबियत है ? थोड़ी–सी खिचड़ी खा लीजिए।

सिलबिल ने मुँह बनाकर कहा–अभी तो कुछ खाने की इच्छा नहीं है।

'नहीं, उपवास करना तो हानिकर होगा। खिचड़ी खा लीजिए।'

बेचारे सिलबिल ने मन में इन दोनों शैतानों को खूब कोसा और विष की भाँति खिचड़ी कंठ के नीचे उतारी। आज होली के दिन खिचड़ी ही भाग्य में लिखी थी! जब तक सारी खिचड़ी समाप्त न हो गई, दोनों वहाँ डटे रहे, मानो जेल के अधिकारी किसी अनशन व्रतधारी कैदी को भोजन करा रहे हों। बेचारे को ठूँस–ठूँस कर खिचड़ी खानी पड़ी। पकवानों के लिए गुंजायश ही न रही।

३

दस बजे रात को चम्पा उत्तम पदार्थों का थाल लिए पतिदेव के पास पहुँची! महाशय मन ही मन झुँझला रहे थे। भाइयों के सामने मेरी परवाह कौन करता हैं। न जाने कहाँ से दोनों शैतान फट पड़े। दिन भर उपवास कराया और अभी तक भोजन का कहीं पता नहीं। बारे चम्पा को थाल लाते देखकर कुछ अग्नि शान्त हुई।

बोले–अभी तो बहुत सबेरा है, एक–दो घंटे बाद क्यों न आयीं ?

चम्पा ने सामने थाली रख कर कहा–तुम तो न हारी ही मानते हो, न जीती। अब आखिर ये दो मेहमान आये हुए हैं, इनका सेवा–सत्कार न करूँ तो भी तो काम नहीं चलता। तुम्हीं को बुरा लगेगा। कौन रोज आयेंगे।

'ईश्वर न करे कि रोज आयें, यहाँ तो एक ही दिन में बधिया बैठ गई।'

थाल की सुगंधमय, तरबतर चीजें देखकर सहसा पंडित जी के मुखारविंद पर मुस्कान की लाली दौड़ गई। एक–एक चीज खाते थे और चम्पा को सराहते थे–सच कहता हूँ, चम्पा; मैंने ऐसी चीजें कभी नहीं खायी थीं। हलवाई साला क्या बनाएगा। जी चाहता है, कुछ इनाम दूँ। (

'तुम मुझे बना रहे हो। क्या करूँ जैसा बनाना आता है, बना लाई।'

'नहीं जी, सच कह रहा हूँ। मेरी तो आत्मा तक तृप्त हो गई। आज मुझे ज्ञात हुआ कि भोजन का सम्बन्ध उदर से इतना नहीं, जितना आत्मा से है। बतलाओ, क्या इनाम दूँ ?'

'जो मागूँ, वह दोगे ?'

'दुँगा–जनेऊ की कसम खाकर कहता हूँ !'

'न दो तो मेरी बात जाय।'

'कहता हूँ भाई, अब कैसे कहूँ। क्या लिखा–पढ़ी कर दूँ ?'

'अच्छा, तो माँगती हूँ। मुझे अपने साथ होली खेलने दो।'

पंडित जी का रंग उड़ गया। आँखें फाड़कर बोले–होली खेलने दूं ? मैं तो होली खेलता नहीं। कभी नहीं खेला। होली खेलना होता, तो घर में छिप कर क्यों बेठता।

'और के साथ मत खेलो; लेकिन मेरे साथ तो खेलना ही पड़ेगा।'

'यह मेरे नियम के विरुद्ध है। जिस चीज को अपने घर में उचित समझूँ उसे किस न्याय से घर के बाहर अनुचित समझूँ, सोचो।'

चम्पा ने सिर नीचा करके कहा–घर में ऐसी कितनी बातें उचित समझते हो, जो घर के बाहर करना अनुचित ही नहीं पाप भी है।

पंडित जी झेंपते हुए बोले–अच्छा भाई, तुम जीती, मैं हारा। अब मैं तुम से यही दान माँगता हूँ . . .

'पहले मेरा पुरस्कार दे दो, पीछे मुझसे दान माँगना–यह कहते हुए चम्पा ने लोटे का रंग उठा लिया और पंडित जी को सिर से पाँव तक नहला दिया। जब तक वह उठकर भागें उसने मुट्ठी भर गुलाल लेकर सारे मुँह पर पोत दिया।

पंडित जी रोनी सूरत बना कर बोले–अभी और कसर बाकी हो, तो वह भी पूरी

कर लो। मैं जानता था कि तुम मेरी आस्तीन का साँप बनोगी। अब और कुछ रंग बाकी नहीं रहा।

चम्पा ने पति के मुख की ओर देखा, तो उस पर मनोवेदना का गहरा रंग झलक रहा था। पछता कर बोली–क्या तुम सचमुच बुरा मान गए हो ? मैं तो समझती थी कि तुम मुझे चिढ़ा रहे हो।

श्रीविलास ने काँपते हुए स्वर में कहा–नहीं चम्पा, मुझे बुरा नहीं लगा। हाँ, तुमने मुझे उस कर्त्तव्य की याद दिला दी, जो मैं अपनी कायरता के कारण भूला बैठा था। वह सामने जो चित्र देख रही हो, मेरे परम मित्र मनोहरनाथ का है, जो अब संसार में नहीं हैं। तुमसे क्या कहूँ, कितना सरस, कितना भावुक, कितना साहसी आदमी था। देश की दशा देख–देखकर उसका खून जलता रहता था। १९–२० भी कोई उम्र होती है, पर उसी उम्र में अपने जीवन का मार्ग निश्चित कर चुका था। सेवा करने का अवसर पाकर वह इस तरह उसे पकड़ता था, मानो सम्पत्ति हो। जन्म का विरागी था। वासना तो उसे छू ही न गई थी। हमारे और साथी सैर–सपाटे करते थे; पर उसका मार्ग सबसे अलग था। सत्य के लिए प्राण देने को तैयार, कहीं अन्याय देखा और भवें तन गयीं, कहीं पत्रों में अत्याचार की खबर देखी और चेहरा तमतमा उठा। ऐसा तो मैंने आदमी ही नहीं देखा, ईश्वर ने अकाल ही बुला लिया, नहीं तो वह मनुष्यों में रत्न होता। किसी मुसीबत के मारे का उद्धार करने को अपने प्राण हथेली पर लिए फिरता था। स्त्री जाति का इतना आदर और सम्मान कोई क्या करेगा? स्त्री उसके लिए पूजा भक्ति की वस्तु थी। पाँच वर्ष हुए, यही होली का दिन था। मैं भंग के नशे में चूर, रंग में सिर से पाँव तक नहाया हुआ, उसे गाना सुनने के लिए बुलाने गया तो देखा कि वह कपड़े पहने कहीं जाने को तैयार है। पूछा–कहाँ जा रहे हो ?

उसने मेरा हाथ पकड़ कर कहा–तुम अच्छे वक्त पर आ गये, नहीं तो मुझे जाना पड़ता। एक अनाथ बुढ़िया मर गई है, कोई उसे कंधा देने वाला नहीं मिलता। कोई किसी मित्र से मिलने गया हुआ है, कोई नशे में चूर पड़ा हुआ है, कोई मित्र की दावत कर रहा है, कोई महफिल सजाये बैठा है। कोई लाश को उठाने वाला नहीं। ब्राह्मण–क्षत्री उस चमारिन की लाश कैसे छुएँगे, उनका तो धर्म भ्रष्ट होता है, कोई तैयार नहीं होता ! बड़ी मुश्किल से दो कहार मिले हैं। एक मैं हूँ, चौथे आदमी की कमी थी, सो ईश्वर ने तुम्हें भेज दिया। चलो, चलें।

हाय ! अगर मैं जानता कि यह प्यारे मनोहर का आदेश है, तो आज मेरी आत्मा को इतनी ग्लानि न होती। मेरे घर कई मित्र आये हुए थे। गाना हो रहा था। उस वक्त लाश उठाकर नदी जाना मुझे अप्रिय लगा। बोला–इस वक्त तो भाई, मैं जा

नहीं सकूँगा। घर पर मेहमान बैठे हुए हैं। मैं तुम्हें बुलाने आया था।

मनोहर ने मेरी ओर तिरस्कार के नेत्रों से देख कर कहा–अच्छी बात है, तुम जाओ; मैं और कोई साथी खोज लूँगा। मगर तुमसे मुझे ऐसी आशा नहीं थी। तुमने भी वही कहा, जो तुमसे पहले औरों ने कहा था। कोई नई बात नहीं थी। अगर हम लोग अपने कर्तव्य को भूल न गए होते, तो आज यह दशा ही क्यों होती ? ऐसी होली को धिक्कार है ! त्योहार, तमाशा देखने, अच्छी–अच्छी चीजें खाने और अच्छे–अच्छे कपड़े पहनने का नाम नहीं है। व्रत है, तप है, अपने भाइयों से प्रेम और सहानुभूति करना ही त्योहार का खास मतलब है और कपड़े लाल करने के पहले खून को लाल कर लो। सफेद खून पर यह लाली शोभा नहीं देती।

यह कह कर वह चला गया। मुझे उस वक्त यह फटकारें बहुत बुरी मालूम हुईं। अगर मुझमें वह सेवा–भाव न था, तो उसे मुझे यों धिक्कारने का कोई अधिकार न था। घर चला आया; पर वे बातें बराबर मेरे कानों में गूँजती रहीं। होली का सारा मजा बिगड़ गया।

एक महीने तक हम दोनों से मुलाकात न हुई। कालेज इम्तहान की तैयारी के लिए बन्द हो गया था। इसलिए, कालेज में भी भेंट न होती थी। मुझे कुछ खबर नहीं, वह कब और कैसे बीमार पड़ा, कब अपने घर गया। सहसा एक दिन मुझे उसका एक पत्र मिला। हाय ! उस पत्र को पढ़कर आज भी छाती फटने लगती है।

श्रीविलास एक क्षण तक तथा रुक जाने के कारण बोल न सके। फिर बोले– किसी दिन तुम्हें फिर दिखाऊँगा। लिखा था, मुझसे आखिरी बार मिल जा, अब शायद इस जीवन में भेंट न हो। खत मेरे हाथ से छूट कर गिर पड़ा। उसका घर मेरठ जिले में था। दूसरी गाड़ी जाने में आधा घंटे की कसर थी। तुरन्त चल पड़ा। मगर उसके दर्शन न बदे थे। मेरे पहुँचने के पहले ही वह सिधार चुका था। चम्पा, उसके बाद मैंने होली नहीं खेली, होली ही नहीं, और सभी त्योहार छोड़ दिए। ईश्वर ने शायद मुझे क्रिया की शक्ति नहीं दी। अब बहुत चाहता हूँ कि कोई मुझसे सेवा का काम ले। खुद आगे नहीं बढ़ सकता; लेकिन पीछे चलने को तैयार हूँ। पर मुझसे कोई काम लेने वाला भी नहीं; लेकिन आज वह रंग डाल कर तुमने मुझे उस धिक्कार की याद दिला दी। ईश्वर मुझे ऐसी शक्ति दे कि मैं मन में ही नहीं, कर्म में भी मनहरनाथ बनूँ।

यह कहते हुए श्रीविलास ने तश्तरी से गुलाल निकाला और उसे चित्र पर छिड़क कर प्रणाम किया।

• •

अग्नि–समाधि

साधु–सन्तों के सत्संग से बुरे भी अच्छे हो जाते हैं, किन्तु पयाग का दुर्भाग्य था कि उस पर सत्संग का उल्टा ही असर हुआ। उसे गाँजे, चरस और भंग का चस्का पड़ गया, जिसका फल यह हुआ कि एक मेहनती, उद्यमशील युवक आलस्य का उपासक बन बैठा। जीवन–संग्राम में यह आनन्द कहाँ ! किसी वट–वृक्ष के नीचे धूनी जल रही है, एक जटाधारी विराज रहे हैं, भक्तजन उन्हें घेरे बैठे हुए हैं, और तिल–तिल पर चरस के दम लग रहे हैं। बीच–बीच में भजन पयाग का काम था। भक्तों को परलोक में युण्य–फल की आशा थी, पयाग को तत्काल फल मिलता था–चिलमों पर पहला हक उसी का होता था। महात्माओं के श्रीममुख से भगवत् चर्चा सुनते हुए वह आनन्द से विहल हो उठता था, उस पर आत्मविस्मृति–सी छा जाती थी। वह सौरभ, संगीत और प्रकाश से भरे हुए एक दूसरे ही संसार में पहुँच जाता था। इसलिए जब उसकी स्त्री रुक्मिन रात के दस–ग्यारह बज जाने पर उसे बुलाने आती, तो पयाग को प्रत्यक्ष का क्रूर अनुभव होता, संसार उसे काँटों मे भरा हुआ जंगल–सा दीखता, विशेषत: जब घर आने पर उसे मालूम होता कि अभी चूल्हा नहीं जला और चने–चबैने की कुछ फिक्र करनी है। वह जाति का भर था, गाँव की चौकौदारी उसकी मीरास थी, दो रुपये और कुछ आने वेतन मिलता था। वरदी और साफा मुफ्त। काम था सप्ताह में एक दिन थाने जाना, वहाँ अफसरों के द्वार पर झाड़ू लगाना, अस्तबल साफ करना, लकड़ी चीरना। पयाग रक्त के घूँट पी–पी कर ये काम करता, क्योंकि अवज्ञा शारीरिक और आर्थिक दोनों ही दृष्टि से मँहगी पड़ती थी। आँसू यों पुंछते थे कि चौकीदारी में यदि कोई काम था, तो इतना ही, और महीने में चार दिन के लिए दो रुपये और कुछ आने कम न थे। फिर गाँव में भी अगर बड़े आदमियों पर नहीं, तो नीचों पर रोब था। वेतन पेंशन थी और जब से महात्माओं का सम्पर्क हुआ, वह पयाग के जेब–खर्च की मद में आ गई। अतएव जीविका का प्रश्न दिनोंदिन चिन्तोत्पादक रूप धारण करने लगा। इन सत्संगों के पहले यह दम्पति गाँव में मजदूरी करता था। रुक्मिन लकड़ियाँ तोड़ कर बाजार ले

जाती, पयाग कभी आरा चलाता, कभी हल जोतता, कभी पुर हाँकता। जो काम सामने आ जाय, उसमें जुट जाता था। हँसमुख, श्रमशील, विनोदी, निर्द्वंद्व आदमी था और ऐसा आदमी कभी भूखों नहीं मरता। उस पर नम्र इतना कि किसी काम के लिए 'नहीं' न करता। किसी ने कुछ कहा और वह 'अच्छा भैया' कह कर दौड़ा। इसलिए गाँव में मान था। इसी की बदौलत निरुद्यम होने पर भी दो–तीन साल उसे अधिक कष्ट न हुआ। दोनों जून की तो बात ही क्या, जब महतो को यह ऋद्धि न प्राप्त थी, जिनके द्वार पर बैलों की तीन–तीन जोड़ियाँ बँधती थीं, तो पयाग किस गिनती में था। हाँ, एक जून की दाल–रोटी में सन्देह न था। परन्तु अब यह समस्या दिन पर दिन विषमतर होती जाती थी। उस पर विपत्ति यह थी कि रुक्मिन भी अब किसी कारण से उतनी पतिपरायण, उतनी सेवाशील उतनी तत्पर न थी। नहीं, उसकी प्रगल्भता और वाचालता में आश्चर्यजनक विकास होता जाता था। अतएव पयाग को किसी ऐसी सिद्धि की आवश्यकता थी, जो उसे जीविका की चिन्ता से मुक्त कर दे और वह निश्चिन्त हो कर भगवद्भजन और साधु–सेवा में प्रवृत्त हो जाय।

एक दिन रुक्मिन बाजार में लकड़ियाँ बेच कर लौटी, तो पयाग ने कहा–ला, कुछ पैसे मुझे दे दे, दम लगा आऊँ।

रुक्मिन ने मुँह फेर कर कहा–दम लगाने की ऐसी चाट है, तो काम क्यों नहीं करते ? क्या आज कल कोई बाबा नहीं हैं, जाकर चिलम भरो ?

पयाग ने त्योरी चढ़ाकर कहा–भला चाहती है तो पैसे दे दे; नहीं तो इस तरह तंग करेगी, तो एक दिन कहीं चला जाऊँगा, तब रोएगी।

रुक्मिन अँगूठा दिखाकर बोली–अब भी छाती फाड़ती हूँ, तब भी छाती फाड़ूँगी।

'तो अब यही फैसला है ?'

'हाँ–हाँ, कह तो दिया, मेरे पास पैसे नहीं हैं।'

'गहने बनवाने के लिए पैसे हैं और मैं चार पैसे माँगता हूँ, तो यों जवाब देती है !'

रुक्मिन तिनक कर बोली–गहने बनवाती हूँ, तो तुम्हारी छाती क्यों फटती है ? तुमने तो पीतल का छल्ला भी नहीं बनवाया, या इतना भी नहीं देखा जाता ?

पयाग उस दिन घर न आया। रात के नौ बज गए, तब रुक्मिन ने किवाड़ बन्द कर लिये। समझी, गाँव में कहीं छिपा बैठा होगा। समझता होगा, मुझे मनाने आएगी, मेरी बला जाती है।

जब दूसरे दिन भी पयाग न आया, तो रुक्मिन को चिन्ता हुई। गाँव भर छान गई। चिड़िया किसी अड्डे पर न मिली। उस दिन उसने रसोई नहीं बनाई। रात को लेटी भी तो बहुत देर तक आँखें न लगीं। शंका हो रही थी, पयाग सचमुच तो

विरक्त नहीं हो गया। उसने सोचा, प्रातःकाल पत्ता–पत्ता छान डालूँगी। किसी साधु–सन्त के साथ होगा। जाकर थाने में रपट कर दूँगी।

अभी तड़का ही था कि रुक्मिन थाने में चलने को तैयार हो गई। किवाड़ बन्द करके निकली ही थी कि पयाग आता हुआ दिखाई दिया। पर वह अकेला न था। उसके पीछे–पीछे एक स्त्री भी थी। उसकी छींट की साड़ी, रंगी हुई चादर, लम्बा घूँघट और शर्मीली चाल देख कर रुक्मिन का कलेजा धक्–से हो गया। वह एक क्षण हत्–बुद्धि–सी खड़ी रही, तब बढ़ कर नई सौत को दोनों हाथों के बीच में ले लिया और उसे इस भाँति धीरे–धीरे घर के अन्दर ले चली, जैसे कोई रोगी जीवन से निराश होकर विष–पान कर रहा हो!

जब पड़ोसियों की भीड़ छट गई तो रुक्मिन ने पयाग से पूछा–इसे कहाँ से लाये?

पयाग ने हँसकर कहा–घर से भागी जाती थी, मुझे रास्ते में मिल गई। घर का काम–धंधा करेगी, पड़ी रहेगी।

'मालूम होता है, मुझसे तुम्हारा जी भर गया।'

पयाग ने तिरछी चितवनों से देखकर कहा–दुत् पगली! इसे तेरी सेवा–टहल करने को लाया हूँ।

'नई के आगे पुरानी को कौन पूछता है ?'

'चल, मन जिससे मिले वही नई है, मन जिससे न मिले वही पुरानी है। ला, कुछ पैसा हो तो दे दे, तीन दिन से दम नहीं लगाया, पैर सीधे नहीं पड़ते। हाँ, देख दो–चार दिन इस बेचारी को खिला–पिला दे, फिर हो आप ही काम करने लगेगी।'

रुक्मिन ने पूरा रुपया लाकर पयाग के हाथ में रख दिया। दूसरी बार कहने की जरूरत ही न पड़ी।

२

पयाग में चाहे और कोई गुण हो या न हो, यह मानना पड़ेगा कि वह शासन के मूल सिद्धान्तों से परिचित था। उसने भेद–नीति को अपना लक्ष्य बना लिया था।

एक मास तक किसी प्रकार की विघ्न–बाधा न पड़ी। रुक्मिन अपनी सारी चौकड़ियाँ भूल गई थी। बड़े तड़के उठती, कभी लकड़ियाँ तोड़ कर, कभी चारा काट कर, कभी उपले पाथ कर बाजार ले जाती। वहाँ जो कुछ मिलता, उसका आधा तो पयाग के हत्थे चढ़ा देती। आधे में घर का काम चलता। वह सौत को

कोई काम न करने देती। पड़ोसियों से कहती–बहन, सौत है तो क्या, है तो अभी कल की बहुरिया। दो–चार महीने भी आराम से न रहेगी, तो क्या याद करेगी। मैं तो काम करने को हूँ ही।

गाँव भर में रुक्मिन के शील–स्वभाव का बखान होता था, पर सत्संगी घाघ पयाग सब कुछ समझता था और अपनी नीति की सफलता पर प्रसन्न होता था।

एक दिन बहू ने कहा–दीदी, अब तो घर में बैठे–बैठे जी ऊबता है। मुझे भी कोई काम दिला दो।

रुक्मिन ने स्नेह सिंचित स्वर में कहा–क्या मेरे मुख में कालिख पुतवाने पर लगी हुई है ? भीतर का काम किये जा, बाहर के लिए में हूँ ही।

बहू का नाम कौशल्या था, जो बिगड़ कर सिलिया हो गया था। इस वक्त सिलिया ने कुछ जवाब न दिया। लेकिन वह लौंड़ियों की दशा अब उसके लिए असह्य हो गयी थी। वह दिन भर घर का काम करते–करते मरे, कोई नहीं पूछता। रुक्मिन बाहर से चार पैसे लाती है, तो घर की मालकिन बनी हुई है। अब सिलिया भी मजूरी करेगी और मालकिन का घमण्ड तोड़ देगी। पयाग पैसों का यार है, यह बात उससे अब छिपी न थी। जब रुक्मिन चारा लेकर बाजार चली गई तो उसने घर की टट्टी लगाई और गाँव का रंग–ढंग देखने के लिए निकल पड़ी। गाँव में ब्राह्मण, ठाकुर, कायस्थ, बनिये सभी थे। सिलिया ने शील और संकोच का कुछ ऐसा स्वांग रचा कि सभी स्त्रियाँ उस पर मुग्ध हो गईं। किसी ने चावल दिया, किसी ने दाल, किसी ने कुछ। नई बहू की आवभगत कौन न करता? पहले ही दौरे में सिलिया को मालूम हो गया कि गाँव में पिसनहारी का स्थान खाली है और वह इस कमी को पूरा कर सकती है। वह यहाँ से घर लौटी, तो उसके सिर पर गेहूँ से भरी हुई एक टोकरी थी।

पयाग ने पहर रात ही से चक्की की आवाज सुनी, तो रुक्मिन से बोला–आज तो सिलिया अभी से पीसने लगी।

रुक्मिन बाजार से आटा लाई थी। अनाज और आटे के भाव में विशेष अन्तर न था। उसे आश्चर्य हुआ कि सिलिया इतने सबेरे क्या पीस रही है। उठकर कोठरी में आई, तो देखा कि सिलिया अँधेरे में बैठी कुछ पीस रही है। उसने जाकर उसका हाथ पकड़ लिया और टोकरी को उठाकर बोली–तुझसे किसने पीसने को कहा है? किसका अनाज पीस रही है?

सिलिया ने निशंक होकर कहा–तुम जाकर आराम से सोती क्यों नहीं। मैं पीसती हूँ, तो तुम्हारा क्या बिगड़ता है ! चक्की की घुमर–घुमर भी नहीं सही जाती? लाओ, टोकरी दे दो, बैठे–बैठे कब तक खाऊँगी, दो महीने तो हो गए।

'मैंने तो तुझसे कुछ नहीं कहा!'

'तुम कहो, चाहे न कहो; अपना धरम भी तो कुछ है।'

'तू अभी यहाँ के आदमियों को नहीं जानती। आटा तो पिसाते सबको अच्छा लगता है। पैसे देते रोते हैं। किसका है गेहूँ? मैं सबेरे उसके सिर पर पटक आऊँगी।'

सिलिया ने रुक्मिन के हाथ से टोकरी छीन ली और बोली–पैसे क्यों न देंगे? कुछ बेगार करती हूँ?

'तू न मानेगी ?'

'तुम्हारी लौंडी बन कर न रहूँगी।'

यह तकार सुनकर पयाग भी आ पहुँचा और रुक्मिन से बोला–काम करती है जो करने क्यों नहीं देती? अब क्या जन्म भर बहुरिया ही बनी रहेगी? हो गए दो महीने।

'तुम क्या जानो नाक तो मेरी कटेगी।'

'सिलिया बोल उठी–तो क्या कोई बैठे खिलाता है? चौका–बर्तन, झाड़–बहारू, रोटी–पानी, पीसना–कूटना, यह कौन करता है? पानी खींचते–खींचते मेरे हाथों में घट्टे पड़ गए। मुझसे अब सारा काम न होगा।

पयाग ने कहा–तो तू ही बाजार जाया कर। घर का काम रहने दे! रुक्मिन कर लेगी। रुक्मिन ने आपत्ति की–ऐसी बात मुँह से निकालते लाज नहीं आती? तीन दिन की बहुरिया बाजार में घूमेगी, तो संसार क्या कहेगा!

सिलिया ने आग्रह करके कहा–संसार क्या कहेगा, क्या कोई ऐब करने जाती हूँ?

सिलिया की डिग्री हो गई। आधिपत्य रुक्मिन के हाथ से निकल गया।

सिलिया की अमलदारी हो गई। जवान औरत थी। गेहूँ पीस कर उठी तो औरों के साथ घास छीलने चली गई, और इतनी घास छीली कि सब दंग रह गई! गद्ठा उठाए न उठता था। जिन पुरुषों को घास छीलने का बड़ा अभ्यास था, उनसे भी उसने बाजी मार ली ! यह गट्ठा बारह आने का बिका। सिलिया ने आटा, चावल, दाल, तेल, नमक, तरकारी, मसाला सब कुछ लिया, और चार आने बचा भी लिए। रुक्मिन ने समझ रखा था कि सिलिया बाजार से दो–चार आने पैसे लेकर लौटेगी तो उसे डाटूंगी और दूसरे दिन से फिर बाजार जाने लगूँगी। फिर मेरा राज्य हो जायगा। पर यह सामान देखे, तो आँखें खुल गईं। पयाग खाने बैठा तो मसालेदार तरकारी का बखान करने लगा। महीनों से ऐसी स्वादिष्ट वस्तु मयस्सर न हुई थी। बहुत प्रसन्न हुआ। भोजन करके वह बाहर जाने लगा, तो सिलिया बरोठे में खड़ी मिल गई। बोला–आज कितने पैसे मिले ?

'बारह आने मिले थे !'

'सब खर्च कर डाले ? कुछ बचे हों तो मुझे दे दे।'

सिलिया ने बचे हुए चार आने पैसे दे दिए। पयाग पैसे खनखनाता हुआ बोला–तूने तो आज मालामाल कर दिया। रुक्मिन तो दो–चार पैसों में ही टाल देती थी।

'मुझे गाड़ कर रखना थोड़े ही है। पैसा खाने–पीने के लिए है कि गाड़ने के लिएं?!

'अब तू ही बाजार जाया कर, रुक्मिन घर का काम करेगी।'

३

रुक्मिन और सिलिया में संग्राम छिड़ गया। सिलिया पयाग पर अपना आधिपत्य जमाए रखने के लिए जान तोड़कर परिश्रम करती। पहर रात ही से उसकी चक्की की आवाज कानों में आने लगती। दिन निकलते ही घास लाने चली जाती और जरा देर सुस्ता कर बाजार की राह लेती। वहाँ से लौट कर भी वह बेकार न बैठती, कभी सन कातती, कभी लकड़ियाँ तोड़ती। रुक्मिन उसके प्रबन्ध में बराबर ऐब निकालती और जब अवसर मिलता तो गोबर बटोर कर उपले पाथती और गाँव में बेचती। पयाग के दोनों हाथों में लड्डू थे। स्त्रियाँ उसे अधिक से अधिक पैसे देने और स्नेह का अधिकांश देकर अपने अधिकार में लाने का प्रयत्न करती रहतीं, पर सिलिया ने कुछ ऐसी दृढ़ता से आसन जमा लिया था कि किसी तरह हिलाये न हिलती थी। यहाँ तक कि एक दिन दोनों प्रतियोगियों में खुल्लम–खुल्ला ठन गई। एक दिन सिलिया घास लेकर लौटी तो पसीने से तर थी। फागुन का महीना था; धूप तेज थी। उसने सोचा, नहाकर तब बाजार जाऊँगी। घास द्वार पर ही रख कर वह तालाब नहाने चली गई। रुक्मिन ने थोड़ी–सी घास निकाल कर पड़ोसिन के घर में छिपा दी और गट्ठे को ढीला करके बराबर कर दिया। सिलिया नहाकर लौटी तो घास कम मालूम हुई। रुक्मिन से पूछा। उसने कहा–मैं नहीं जानती। सिलिया ने गालियाँ देनी शुरू की–जिसने मेरी घास छुई हो, उसकी देह में कीड़े पड़ें, उसके बाप और भाई मर जाएँ, उसकी आँखें फूट जाएँ। रुक्मिन कुछ देर तक तो जब्त किए बैठी रही, आखिर खून में उबाल आ ही गया। झल्लाकर उठी और सिलिया के दो–तीन तमाचे लगा दिये। सिलिया छाती पीट–पीट कर रोने लगी। सारा मुहल्ला जमा हो गया। सिलिया की सुबुद्धि और कार्यशीलता सभी की आँखों में खटकती थी। वह सबसे अधिक घास क्यों छीलती है, सबसे ज्यादा लकड़ियाँ क्यों लाती है, इतने सबेरे क्यों उठती है, इतने पैसे क्यों लाती है, इन कारणों ने उसे पड़ोसियों की

सहानुभूति से वंचित कर दिया था। सब उसी को बुरा–भला कहने लगीं। मुट्ठी भर घास के लिए इतना ऊधम मचा डाला, इतनी घास तो आदमी झाड़कर फेंक देता है। घास न हुई, सोना हुआ। तुझे तो सोचना चाहिए था कि अगर किसी ने ले ही लिया, तो है तो गाँव–घर ही का। बाहर का कोई चोर तो आया नहीं, तूने इतनी गालियाँ दीं, तो किसको दीं ? पड़ोसियों ही को तो ?

संयोग से उस दिन पयाग थाने गया हुआ था। शाम को थका माँदा लौटा तो सिलिया से बोला–ला, कुछ पैसे दे दे, तो दम लगा आऊँ। थककर चूर हो गया हूँ।

सिलिया उसे देखते ही हाय–हाय करके रोने लगी। पयाग ने घबरा कर पूछा–क्या हुआ? क्यों रोती है ? कहीं गमी तो नहीं हो गई ? नैहर से कोई आदमी तो नहीं आया?

"अब इस घर में मेरा रहना न होगा। अपने घर जाऊँ।"

"अरे, कुछ मुँह से तो बोल; हुआ क्या ? गाँव में किसी ने गाली दी है? किसने गाली दी है? घर फूँक दूँ उसका चालान करवा दूँ।"

सिलिया ने रो–रोकर सारी कथा कह सुनाई। पयाग पर आज थाने में खूब मार पड़ी थी। झल्लाया हुआ था। वह कथा सुनी तो देह में आग लग गई। रुक्मिन पानी भरने गई थी। वह अभी घड़ा भी न रखने पाई थी कि पयाग उस पर टूट पड़ा और मारते–मारते बेदम कर दिया। वह मार का जवाब गालियों से देती थी और पयाग हर एक गाली पर और झल्ला–झल्ला कर मारता था। यहाँ तक कि रुक्मिन के घुटने फूट गये, चूड़ियाँ टूट गईं। सिलिया बीच–बीच में कहती जाती थी–वाह रे तेरा दीदा ! वाह रे तेरी जबान ! ऐसी तो औरत ही नहीं देखी। औरत काहे को, डाइन है, जरा भी मुँह में लगाम नहीं ! किन्तु रुक्मिन उसकी बातों को मानो सुनती ही न थी। उसकी सारी शक्ति पयाग को कोसने में लगी हुई थी। पयाग मारते–मारते थक गया, पर रुक्मिन की जबान न थकी। बस, यही रट लगी हुई थी–तू मर जा, तेरी मिट्टी निकले, तुझे भवानी खायें, तुझे मिरगी आए। पयाग रह–रह कर क्रोध से तिलमिला उठता और आकर दो–चार लातें जमा देता। पर रुक्मिन को अब शायद चोट ही न लगती थी। वह जगह से हिलती भी न थी। उसके स्वर में अब क्रोध न था, केवल एक उन्मादमय प्रवाह था। उसकी समस्त आत्मा हिंसा–कामना की अग्नि से प्रज्ज्वलित हो रही थी।

अँधेरा हुआ तो रुक्मिन उठ कर एक ओर निकल गई, जैसे आँखों से आँसू की धार निकल जाती है। सिलिया भोजन बना रही थी। उसने उसे जाते देखा भी, पर कुछ पूछा नहीं। द्वार पर पयाग बैठा चिलम पी रहा था। उसने भी कुछ न कहा।

४

जब फसल पकने लगती थी, तो डेढ़–दो महीने तक पयाग को हार की देख–भाल करनी पड़ती थी। उसे किसानों से दोनों फसलों पर हल पीछे कुछ अनाज बँधा हुआ था। माघ ही में वह हार के बीच में थोड़ी सी जमीन साफ करके एक मड़ैया डाल लेता था और रात को खा–पी कर आग, चिलम और तमाखू–चरस लिये हुए इसी मड़ैया में जा कर पड़ा रहता था। चैत के अंत तक उसका यही नियम रहा था। आजकल वही दिन थे। फसल पकी हुई तैयार खड़ी थी। दो–चार दिन में कटाई शुरू होनेवाली थी। पयाग ने दस बजे तक रुक्मिन की राह देखी। फिर यह समझ कर कि शायद किसी पड़ोसिन के घर सो रही होगी, उसने खा–पी कर अपनी लाठी उठायी और सिलिया से बोला–किवाड़ बंद कर ले, अगर रुक्मिन आए तो खोल देना, और, मना–जुना कर थोड़ा–बहुत खिला देना। तेरे पीछे आज इतना तूफान हो गया। मुझे न–जाने इतना गुस्सा कैसे आ गया। मैंने उसे कभी फूल की छड़ी से भी न छुआ था। कहीं बूड़–धँस न मरी हो, तो कल आफत आ जाय।

सिलिया बोली–न जाने वह आयेंगी कि नहीं। मैं अकेली कैसे रहूँगी। मुझे डर लगता है।

"तो घर में कौन रहेगा? सूना घर पा कर कोई लोटा–थाली उठा ले जाय तो? डर किस बात का है? फिर रुक्मिन तो आती ही होगी।"

सिलिया ने अंदर से ट्टटी बंद कर ली। पयाग हार की ओर चला। चरस की तरंग में यह भजन गाता जाता था–

ठगिनी ! क्या नैना झमकावे।
कदद् काट मृदंग बनावे, नींबू काट मजीरा ;
पाँच तरोई मंगल गावें, नीचे बालम खीरा।
रूपा पहिर के रूप दिखावे, सोना पहिर रिझावे ;
गले डाल तुलसी की माला, तीन लोक भरमावे।
ठगिनी०।

सहसा सिवाने पर पहुँचते ही उसने देखा कि सामने हार में किसी ने आग जलायी। एक क्षण में एक ज्वाला–सी दहक उठी। उसने चिल्ला कर पुकारा–कौन है वहाँ? अरे, यह कौन आग जलाता है?

ऊपर उठती हुई ज्वालाओं ने अपनी आग्नेय जिह्वा से उत्तर दिया।

अब पयाग को मालूम हुआ कि उसकी मुड़ैया में आग लगाना रुई के ढेर में

आग लगाना था। हवा चल रही थी। मड़ैया के चारों ओर एक हाथ हट कर पकी हुई फसल की चादर–सी बिछी हुई थी। रात में उनका सुनहरा रंग झलक रहा था। आग की एक लपट, केवल एक जरा–सा चिनगारी सारे हार को भस्म कर देगी। सारा गाँव तबाह हो जायेगा। इसी हार से मिले हुए दूसरे गाँव के भी हार थे। वे भी जल उठेंगे। ओह ! लपटें बढ़ती जा रही हैं। अब विलम्ब करने का समय न था। पयाग ने अपना उपला और चिलम वहीं पटक दिया और कंधे पर लोहबंद लाठी रख कर बेतहाशा मड़ैया की तरफ दौड़ा। मेडों से जाने में चक्कर था, इसलिये वह खेतों में से हो कर भागा जा रहा था। प्रति क्षण ज्वाला प्रचंडतर होती जाती थी और पयाग के पाँव और तेजी से उठ रहे थे। कोई तेज घोड़ा भी इस वक्त उसे पा न सकता था। अपनी तेजी पर उसे स्वयं अश्चिर्य हो रहा था। जान पड़ता था, पाँव भूमि पर पड़ते ही नहीं। उसकी आँखें मड़ैयाँ पर लगी हुई थीं–दाहिने–बायें से और कुछ न सूझता था। इसी एकाग्रता ने उसके पैरों में पर लगा दिये थे। न दम फूलता, न पाँव थकते थे। तीन–चार फरलाँग उसने दो मिनट में तय कर लिये और मड़ैया के पास जा पहुँचा।

मड़ैया के आस–पास कोई न था। किसने यह कर्म किया है, यह सोचने का मौका न था। उसे खोजने की तो बात ही और थी। पयाग का संदेह रुक्मिन पर हुआ। पर यह क्रोध का समय न था। ज्वालाएँ कुचाली बालकों की भाँति ठट्ठा मारती, धक्कम–धक्का करतीं, कभी दाहिनी ओर लपकतीं और कभी बायीं तरफ। बस, ऐसा मालूम होता था कि लपट अब खेत तक पहुँची, अब पहुँची। मानो ज्वालाएँ आग्रहपूर्वक क्यारियों की ओर बढ़तीं और असफल होकर दूसरी बार फिर वेग से लपकती थीं। आग कैसे बुझे! लाठी से पीट कर बुझाने का गौं न था। वह तो निरी मूर्खता थी। फिर क्या हो! फसल जल गयी, तो फिर वह किसी को मुँह न दिखा सकेगा। आह ! गाँव में कोहराम मच जायगा। सर्वनाश हो जायगा। उसने ज्यादा नहीं सोचा। गँवारों को सोचना नहीं आता। पयाग ने लाठी सँभाली, जोर से एक छलाँग मार कर आग के अंदर मड़ैया के द्वार पर जा पहुँचा, जलती हुई मड़ैया को अपनी लाठी पर उठाया और उसे सिर पर लिये सबसे चौड़ी मेड़ पर गाँव की तरफ भागा। ऐसा जान पड़ा, मानो कोई अग्नि–यान हवा में उड़ता चला जा रहा है। फूल की जलती हुई धज्जियाँ उसके ऊपर गिर रही थीं, पर उसे इसका ज्ञान तक न होता था। एक बार एक मूठा अलग हो कर उसके हाथ पर गिर पड़ा। सारा हाथ भुन गया। पर उसके पाँव पल भर भी नहीं रुके, हाथों में जरा भी हिचक न हुई। हाथों का हिलना खेती का तबाह होना था। पयाग की ओर से अब कोई शंका न थी। अगर भय था तो यही कि मड़ैया का वह केंद्र–भाग जहाँ लाठी का कुंदा डाल कर पयाग ने उसे उठाया था, न जल जाय; क्योंकि छेद के फैलते ही मड़ैया उसके ऊपर

आ गिरेगी और अग्नि–समाधि में मग्न कर देगी। पयाग यह जानता था और हवा की चाल से उड़ा चला जाता था। चार फरलाँग की दौड़ है। मृत्यु अग्नि का रूप धारण किये हुए पयाग के सिर पर खेल रही है और गाँव की फसल पर। उसकी दौड़ में इतना वेग है कि ज्वालाओं का मुँह पीछे को फिर गया है और उसकी दाहक शक्ति का अधिकांश वायु से लड़ने में लग रहा है। नहीं तो अब तक बीच में आग पहुँच गयी होती और हाहाकार मच गया होता। एक फरलाँग तो निकल गया, पयाग की हिम्मत ने हार नहीं मानी। वह दूसरा फरलाँग भी पूरा हो गया। देखना पयाग, दो फरलांग की और कसर है। पाँव जरा भी सुस्त न हों। ज्वाला लाठी के कुंदे पर पहुँची और तुम्हारे जीवन का अंत है। मरने के बाद भी तुम्हें गालियाँ मिलेंगी, और अनंत काल तक आहों की आग में जलते रहोगे। बस, एक मिनट और ! अब केवल दो खेत और रह गये हैं। सर्वनाश! लाठी का कुंदा निकल गया। मड़ैया नीचे खिसक रही है, अब कोई आशा नहीं। पयाग प्राण छोड़ कर दौड़ रहा है। उधर स्वर्ग है इधर नरक। मगर वह मड़ैया खिसकती हुई पयाग के सिर पर आ पहुँची। वह अब भी उसे फेंक कर अपनी जान बचा सकत। है। पर उसे प्राणों का मोह नहीं। वह उस जलती हुई आग को सिर पर लिये भागा जा रहा है! वहाँ उसके पाँव लड़खड़ाए ! अब यह क्रूर अग्नि लीला नहीं देखी जाती।

एकाएक एक स्त्री सामने के वृक्ष के नीचे से दौड़ती हुई पयाग के पास पहुँची। यह रुक्मिन थी। उसने तुरंत पयाग के सामने आ कर गरदन झुकायी और जलती हुई मड़ैया के नीचे पहुँच कर उसे दोनों हाथों पर ले लिया। उसी दम पयाग मूर्च्छित हो कर गिर पड़ा। उसका सारा मुँह झुलस गया था।

रुक्मिन उसके अलाव को लिए एक सेकेंड में खेत के डाँड़े पर आ पहुँची, मगर इतनी दूर में उसके हाथ जल गये, मुँह जल गया और कपड़ों में आग लग गयी। उसे अब इतनी सुधि न थी कि मड़ैया के बाहर निकल आये। वह मड़ैया को लिये हुए गिर पड़ी। इसके बाद कुछ देर तक मड़ैया हिलती रही। रुक्मिन हाथ–पाँव फेंकती रही, फिर अग्नि ने उसे निगल लिया, रुक्मिन ने अग्नि–समाधि ले ली।

कुछ देर के बाद पयाग को होश आया। सारी देह जल रही थी। उसने देखा, वृक्ष के नीचे फूस की लाल आग चमक रही है। उठ कर दौड़ा और पैर से आग को हटा दिया–नीचे रुक्मिन की अधजली लाश पड़ी हुई थी। उसने बैठ कर दोनों हाथों से मुँह ढाँप लिया और रोने लगा।

प्रात:काल गाँव के लोग पयाग को उठा उसके घर ले गये। एक सप्ताह तक उसका इलाज होता रहा, पर बचा नहीं। कुछ तो आग ने जलाया था, जो कुछ कसर थी, वह शोकाग्नि ने पूरी कर दी।

• •

सुजान भगत

सीधे–सादे किसान धन हाथ आते ही धर्म और कीर्ति की ओर झुकते हैं। दिव्य समाज की भांति वे पहले अपने भोग–विलास की ओर नहीं दौड़ते। सुजान की खेती में कई साल से कंचन बरस रहा था। मेहनत तो गांव के सभी किसान करते थे, पर सुजान के चंद्रमा बली थे, ऊसर में भी दाना छींट आता तो कुछ न कुछ पैदा हो जाता था। तीन वर्ष लगातार ऊख लगती गई। उधर गुड़ का भाव तेज था। कोई दो ढाई हजार हाथ में आ गए। बस चित्त की वृत्ति धर्म की ओर झुक पड़ी। साधु–सन्ता का आदर–सत्कार होने लगा, द्वार पर धूनी जलने लगी, कानूनगो इलाके में आते, तो सुजान महतो के चौपाल में ठहरते। हल्के के हेड कांस्टेबल, थानेदार, शिक्षा–विभाग के अफसर एक न एक उस चौपाल में पड़ा ही रहता। महतो मारे खुशी के फूले न समाते। धन्य भाग! उसके द्वार पर अब इतने बड़े–बड़े हाकिम आकर ठहरते हैं। जिन हाकिमों के सामने उसका मुँह न खुलता था, उन्हीं की अब 'महतो महतो' करते जबान सूखती थी। कभी–कभी भजन–भाव हो जाता। एक महात्मा ने डौल अच्छा देखा तो गांव में आसन जमा दिया। गांजे और चरस की बहार उड़ने लगी। एक ढोलक आई, मजीरे मँगाये गये, सत्संग होने लगा। यह सब सुजान के दम का जलूस था। घर में सेरों दूध होता मगर सुजान के कंठ तले एक बूंद भी जाने की कसम थी, कभी हाकिम लोग चखते, कभी महात्मा लोग। किसान को दूध–घी से क्या मतलब, उसे रोटी और साग चाहिए। सुजान की नम्रता का अब पारावार न था। सबके सामने सिर झुकाए रहता, कहीं लोग यह न कहने लगें कि धन पाकर इसे घमण्ड हो गया है। गांव में कुल तीन कुएं थे, बहुत से खेतों में पानी न पहुंचता था, खेती मारी जाती थी। सुजान ने एक पक्का कुआं बनवा दिया। कुएं का विवाह हुआ, यज्ञ हुआ, ब्रह्मभोज हुआ। जिस दिन पहली बार पुर चला, सुजान को मानो चारों पदार्थ मिल गये। जो काम गांव में किसी ने न किया था, वह बाप दादा के पुण्य–प्रताप से सुजान ने कर दिखाया।

एक दिन गांव में गया के यात्री आकर ठहरे। सुजान ही के द्वार पर उनका

भोजन बना। सुजान के मन में भी गया की बहुत दिनों से इच्छा थी। यह अच्छा अवसर देखकर वह भी चलने को तैयार हो गया।

उसकी स्त्री बुलाकी ने कहा–अभी रहने दो, अगले साल चलेंगे।

सुजान ने गंभीर भाव से कहा–अगले साल क्या होगा, कौन जानता है। धर्म के काम में मीन–मेष निकालना अच्छा नहीं। जिंदगानी का कया भरोसा ?

बुलाकी–हाथ खाली हो जायगा।

सुजान–भगवान की इच्छा होगी, तो फिर रुपये हो जायेंगे। उनके यहां किस बात की कमी है।

बुलाकी इसका क्या जवाब देती ? सत्कार्य में बाधा डालकर अपनी मुक्ति क्यों बिगाड़ती ? प्रातःकाल स्त्री और पुरुष गया करने चले। वहां से लौटे तो, यज्ञ और ब्रह्मभोज की ठहरी। सारी बिरादरी निमंत्रित हुई, ग्यारह गांवों में सुपारी बँटी। इस धूम–धाम से कार्य हुआ कि चारों ओर वाह–वाह मच गई। सब यही कहते थे कि भगवान धन दे, तो दिल भी ऐसा दे। घमण्ड तो छू नहीं गया, अपने हाथ से पत्तल उठाता फिरता था, कुल का नाम जगा दिया। बेटा हो तो ऐसा हो। बाप मरा, तो घर में भूनी–भांग नहीं थी। अब लक्ष्मी घुटने तोड़ कर आ बैठी है।

एक द्वेषी ने कहा–कहीं गड़ा हुआ धन पा गया है। इस पर चारों ओर से उस पर बौछारें पड़ने लगीं–हां, तुम्हारे बाप–दादा जो खजाना छोड़ गए थे, यही उसके हाथ लग गया है। अरे भैया, यह धर्म की कमाई है। तुम भी तो छाती फाड़कर काम करते हो, क्यों ऐसी ऊख नहीं लगती? क्यों ऐसी फसल नहीं होती ? भगवान आदमी का दिल देखते हैं। जो खर्च करता है, उसी को देते हैं।

२

सुजान महतो सुजान भगत हो गये। भगतों के आचार–विचार कुछ और होते हैं। वह बिना स्नान किये कुछ नहीं खाता। गंगाजी अगर घर से दूर हों और वह रोज स्नान करके दोपहर तक घर न लौट सकता हो, तो पर्वों के दिन तो उसे अवश्य ही नहाना चाहिए। भजन–भाव उसके घर अवश्य होना चाहिए। पूजा–अर्चना उसके लिये अनिवार्य है। खान–पान में भी उसे बहुत विचार रखना पड़ता है। सबसे बड़ी बात यह है कि झूठ का त्याग करना पड़ता है। भगत झूठ नहीं बोल सकता। साधारण मनुष्य को अगर झूठ का दंड एक मिले, तो भगत को एक लाख से कम नहीं मिल सकता। अज्ञान की अवस्था में कितने ही अपराध क्षम्य हो जाते हैं। ज्ञानी के लिए क्षमा नहीं है, प्रायश्चित्त नहीं है, यदि है तो बहुत ही कठिन। सुजान को

भी अब भगतों की मर्यादा को निभाना पड़ा। अब तक उसका जीवन मजूर का जीवन था। उसका कोई आदर्श, कोई मर्यादा उसके सामने न थी। अब उसके जीवन में विचार का उदय हुआ, जहाँ का मार्ग काँटों पर तौलने लगा। यों कहो कि जड़–जगत् से निकल कर उसने चेतना–जगत् में प्रवेश किया। उसने कुछ लेन–देन करना शुरू किया था पर अब उसे ब्याज लेते हुए आत्मग्लानि–सी होती थी। यहाँ तक कि गउओं को दुहाते समय उसे बछड़ों का ध्यान बना रहता था –कहीं बछड़ा भूखा न रह जाय, नहीं तो उसका रोयाँ दुखी होगा। वह गाँव का मुखिया था। कितने ही मुकदमों में उसने झूठी शहादतें बनवायी थीं, कितनों से डाँड ले कर मामले को रफा–दफा करा दिया था। अब इन व्यापारों से उसे घृणा होती थी। झूठ और प्रपंच से कोसों दूर भागता था। पहले उसकी यह चेष्टा होती थी कि मजूरों से जितना काम लिया जा सके, लो और मजूरी जितनी कम दी जा सके दो; पर अब उसे मजूर के काम की कम मजूरी की अधिक चिंता रहती थी; कहीं बेचारे मजूर का रोयाँ न दुखी हो जाय। उसके दोनों जवान बेटे बात–बात में उस पर फब्तियाँ कसते, यहाँ तक कि बुलाकी भी अब उसे कोरा भगत समझने लगी थी, जिसे घर के भले–बुरे से कोई प्रयोजन न था। चेतन–जगत् में आ कर सुजान भगत कोरे भगत रह गए।

सुजान के हाथों से धीरे–धीरे अधिकार छीने जाने लगे। किस खेत में क्या बोना है, किसको क्या देना है, किससे क्या लेना है, किस भाव क्या चीज बिकी, ऐसी–ऐसी महत्त्वपूर्ण बातों में भी भगत जी की सलाह न ली जाती थी। भगत के पास कोई जाने ही न पाता। दोनों लड़के या स्वयं बुलाकी दूर ही से मामला तय कर लिया करती। गाँव भर में सुजान का मान–सम्मान बढ़ता था, अपने घर में घटता था। लड़के उसका सत्कार अब बहुत करते। हाथ से चारपाई उठाते देख लपक कर खुद उठा लाते, चिलम न भरने देते, यहाँ तक कि उसकी धोती छाँटने के लिए भी आग्रह करते थे। मगर अधिकार उसके हाथ में न था। वह अब घर का स्वामी नहीं, मंदिर का देवता था।

३

एक दिन बुलाकी ओखली में दाल छाँट रही थी। एक भिखमंगा द्वार पर आ कर चिल्लाने लगा। बुलाकी ने सोचा, दाल छांट लूँ, तो उसे कुछ दे दूँ, इतने में बड़ा लड़का भोला आ कर बोला–अम्मा, एक महात्मा द्वार पर खड़े गला फाड़ रहे हैं? कुछ दे दो। नहीं तो उसका रोयां दुखी हो जायगा।

बुलाकी ने उपेक्षा के भाव से कहा–भगत के पांव में क्या मेंहदी लगी है, क्यों

कुछ ले जाकर नहीं देते? क्या मेरे चार हाथ हैं ? किस किसका रोयां सुखी करूँ? दिन भर तो तांता लगा रहता है।

भोला–चौपट करने पर लगे हुए हैं, और क्या ? अभी मँहगू बेंग देने आया था। हिसाब से सात मन हुए। तौला तो पौने सात मन ही निकले। मैंने कहा–दस सेर और ला, तो आप बैठे–बैठे कहते हैं, अब इतनी दूर कहां जायगा। भरपाई लिख दो, नहीं तो उसका रोयां दुखी होगा। मैंने भरपाई नहीं लिखी। दस सेर बाकी लिख दी।

बुलाकी–बहुत अच्छा किया तुमने, बकने दिया करो। दस–पांच दफे मुँह की खा जायेंगे, तो आप ही बोलना छोड़ देंगे।

भोला–दिन भर एक न एक खुचड़ निकालते रहते हैं। सौ दफे कह दिया कि तुम घर–गृहस्थी के मामले में न बोला करो, पर इनसे बिना बोले रहा ही नहीं जाता।

बुलाकी–मैं जानती कि इनका यह हाल होगा तो गुरुमंत्र न लेने देती।

भोला–भगत क्या हुए दीन–दुनियां दोनों से गए। सारा दिन पूजा–पाठ में ही उड़ जाता है। अभी ऐसे बूढ़े नहीं हो गए कि कोई काम ही न कर सकें।

बुलाकी ने आपत्ति की–भोला, यह तुम्हारा कुन्याय है। फावड़ा, कुदाल अब उनसे नहीं हो सकता, लेकिन कुछ न कुछ तो करते ही रहते हैं। बैलों को सानी–पानी देते हैं, गाय दुहाते हैं और भी जो कुछ हो सकता है, करते हैं।

भिक्षुक अभी खड़ा चिल्ला रहा था। सुजान ने जब घर में से किसी को कुछ लाते न देखा, तो उठकर अन्दर गया और कठोर स्वर से बोला–तुम लोगों को कुछ सुनाई नहीं देता कि द्वार पर कौन घण्टे भर से खड़ा भीख मांग रहा है। अपना काम तो दिन भर करना ही है, एक छन भगवान् का काम भी तो किया करो।

बुलाकी–तुम तो भगवान् का काम करने को बैठे ही हो, क्या घर भर भगवान् ही का काम करेगा ?

सुजान–कहां आटा रखा है, लाओ, मैं ही निकालकर दे आऊँ। तुम रानी बनकर बैठो।

बुलाकी–आटा मैंने मर मर कर पीसा है, अनाज दे दो। ऐसे मुड़चिरों के लिए पहर रात से उठकर चक्की नहीं चलाती हूँ। सुजान भंडार घर में गए और एक छोटी–सी छबड़ी को जौ से भरे हुए निकले। जौ सेर भर से कम न था। सुजान ने जान–बूझकर, केवल बुलाकी और भोला को चिढ़ाने के लिए, भिक्षा परम्परा का उल्लंघन किया था। जिस पर भी यह दिखाने के लिए कि छबड़ी में बहुत ज्यादा जौ नहीं हैं, वह उसे चुटकी से पकड़े हुए थे। चुटकी इतना बोझ न संभाल सकती थी। हाथ कांप रहा था। एक क्षण विलम्ब होने से छबड़ी के हाथ से छूटकर गिर पड़ने की संभावना थी। इसलिए वह जल्दी से

बाहर निकल जाना चाहते थे। सहसा भोला ने छबड़ी उनके हाथ से छीन ली और त्यौरियां बदल कर बोला–सेंत का माल नहीं है, जो लुटाने चले हो। छाती फाड़–फाड़ कर काम करते हैं, तब दाना घर में आता है।

सुजान ने खिसिया कर कहा–मैं भी तो बैठा नहीं रहता।

भोला–भीख, भीख की ही तरह दी जाती है, लुटाई नहीं जाती। हम तो एक बेला खाकर दिन काटते हैं कि पति–पानी बना रहे, और तुम्हें लुटने की सूझी है। तुम्हें क्या मालूम कि घर में क्या हो रहा है।

सुजान ने इसका जवाब न दिया। बाहर आकर भिखारी से कह दिया–बाबा, इस समय जाओ, किसी का हाथ खाली नहीं है, और पेड़ के नीचे बैठकर विचार में मग्न हो गया। अपने ही घर में उसका यह अनादर! अभी यह अपाहिज नहीं है; हाथ–पांव थके नहीं हैं; घर का कुछ न कुछ काम करता ही रहता है। उस पर यह अनादर! उसी ने घर बनाया, यह सारी विभूति उसी के श्रम का फल है, पर अब इस घर पर उसका कोई अधिकार नहीं रहा। अब वह द्वार का कुत्ता है, पड़ा रहे और घरवाले जो रूखा दे दें, वह खाकर पेट भर लिया करे। ऐसे जीवन को धिक्कार है। सुजान पेड़ के नीचे से न उठा।

कुछ देर और गुजारी। भोजन तैयार हुआ। भोला बुलाने आया। सुजान ने कहा–भूख नहीं है। बहुत मनावन करने पर भी न उठा। तब बुलाकी ने आकर कहा–खाना खाने क्यों नहीं चलते ? जी तो अच्छा है ?

सुजान को सबसे अधिक क्रोध बुलाकी ही पर था। यह भी लड़कों के साथ है! यह बैठी देखती रही और भोला ने मेरे हाथ से अनाज छीन लिया। इसके मुँह से इतना भी न निकला कि ले जाते हैं, तो ले जाने दो। लड़कों को न मालूम हो कि मैंने कितने श्रम से यह गृहस्थी जोड़ी है, पर यह तो जानती है। दिन को दिन और रात को रात नहीं समझा। भादों की अँधेरी रात में मड़ैया लगा के जुआर की रखवाली करता था। जेठ–बैसाख की दोपहरी में भी दम न लेता था, और अब मेरा घर पर इतना भी अधिकार नहीं है कि भीख तक दे सकूं। माता कि भीख इतनी नहीं दी जाती लेकिन इनको तो चुप रहना चाहिए था, चाहे मैं घर में आग ही क्यों न लगा देता। कानून से भी तो मेरा कुछ होता है। मैं अपना हिस्सा नहीं खाता, दूसरों को खिला देता हूँ; इसमें किसी के बाप का क्या साझा ? अब इस वक्त मनाने आई हैं! इसे मैंने फूल की छड़ी से भी नहीं छुआ, नहीं तो गांव में ऐसी कौन औरत है, जिसने खसम की लातें न खाई हों, कभी कड़ी निगाह से देखा तक नहीं। रुपये–पैसे, लेना–देना, सब इसी के हाथ में दे रखा था। अब रुपये जमा कर लिये हैं, तो मुझी से घमण्ड करती है। अब इसे बेटे प्यारे हैं, मैं तो निखट्टू लुटाऊ, घर–फूँकू घोंघा

हूँ। मेरी इसे क्या परवाह। तब लड़के न थे, जब बीमार पड़ी थी और मैं गोद में उठा कर वैद्य के घर ले गया था। आज इसके बेटे हैं और यह उनकी मां है। मैं तो बाहर का आदमी। मुझसे घर से मतलब ही क्या। बोला–अब खा–पीकर क्या करूँगा, हल जोतने से रहा, फावड़ा चलाने से रहा। मुझे खिला कर दाने को क्यों खराब करेगी ? रख दो, बेटे दूसरी बार खाएँगे।।

बुलाकी–तुम तो जरा–जरा–सी बात पर तिनक जाते हो। सच कहा है, बुढ़ापे में आदमी की बुद्धि मारी जाती हैं। भोला ने इतना तो कहा था कि इतनी भीख मत ले जाओ, या और कुछ ?

सुजान–हां, बेचारा इतना कह कर रह गया। तुम्हें तो मजा तब आता, जब वह ऊपर से दो–चार डण्डे लगा देता। क्यों ? अगर यही अभिलाषा है, तो पूरी कर लो। भोला खा चुका होगा, बुला लाओ। नहीं, भोला को क्यों बुलाती हो, तुम्हीं न जमा दो, दो–चार हाथ। इतनी कसर है, वह भी पूरी हो जाय।

बुलाकी–हां, और क्या, यही तो नारी का धरम है। अपने भाग सराहो कि मुझ–जैसी सीधी औरत पा ली। जिस बल चाहते हो, बिठाते हो। ऐसी मुँहजोर होती, तो तुम्हारे घर में एक दिन भी निबाह न होता।

सुजान–हां, भाई, वह तो मैं ही कह रहा हूं कि देवी थी और हो। मैं तब भी राक्षस था और अब भी दैत्य हो गया हूं! बेटे कमाऊ हैं, उनकी–सी न कहोगी, तो क्या मेरी–सी कहोगी, मुझसे अब क्या लेना–देना है ?

बुलाकी–तुम झगड़ा करने पर तुले बैठे हो और मैं झगड़ा बचाती हूं कि चार आदमी हँसेंगे। चलकर खाना खा लो सीधे से, नहीं तो मैं जाकर सो रहूंगी।

सुजान–तुम भूखी क्यों सो रहोगी ? तुम्हारे बेटों की तो कमाई है। हां, मैं बाहर का आदमी हूं ?

बुलाकी–बेटे तुम्हारे भी तो हैं।

सुजान–नहीं, मैं ऐसे बेटों से बाज आया। किसी और के बेटे होंगे। मेरे बेटे होते, तो क्या मेरी दुर्गति होती ?

बुलाकी–गालियां दोगे तो मैं भी कुछ कह बैठूँगी। सुनती थी, मर्द बड़े समझदार होते हैं, पर तुम सबसे न्यारे हो। आदमी को चाहिए कि जैसा समय देखे वैसा काम करे। अब हमारा और तुम्हारा निबाह इसी में है कि नाम के मालिक बने रहें और वही करें जो लड़कों को अच्छा लगे। मैं यह बात समझ गई, तुम क्यों नहीं समझ पाते ? जो कमाता है, उसी का घर में राज होता है, यही दुनिया का दस्तूर है। मैं बिना लड़कों से पूछे कोई काम नहीं करती, तुम क्यों अपने मन की करते हो? इतने दिनों तक तो राज कर लिया, अब क्यों इस माया में पड़े हो ? आधी रोटी खाओ,

भगवान् का भजन करो और पड़े रहो। चलो, खाना खा लो।

सुजान–तो अब मैं द्वार का कुत्ता हूं?

बुलाकी–बात जो थी, वह मैंने कह दी। अब अपने को जो चाहो समझो। सुजान न उठे। बुलाकी हार कर चली गई।

४

सुजान के सामने अब एक नई समस्या खड़ी हो गई थी। वह बहुत दिनों से घर का स्वामी था और अब भी ऐसा ही समझता रहा। परिस्थिति में कितना उलटफेर हो गया था, इसकी उसे खबर न थी। लड़के उसका सेवा–सत्कार करते हैं, यह बात उसे भ्रम में डाले हुए थी। लड़के उसके सामने चिलम नहीं पीते, खाट पर नहीं बैठते, क्या यह सब उसके गृह–स्वामी होने का प्रमाण न था? पर आज उसे यह ज्ञात हुआ कि यह केवल श्रद्धा थी, उसके स्वामित्व का प्रमाण नहीं। क्या इस श्रद्धा के बदले वह अपना अधिकार छोड़ सकता था ? कदापि नहीं। अब तक जिस घर में राज्य किया, उसी घर में पराधीन बन कर वह नहीं रह सकता। उसको श्रद्धा की चाह नहीं, सेवा की भूख नहीं। उसे अधिकार चाहिए। वह इस घर पर दूसरों का अधिकार नहीं देख सकता। मंदिर का पुजारी बन कर वह नहीं रह सकता।

न जाने कितनी रात बाकी थी। सुजान ने उठकर गँडासे से बैलों का चारा काटना शुरू किया। सारा गांव सोता था, पर सुजान करवी काट रहे थे। इतना श्रम उन्होंने अपने जीवन में कभी न किया था। जब से उन्होंने काम करना छोड़ा था, बराबर चारे के लिए हाय–हाय पड़ी रहती थी। शंकर भी काटता था, भोला भी काटता था पर चारा पूरा न पड़ता था। आज इन लौंडों को दिखा देंगे, चारा कैसे काटना चाहिए। उनके सामने कटिया का पहाड़ खड़ा हो गया। और टुकड़े कितने महीन और सुडौल थे, मानो सांचे में ढाले गए हों।

मुँह– अँधेरे बुलाकी उठी तो कटिया का ढेर देख कर दंग रह गई। बोली–क्या भोला आज रात भर कटिया ही काटता रह गया? कितना कहा कि बेटा, जी से जहान है, पर मानता ही नहीं। रात को सोया ही नहीं।

सुजान भगत ने ताने से कहा–वह सोता ही कब है ? जब देखता हूं, काम ही करता रहता है। ऐसा कमाऊ संसार में और कौन होगा ?

इतने में भोला आंखें मलता हुआ बाहर निकला। उसे भी यह ढेर देखकर आश्चर्य हुआ। मां से बोला–क्या शंकर आज बड़ी रात को उठा था, अम्मां ?

बुलाकी–वह तो पड़ा सो रहा है। मैंने तो समझा, तुमने काटी होगी।

भोला–मैं तो सबेरे उठ ही नहीं पाता। दिन भर चाहे जितना काम कर लूँ, पर रात को मुझसे नहीं उठा जाता।

बुलाकी–तो क्या तुम्हारे दादा ने काटी है ?

भोला–हां, मालूम तो होता है। रात भर सोये नहीं। मुझसे कल बड़ी भूल हुई। अरे, वह तो हल लेकर जा रहे हैं! जान देने पर उतारू हो गये हैं क्या ?

बुलाकी–क्रोधी तो सदा के हैं। अब किसी की सुनेंगे थोड़े ही।

भोला–शंकर को जगा दो, मैं भी जल्दी मुँह–हाथ धोकर हल ले जाऊँ।

जब और किसानों के साथ भोला हल लेकर खेत में पहुँचा, तो सुजान आधा खेत जोत चुके थे। भोला ने चुपके से काम करना शुरू किया। सुजान से कुछ बोलने की उसकी हिम्मत न पड़ी।

दोपहर हुआ। सभी किसानों ने हल छोड़ दिए। पर सुजान भगत अपने काम में मग्न है। भोला थक गया है। उसकी बार–बार इच्छा होती है कि बैलों को खोल दे। मगर डर के मारे कुछ कह नहीं सकता। सबको आश्चर्य हो रहा है कि दादा कैसे इतनी मेहनत कर रहे हैं।

आखिर डरते–डरते बोला–दादा, अब तो दोपहर हो गया। हल खोल दें न ?

सुजान–हां, खोल दो। तुम बैलों को लेकर चलो, मैं डांड़ फेंक कर आता हूं।

भोला–मैं संझा को डांड़ फेंक दूंगा।

सुजान–तुम क्या फेंक दोगे। देखते नहीं हो, खेत कटोरे की तरह गहरा हो गया हैं। तभी तो बीच में पानी जम जाता है। इस गोईंड के खेत में बीस मन का बीघा होता था। तुम लोगों ने इसका सत्यनाश कर दिया।

बैल खोल दिए गये। भोला बैलों को लेकर घर चला, पर सुजान डाँड़ फेंकते रहे। आध घंटे के बाद डांड़ फेंक कर वह घर आए। मगर थकान का नाम न था। नहा–खाकर आराम करने के बदले उन्होंने बैलों को सहलाना शुरू किया। उनकी पीठ पर हाथ फेरा, उनके पैर मले, पूँछ सहलाई। बैलों की पूंछ खड़ी थीं। सुजान की गोद में सिर रखे उन्हें अकथनीय सुख मिल रहा था। बहुत दिनों के बाद आज उन्हें यह आनन्द प्राप्त हुआ था। उनकी आंखों में कृतज्ञता भरी हुई थी। मानो वे कह रहे थे, हम तुम्हारे साथ रात–दिन काम करने को तैयार हैं।

अन्य कृषकों की भांति भोला अभी कमर सीधी कर रहा था कि सुजान ने फिर हल उठाया और खेत की ओर चले। दोनों बैल उमंग से भरे दौड़े चले जाते थे, मानो उन्हें स्वयं खेत में पहुंचने की जल्दी थी।

भोला ने मड़ैया में लेटे–लेटे पिता को हल लिए जाते देखा, पर उठ न सका। उसकी हिम्मत छूट गई। उसने कभी इतना परिश्रम न किया था। उसे बनी–बनाई

गिरस्ती मिल गई थी। उसे ज्यों–त्यों चला रहा था। इन दामों वह घर का स्वामी बनने का इच्छुक न था। जवान आदमी को बीस धंधे होते हैं। हँसने–बोलने के लिए, गाने–बजाने के लिए भी तो उसे कुछ समय चाहिए। पड़ोस के गांव में दंगल हो रहा है। जवान आदमी कैसे अपने को वहां जाने से रोकेगा ? किसी गांव में बारात आई है, नाच–गाना हो रहा है। जवान आदमी क्यों उसके आनन्द से वंचित रह सकता है ? वृद्धजनों के लिए ये बाधायें नहीं। उन्हें न नाच–गाने से मतलब, न खेल–तमाशे से गरज, केवल अपने काम से काम है।

बुलाकी ने कहा–भोला, तुम्हारे दादा हल लेकर गए।

भोला–जाने दो अम्मा, मुझसे यह नहीं हो सकता।

५

सुजान भगत के इस नवीन उत्साह पर गांव में टीकायें हुई–निकल गई सारी भगती। बना हुआ था। माया में फँसा हुआ है। आदमी काहे को, भूत है। मगर भगत जी के द्वार पर अब फिर साधु–सन्त आसन जमाए देखे जाते हैं। उनका आदर–सत्कार होता है। अबकी उसकी खेती ने सोना उगल दिया है। बखारी में अनाज रखने की जगह नहीं मिलती। जिस खेत में पांच मन मुश्किल से होता था, उसी खेत में अब की दस मन की उपज हुई है।

चैत का महीना था खलिहानों में सतयुग का राज था। जगह–जगह अनाज के ढेर लगे हुए थे। यही समय है, जब कृषकों को भी थोड़ी देर के लिए अपना जीवन सफल मालूम होता है, जब गर्व से उनका हृदय उछलने लगता है। सुजान भगत टोकरे में अनाज भर–भर कर देते हैं और दोनों लड़के टोकरे लेकर घर में अनाज रख आते थे। कितने ही भाट और भिक्षुक भगत जी को घेरे हुए थे। उनमें वह भिक्षुक भी था, जो आज से आठ महीने पहले भगत के द्वार से निराश होकर लौट गया था।

सहसा भगत ने उस भिक्षुक से पूछा–क्यों बाबा, आज कहां–कहां चक्कर लगा आए।

भिक्षुक–अभी तो कहीं नहीं गया भगत जी, पहले तुम्हारे ही पास आया हूं।

भगत–अच्छा तुम्हारे सामने यह ढेर है। इसमें से जितना अनाज उठा कर ले जा सको, ले जाओ।

भिक्षुक ने क्षुब्ध नेत्रों से ढेर को देखकर कहा–जितना अपने हाथ से उठाकर दे दोगे, उतना ही लूंगा।

भगत–नहीं, तुमसे जितना उठ सके, उठा लो।

भिक्षुक के पास एक चादर थी! उसने कोई दस सेर अनाज उसमें भरा और उठाने लगा। संकोच के मारे और अधिक भरने में उसे साहस न हुआ।

भगत उसके मन का भाव समझ कर आश्वासन देते हुए बोले–बस। इतना तो एक बच्चा भी उठा ले जायगा।

भिक्षुक ने भोला की ओर संदिग्ध नेत्रों से देखकर कहा–मेरे लिए इतना ही बहुत है।

भगत–नहीं तुम सकुचाते हो। अभी और भरो।

भिक्षुक ने एक पंसेरी अनाज और भरा, और फिर भोला की ओर सशंक दृष्टि से देखने लगा।

भगत–उसकी ओर क्या देखते हो, बाबा जी ? मैं जो कहता हूँ, वह करो। तुमसे जितना उठाया जा सके, उठा लो।

भिक्षुक डर रहा था कि कहीं उसने अनाज भर लिया और भोला ने गठरी न उठाने दी, तो कितनी भद्द होगी। और भिक्षुकों को हँसने का अवसर मिल जायगा। सब यही कहेंगे कि भिक्षुक कितना लोभी है। उसे और अनाज भरने की हिम्मत न पड़ी।

तब सुजान भगत ने चादर लेकर उसमें अनाज भरा और गठरी बाँध कर बोले–इसे उठा ले जाओ।

भिक्षुक–बाबा, इतना तो मुझसे उठ न सकेगा।

भगत–अरे ! इतना भी न उठ सकेगा! बहुत होगा तो मन भर। भला जोर तो लगाओ, देखूँ, उठा सकते हो या नहीं।

भिक्षुक ने गठरी को आजमाया। भरी थी, जगह से हिली भी नहीं। बोला–भगत जी, यह मुझसे न उठ सकेगी!

भगत–अच्छा, बताओ किस गांव में रहते हो।

भिक्षुक–बड़ी दूर है भगत जी; अमोला का नाम तो सुना होगा !

भगत–अच्छा आगे–आगे चलो, मैं पहुंचा दूंगा।

यह कह कर भगत ने जोर लगाकर गठरी उठाई और सिर पर रख कर भिक्षुक के पीछे हो लिए। देखने वाले भगत का पौरुष देख कर चकित हो गए। उन्हें क्या मालूम था, भगत पर इस समय कौन–सा नशा था। आठ महीने के निरन्तर अविरल परिश्रम का आज उन्हें फल मिला था। आज उन्होंने अपना खोया हुआ अधिकार फिर पाया था। वही तलवार, जो केले को भी नहीं काट सकी, सान पर चढ़ कर लोहे को काट देती है। मानव–जीवन में लाग बड़े महत्त्व की वस्तु है। जिसमें लाग

है, वह बूढ़ा भी हो तो जवान है। जिसमें लाग नहीं, गैरत नहीं, वह जवान भी मृतक है। सुजान भगत में लाग थी और उसी ने उन्हें अमानुषीय बल प्रदान कर दिया था। चलते समय उन्होंने भोला की ओर सगर्व नेत्रों से देखा और बोले–ये भाट और भिक्षुक खड़े हैं, कोई खाली हाथ न लौटने पाये।

भोला सिर झुकाये खड़ा था, उसे कुछ बोलने का हौसला न हुआ। वृद्ध पिता ने उसे परास्त कर दिया था।

• •